TORRENTS

Prix Max Barthou
de l'Académie française

MARIE-ANNE DESMAREST

TORRENTS

roman

FRANCE LOISIRS
123, boulevard de Grenelle - Paris

Édition du Club France Loisirs, Paris,
avec l'autorisation des Éditions Denoël.

ISBN 2-7242-0313-5

PREMIERE PARTIE

Et s'il m'interroge sur a dernière heure
Dites-lui que j'ai souri de peur qu'il ne pleure.

MAETERLINCK

I

Je venais d'avoir dix-huit ans quand un accident terrible me fit orpheline, me déliant brutalement de tous liens. Je me croyais anéantie à jamais et puis, ô vitalité de la bête humaine, ma nature robuste prit le dessus. Cela commença par une fringale. Depuis combien de temps n'avais-je plus avalé qu'une gorgée de lait, grignoté qu'un bout de chocolat ?... Maintenant je sentais la faim. Une faim tiraillante, douloureuse. Dans la grande maison vidée par la mort, j'étais restée seule avec une vieille servante. Mais pour l'instant, la faim abolissait en moi tout autre sentiment. Mon horreur du présent, mon angoisse devant l'avenir s'évanouirent, quand à l'office je me jetai sur tout ce qui me tombait sous la main. Repue, je dormis enfin tout mon saoul. Hélas ! le lendemain mon cauchemar me réapparut tel qu'à l'état de veille. Le visage pressé dans mon oreiller, j'imaginais l'auto retournée sur elle-même, je revoyais les corps mutilés. C'est par miracle que j'échappai à la catastrophe. J'avais refusé d'accompagner mes parents qui emmenaient mon jeune frère à une exposition à Strasbourg, ne voulant pas manquer le Kranzla[1] qui chaque jeudi nous réunissait, des amies et moi, tantôt chez l'une, tantôt chez l'autre. Le temps sec et ensoleillé nous avait, ce jour-là, poussées à sortir avant le goûter.

Nous partîmes vers les champs. Des restes de neige traînaient sur les labours où des corbeaux sautillaient lourdement. A notre approche, ces oiseaux s'envolèrent sur les branches des

1. Réunion à jour fixe.

cerisiers qui bordaient la route. Soudain l'un d'eux fonça sur moi en poussant son vilain croassement. Ses ailes avaient rasé ma toque de fourrure et je demeurai saisie au milieu de mes compagnes, elles-mêmes impressionnées... On rebroussa chemin. Tandis que les autres reprenaient leur entrain, je ne pouvais me défendre d'un étrange pressentiment... Nous revenions au moment où la bonne déposait sur la nappe brodée de fleurs champêtres le *kugelhopf* traditionnel et versait dans les tasses en vieux Strasbourg le lait mousseux. Le café embaumait. Tartes, vacherin, glaces composaient l'ordinaire de ces goûters copieux au sortir desquels on passait au salon. Les hautes lampes tamisaient une douce lumière. On voyait luire les braises derrière le mica du poêle de porcelaine. Groupées autour du piano, nous écoutions les valses lentes que Cathy Lehmann jouait en y mettant toute sa langueur et nous parlions de nos flirts, ce jour-là, d'un lieutenant qui au dernier bal avait fait sensation. Les officiers allemands n'avaient jamais existé pour nous et l'enthousiasme de voir l'uniforme français ne s'était pas encore apaisé.

— Il m'a beaucoup questionné sur ton compte, me rapporta Maria Benner. Mlle Ehrhardt est aussi jolie que sa mère, avec en plus le contraste de ses yeux violets et de ses cheveux noirs, m'a-t-il dit...

— Consultons l'oracle ! avait proposé la fille de la maison.

Le piano fut abandonné et un jeu de cartes étalé sur la table. Odile, que nous nommions Didela, savait les manier avec un doigté de vieille cartomancienne. Lorsque vint mon tour, je craignis je ne sais quelle noire prédiction... Mais mes cartes étaient bonnes et me promettaient un mariage d'amour...

Mes compagnes me quittèrent à l'instant où, arrivée devant la porte d'entrée, j'introduisis ma clef dans la serrure. Je trouvai le corridor, les escaliers plongés dans l'obscurité. J'appelai la bonne, mais dans la maison rien ne bougea...

Et voici que, dans l'étrange silence, crépita la sonnerie du téléphone... Une singulière inquiétude m'envahit tandis que je saisis le récepteur...

— Allô, allô, mademoiselle Ehrhardt ?... Ici l'Hôtel-Dieu de Strasbourg... Soyez courageuse, mademoiselle... Un accident... Vos parents sont gravement blessés...

Je ne pus en entendre davantage, le récepteur m'était tombé des mains.

De vagues parents venus pour les obsèques demandèrent à se charger de moi. Je déclinai leur offre. Toute marque de compassion me devenait intolérable. Mon goût pour la solitude, l'indifférence que je marquais à toutes choses inquiétèrent le médecin qui m'avait connue enfant. Il parla d'un séjour dans un sanatorium. Cette menace me donna la force de réagir. Je compris que je ne pouvais demeurer plus longtemps dans cette maison hantée de souvenirs qui me déchiraient, affronter les miroirs qui gardaient le reflet des trois êtres si brutalement arrachés à ma tendresse. Je compris que si je voulais continuer à vivre, il fallait fuir ces lieux, où, hallucinée, je ne cessais de guetter le bruit d'une porte, d'attendre un impossible retour...

Je vivais ainsi depuis des semaines lorsqu'un matin, sortant de lourds cauchemars, et sur le point de m'abandonner encore aux affres de mon complet délaissement, mon regard tomba sur le globe terrestre où si souvent, en compagnie de mon pauvre papa, je suivais du doigt les fines lignes rouges, contournant la boule lisse... « Mon frère est là... », disait-il en cherchant l'Afrique du Sud. A ce souvenir, une idée germa en moi. Si je partais ?... Mon héritage me permettrait de voyager à mon gré ! Je saute du lit, glisse dans ma douillette et cours au salon. J'emporte l'album et fiévreusement tourne les pages sur des portraits surannés. J'ai vite trouvé celui d'un homme à favoris, l'air raide, qui s'appuie d'une main sur l'épaule d'une belle jeune fille : mon oncle Jacques et ma cousine Doris, qui passa deux années avec moi, aux Hirondelles, à Genève et qui habitait chez nous pendant les vacances.

Au câble leur annonçant mon malheur, ils avaient répondu par un message affectueux. Mon oncle Jacques demeurait à Johannesburg. Dans sa jeunesse, ce frère de papa avait émigré au pays des Boers. Il y avait fait fortune et s'était marié avec une Hollandaise.

La pensée d'une fuite, d'une évasion possible, se fixait dans mon esprit, s'affirmait de plus en plus. Partir... La tentation d'un départ prochain ne me quittait plus. Je m'en ouvris à mon tuteur qui approuva mon projet. J'écrivis à mes parents lointains. Au bout de six semaines, j'avais leur réponse. Ils se réjouissaient du parti que j'avais pris d'aller vivre auprès d'eux.

II

Mon train partit au petit jour. Peu d'amis étaient venus jusqu'au quai. Ils m'en voulaient de ma désertion. S'ils avaient su comme il m'en coûtait de m'exiler ! Portières qui claquent, mouchoirs qui s'agitent... Déjà le clocher, les toits rouges du lieu de mon enfance disparaissent dans une brume nacrée. Mes larmes se mêlent aux gouttelettes de buée qui coulent le long de la vitre contre laquelle j'appuie le front. Mais toutes les sources s'épuisent à la longue. Mes yeux se séchèrent. J'atteignis à une sorte d'amère résignation.

Le train roulait à travers la campagne déserte, les villages endormis. Pas une fumée ne montait des chaumières. Une épaisse rosée recouvrait les champs et les prairies où l'on ne découvrait encore ni oiseaux, ni bétail. Je baissai la vitre. Chargée de l'odeur des jeunes herbes, la fraîcheur matinale pénètre le coupé où je suis seule. Mon souffle reprend son rythme régulier. Dans mon manteau de coupe sévère, mon chapeau cloche formant abat-jour sur mes yeux rougis, je passe inaperçue dans le wagon-restaurant où je prends mon petit déjeuner. La vue des vergers en fleur défilant le long du convoi me fait mal. La nature en fête semble narguer mon deuil inguérissable.

Je crois que, même très malheureux, on peut éprouver un doux bien-être à allonger les jambes sur une couchette, à s'endormir au bercement des roues d'un train nocturne. De brefs réveils aux arrêts, quand un lampadaire m'éclaboussait de sa lumière brutale. L'appel du nom d'une ville courant le long des wagons. Pas hâtifs qui battent l'asphalte. Claquement des portières. Le ronron des roues scandait à nouveau mon sommeil, quelques instants interrompu.

Au matin, je sentis en moi comme une détente. Le paysage avait changé. Sous un ciel de lin on voyait de pâles collines de sable, des champs maigres et désordonnés. Les arbres semblaient avoir subi la torture. Tous courbés du même côté, ils tendaient leurs branches tordues comme pour prévenir d'un danger terrible... Etait-ce de l'océan qu'ils montraient cette frayeur ? On ne le percevait pas encore, mais à son souffle froid, on le devinait dans le vide blafard derrière les dunes. De loin en loin, un moulin tournait lentement ses grandes ailes sombres. D'immenses panneaux annonçaient une cité proche. Le train enfin stoppa à Hamburg.

Je me sens perdue sous l'imposante verrière, au milieu du fourmillement des voyageurs. La sensation d'être seule, livrée à moi-même, me donne le vertige. Mais une vision lugubre me fait frémir. Non, non ! Pas de regrets ! L'émoi me reprend quand, m'étant fait conduire dans le port, j'aperçois cette forêt de grues, de mâts, de cheminées. Mon trouble augmente encore en posant le pied sur la passerelle du *Wahnfried,* vapeur allemand qu'une agence de voyage de Strasbourg avait recommandé à mon tuteur. Je trouve mes bagages dans la cabine où m'a conduite le commissaire de bord.

J'étais en train de déballer quelques objets de première nécessité quand on frappa à la porte. Je criai : « Entrez !... » Une femme parut sur le seuil. Grande, un peu massive, en d'amples vêtements noirs, elle obstruait l'étroit chambranle. Je la regardais, saisie. Comment décrire le visage de cette inconnue ?... Il semblait taillé dans la pierre, crevassé de rides profondes, supplicié... Malgré ses cheveux blancs, elle n'était pas vieille et peut-être ses yeux bruns avaient-ils été beaux jadis ?... Mais toute la lumière les avait fuis et morne aussi était sa voix.

— Excusez-moi, me dit-elle en anglais, après m'avoir demandé si je comprenais cette langue. Avant de débarquer, j'habitais cette cabine où j'ai dû laisser des papiers... Les stewards prétendent qu'ils n'ont rien trouvé... Voulez-vous me permettre de chercher moi-même ?...

Ensemble, nous visitâmes les recoins, le fond de l'armoire, le dessus où s'étalait la ceinture de sauvetage. Ce fut en vain. L'étrangère paraissait consternée.

— Je ne comprends pas..., murmura-t-elle.

Brusquement, elle eut une défaillance. Je voulus la soutenir, elle m'écarta :

— Jusqu'où allez-vous ?... me demanda-t-elle d'un ton presque méchant.

— Ma destination est Johannesburg...

Elle tressaillit :

— Johburg !... murmura-t-elle en s'appuyant lourdement contre la porte.

J'éprouvais moi-même une détresse trop grande. A la vue de ce visage ravagé, les larmes me gagnèrent.

Elle s'en aperçut :

— Vous êtes en deuil ! remarqua-t-elle doucement. Moi, j'ai tout perdu... Tout... Je suis plus pauvre que la pierre de la route...

Je ne pus m'empêcher de porter la main à mon sac. Un léger rouge monta aux pommettes de la femme.

— Non, je n'ai pas besoin d'argent, fit-elle. C'est une autre chose que j'ai perdue, qu'on m'a volée... (Elle respira profondément) Ecoutez, reprit-elle avec effort, si vous deviez, contre toute attente, découvrir le manuscrit que j'ai égaré, peut-être le lirez-vous, je ne puis vous le défendre... Mais les noms que vous y trouverez, oubliez-les et jetez ces cahiers, oui, ce sont des cahiers qu'il faudra jeter à la mer... Me le promettez-vous ?

— Pourquoi, si par miracle je mettais la main dessus, ne vous les enverrais-je pas ?... Ne voulez-vous pas me laisser votre adresse ?

Elle secoua la tête en posant sur moi ses yeux atones :

— Inutile... Mais vous ne m'avez pas promis ?

— Je ferai ce que vous me demandez, lui répondis-je.

L'inconnue me salua sans sourire. Comme pour chasser l'oppressante tristesse apportée par cette femme, le rideau de cretonne fleurie de ma couchette se mit à claquer, agité par le vent du large qui se ruait par le hublot.

Je montai sur le pont où, debout à la rambarde, les passagers lançaient des serpentins que les parents, les amis, les curieux, rangés sur le quai, attrapaient au vol. Banderoles multicolores, liens fragiles reliant un moment encore le formidable bateau avec la terre... Et puis les sirènes mugissent...

Des chaînes roulent et grincent. Le *Wahnfried* oscille du haut en bas, s'écarte lentement du quai, tandis que l'orchestre du bord attaque un chant populaire de circonstance :

Es ist bestimmt in Gottes Rat,
Dass man vom Liebsten das man hat
Muss scheiden, ja scheiden !...

Il est écrit dans le grand livre de Dieu
Qu'il faut se séparer de ceux qui nous sont
les plus chers...

Le paquebot s'écarte de plus en plus. Les rubans de papier se sont rompus. Un peu de rouge, de bleu, un peu d'or, demeure aux mains tendues... A cet instant même, on perçoit une clameur. Des gens courent là-bas, forment un rassemblement.

— C'est une femme qui est tombée à l'eau ! dit un passager qui se sert de ses jumelles.

D'autres longues-vues se braquent.

— Un homme plonge... Il l'a saisie, la ramène...

— Vit-elle ?...

Ma voisine hausse les épaules.

— On ne peut en juger à cette distance, mais il y a des chances, le sauvetage a été si prompt !

Le port devint invisible. Bientôt, il n'y eut plus autour de nous que l'eau et le ciel. Je demeurais penchée à la lisse, séduite par ce spectacle nouveau. Les flots s'enflaient, s'agitaient le long de la carène. Les vagues semblaient se chauffer au soleil, se gorger de lumière. Je suivais leur va-et-vient affairé... Les crêtes d'écume semblaient de minuscules têtes chevelues surgissant et replongeant dans un jeu capricieux.

— C'est très beau tout ça, mais ne doit pas vous faire oublier qu'on a sonné pour le lunch..., dit une voix bien timbrée.

Je levai la tête.

— Voilà ! Voilà ! reprit la voix avec un rire étouffé, il faut regarder à vos pieds, mademoiselle !

Une sorte de gnome tirait sa casquette en se présentant :

— Heer van der Laan, pour vous servir, mademoiselle...

De son long bras, il montrait l'horizon où la grande cité avait disparu.

— Cet accident, survenu au moment du départ, vous a impressionnée ? Autant que j'aie pu en juger, c'est la femme que j'ai vue sortir de votre cabine !

Je regardais, avec autant de curiosité qu'il me regardait lui-même, ce bossu aux cheveux couleurs de paille qui haussait vers moi sa grande face blême et intelligente.

Et voici que ce pâle ciel nordique, ce coin de navire ensoleillé et ce drôle de bonhomme qui, dans son costume de toile kaki, semblait échappé du rang des sept nains de Blanche-Neige, me donnèrent une impression d'irréel... Je répétai machinalement :

— La femme qui est sortie de ma cabine.

— Cette malheureuse ne paraissait plus jouir de toutes ses facultés, reprit l'étrange passager. Depuis l'arrivée, elle est remontée plusieurs fois sur le bateau pour réclamer un paquet de cahiers qu'elle prétendait avoir égaré dans son ancienne cabine, la vôtre... Elle harcelait le personnel.

Je revoyais la sombre et morne silhouette... Il y avait autour de cette femme une telle atmosphère d'abandon !

— Peut-être a-t-elle voulu mourir ? remarquai-je.

— Je ne pense pas, opina le bossu. Quand on veut se séparer des vivants, on ne choisit pas un endroit grouillant de monde !

— A-t-elle été sauvée ?... On ne le saura jamais.

— Mais si ! En arrivant à Rotterdam, nous n'aurons qu'à lire les journaux...

Ma première nuit sur le *Wahnfried*. L'air salin baignait mon sommeil et, pour la première fois, mes pauvres fantômes couverts de sang n'ont pas visité mes rêves.

Le *Wahnfried* n'a que 8 700 tonnes. Peut-être est-il un peu trop chargé d'or et de marbre, mais si gracieux quand même, blanc et allongé. Sur les soixante-dix passagers de première classe, il y a quarante géologues allemands. Ils ont un air épanoui de grands enfants en liesse. Sur leurs faces rougeaudes, on lit la résolution de jouir pleinement du beau voyage qu'une société scientifique de leur pays leur a offert. *Strohwitwer*[1], se proclament-ils en se frottant les mains. Chez l'un ou l'autre, une blême balafre barre la joue grasse et luisante, vestige d'anciens duels à l'épée. Barbus, ventrus, leur nuque dépassant de trois bourrelets de graisse le col raide de leur chemise, ces messieurs, à l'heure des repas, se pâment d'aise... Sur la carte que le maître d'hôtel leur présente ils ne refusent pas un plat ! La serviette étalée sur leur plastron, ils commencent par le pamplemousse, le porridge, les poissons fumés, viandes, *eggs and bacon,* le tout arrosé d'une bouteille de vin cacheté. Ils terminent ce petit déjeuner par le café au lait trempé d'une série de petits pains beurrés. A la dérobée, je les regarde engloutir, comme si ces brillants appétits pouvaient stimuler le mien ! Deux femmes font

1. Textuellement : veuf de paille, mari en voyage, loin de sa femme.

partie du groupe de géologues ; deux Anglaises, qui partagent avec moi une des petites tables rondes de la salle à manger. Miss Noël et sa cousine Maud, en se présentant, parurent effarouchées par mon deuil sévère. Ces deux vieilles savantes se croient obligées, par égard pour moi, de freiner leur naturelle gaieté. Je les rassure en leur souriant tant que je peux et en répondant avec empressement quand elles se tournent vers moi pour échanger quelque réflexion sur la toilette d'une passagère, ou la gentillesse d'un enfant. Depuis que je leur ai appris que je suis orpheline, elles me comblent de prévenances, et nous sommes devenues amies. La figure poupine de miss Noël est couverte d'un réseau de rides si fines qu'on les dirait tirées à l'aiguille. Elle doit être la plus jeune pourtant, car, si partant d'un fou rire, elle se moque en sourdine d'un de leurs doctes collègues, sa compagne la morigène comme une gamine.

De grand matin, je suis montée sur le *deck*. Les vagues hautes, sans écume, claires et lisses, formaient de mouvants toits bleus. Le vent faisait claquer les toiles du velum et rebroussait mes cils. Garantie contre ces assauts par un imperméable et un petit bonnet qui m'emprisonnait cheveux et oreilles, je me laissais mouiller d'embrun, le léchais sur mes lèvres. Une forme naine parut dans l'étroite cage d'escalier montant des coursives. Heer van der Laan se mit à m'examiner sans gêne comme on détaille un objet ou un tableau.

— Comment, déjà au poste avant le lever du soleil ? s'étonna-t-il.

— C'est l'heure que je préfère, on a l'illusion d'être seul sur le bateau...

— Il vous faut donc tant de solitude...

Le regard inquisiteur du petit homme parcourait mes traits. Cette façon de me dévisager me remplissait de malaise et je m'esquivais dès que je le voyais de loin.

— Excusez-moi, *mejuffrouw*[1], si j'ai interrompu vos pensées. Les premiers jours d'une traversée me sont toujours pénibles. Tout ce remue-ménage d'eau autour de moi me rend nerveux... Je ne puis dormir et guette l'aube pour fuir ma cabine...

Deux matelots chargés de seaux et balais envahirent le pont.

1. Mademoiselle.

Nous dûmes leur céder la place et nous réfugier sur le spardeck.

— Il me semble que vous connaissez, vous aussi, les petits lutins nocturnes, *mejuffrouw ?*

Les grands yeux hâves du bossu m'interrogeaient avec compassion.

— Non, dis-je, moi, je dormirais, mais la mer, elle, ne dort jamais. Quand je me réveille au milieu de la nuit, les commandements, les coups de cloche assourdis, les pas qui courent, me semblent autant de bruits d'alarme... Je cherche alors des yeux la ceinture de sauvetage et n'arrive plus à me rendormir...

— Donc, peur de la mort ? Pas étonnant, on nous élève dans cette peur-là, elle fait partie de notre éducation !

Le ciel commençait à se colorer. A l'horizon, de gros ourlets d'or dessinaient le contour des nuages. Les vagues charriaient des roses.

— Est-ce beau ! s'exclama mon compagnon, et dire que peut-être nous sommes les seuls passagers à contempler ce spectacle qui me met en train comme la douche matinale ou le café du breakfast ! Mais écoutez ! Voici le Weckruf !

On entendait le clairon. J'aimais cet air du réveil et je n'ai pas oublié les quelques phrases mélodieuses :

Wacht auf, ihr Schläfer gross und klein,
Es wacht schon längst der Kapitän,
Er ruft euch Guten Morgen zu,
Wacht auf, ihr Schläfer, aus der Ruh' !

Réveillez-vous, dormeurs, petits et grands,
Le capitaine appelle et vous attend !
Il vous souhaite un joyeux bonjour !
Hors du lit, dormeurs, il fait jour !

La première escale fut Rotterdam. Je descendis à terre pour trouver dans cette ville les images traditionnelles de la Hollande : gens propres et bien portants, coiffes populaires, sabots qui claquent... La journée était claire, le ciel d'un bleu effacé et moelleux. En pleine ville, des péniches se croisaient sur les canaux étincelants. Des bouffées fraîches montaient des pavés, se dégageaient des maisons. Partout des gens frottaient, polissaient, lavaient. On voyait de jolies maisons roses, les unes neuves, d'autres très vieilles à encorbellements et toits pointus. Toutes avaient les fenêtres garnies de pots de fleurs, et sur les portes d'entrée, sonnettes, clous et serrures brillaient comme de l'or. J'arrêtai une voiture et me fis conduire dans la campagne. Je vis les Polders, les watergangs. Les paysages défilaient nets et ordonnés. Aux pieds des moulins à vent, des vaches au pelage blanc et roux broutaient des prairies d'émeraude sillonnées de ruelles d'eau. A ma question, le cocher répondit que la saison des tulipes n'était pas finie. Il me mena dans les dunes intérieures et j'eus peine à réprimer un cri d'extase devant la richesse de ces champs infinis, ruisselants de fraîcheur, enveloppés de légèreté et de grâce...

Je prenais le thé à la terrasse d'un hôtel à Scheveningen quand en vrai gnome, brusquement, Heer van der Laan surgit devant moi :

— Vous permettez ?... (Déjà, il s'était hissé sur une chaise, appelait le garçon.) J'ai du nouveau pour vous ! me dit-il. Elle est morte !

— Qui est morte ?... demandai-je, ahurie, ne pensant plus à la femme qui était venue dans ma cabine.

— Ecoutez...

Mijnheer, comme je commençais à l'appeler, déplia un journal et me lut à haute voix :

Hamburg, 27 avril 19...

« A l'instant même où démarrait le *Wahnfried,* une femme, s'étant approchée trop près du bord, glissa dans l'eau. Retirée sur-le-champ par un brave badaud, elle eût eu la vie sauve si sa tête n'avait heurté la quille d'un bateau. C'était une femme entre deux âges, correctement vêtue. Son sac à main, qui fut repêché, ne contenait aucun papier, mais un mouchoir grossièrement marqué d'un M et une bourse en cuir avec des pièces d'or sud-africaines. Les personnes susceptibles de donner des renseignements sur la morte sont priées de les transmettre au commissariat de police Jungfernsteg, Hamburg. »

— Elle a emporté son secret !

— Si secret il y a... observa le Hollandais. Ces papiers n'existaient peut-être que dans son imagination !...

Mijnheer me fit entrer chez un fleuriste où il m'acheta des tulipes en si grande quantité que nous revînmes au paquebot les bras chargés d'une véritable moisson. Dans les regards des passagers, je surpris de l'étonnement et je remarquai qu'on parlait avec un sourire ambigu du couple bizarre que nous formions. La femme de chambre ne put me procurer assez de vases et, faute de place, je dus déposer des fleurs sur le tapis. Ma cabine s'était transformée en parterre. Après le dîner, j'invitai Mijnheer à venir y jeter un coup d'œil.

Il parut exagérément heureux de mon plaisir.

— Comme à toutes les escales, il y aura beaucoup de bruit ce soir, me dit-il. Voulez-vous me donner l'hospitalité dans votre coin si tranquille que vous avez choisi ?

Je contemplais mes fleurs.

— Pourrai-je les garder la nuit ?

— Bien entendu, elles n'ont pas d'odeur... Pardonnez-moi si je vous impose ma compagnie, poursuivit-il lorsque nous nous fûmes installés sur le spardeck. Je viens d'agir sans tact en vous demandant une faveur que vous pouviez malaisément me refuser le soir où je vous offrais des fleurs... Ne vous fâchez pas si je m'intéresse si intensément à vous... Vous êtes si jeune et si belle ! Je trouve insensé et terriblement injuste que vous soyez accablée de chagrin au point de rechercher un isolement qui n'est pas de votre âge... Un soir, vous vous croyiez seule et regardiez l'horizon encore rouge du couchant. Je sentais qu'un grand poids pesait sur vos épaules, vous ployait les genoux. Vous avez pleuré, étreignant de vos mains jointes je ne sais quel désespoir !...

Je me levai, impatiente. Ce maniaque indiscret commençait à m'agacer. Je descendis vivement l'escalier du pont. Il me suivit :

— Etes-vous fâchée ?... répétait-il.

Dans le hall et les salons, il y avait beaucoup d'animation. On entendait sauter les bouchons de champagne. En atteignant ma cabine, je me souvins des tulipes. Elles étaient là, magnifiques, leurs calices grands ouverts... Leur vue me radoucit. Au bout du couloir, j'aperçus Heer van der Laan qui me suppliait du regard. Il s'approcha timidement :

— Je ne dormirai encore pas cette nuit... Soyez bonne... Revenez sur le *deck* et permettez que je vous offre une coupe de champagne.

Comme un drap noir, la nuit obstruait l'ouverture de mon hublot. J'eus peur, tout à coup, de toutes ces fleurs qui évoquaient pour moi les corps dont on avait dû cacher les blessures sous un amas de corolles...

Docilement, je suivis le bossu. A l'instant où nous reprenions place dans nos fauteuils de rotin, le *Wahnfried* entra dans les ténèbres. Il n'y eut plus qu'un noir opaque sur le ciel et sur l'eau.

— Regardez les hublots, dit mon compagnon, ils commencent à s'éteindre l'un après l'autre... Cependant, derrière les cloisons, on continue de travailler à la vie !...

Comme une réponse à ces mots, on entendit les éclats de deux voix furieuses. Cela venait d'une cabine au-dessous de nous.

— C'est leur manière à eux de travailler à la vie ! Ah ! que ces emportements me plaisent !... Je les connais ces deux amoureux qui, pour l'instant, se mordent et se griffent ! Ce sont des Espagnols qui, souvent, portent sur leurs joues et leurs mains les marques de ces caresses nocturnes... Mais que l'un tourne le dos, l'autre, aussitôt, se précipite à ses trousses, l'air inquiet, comme s'il allait lui échapper à jamais !... Je vous ennuie ?

— Non, parlez-moi de ces passagers que je ne connais pas...

Quand je rentrai dans ma cabine, je trouvai mon hublot vissé. L'air était lourd de l'haleine des tulipes. Je les portai dehors. Le ventilateur mis en marche, je m'endormis.

Il faisait grand jour lorsque je me réveillai. De ma couchette j'aperçus le clair-obscur du ciel où des nuages d'argent entraient en lutte avec de sombres nuées menaçantes.

Les flots battus jaillissaient jusqu'à mon hublot, laissant une traînée d'écume sur la petite vitre ronde. Revenue de mon bain, je sonnai pour du café fort et des tartines de beurre. Au moment de quitter la cabine, je m'aperçus que j'avais omis de mettre le médaillon que je portais à même la peau et que j'avais enlevé à l'aube pour faire mes ablutions. Ne trouvant pas ce bijou, je montai sur une chaise pour explorer la planche de mon armoire. Que ce meuble était donc profond ! J'allongeai le bras tant que je le pus, ma main plongea dans un creux, et, ô surprise, en retira, non seulement mon médaillon, mais un gros rouleau entouré d'une ficelle. Assise sur ma couchette, j'hésitais à défaire le lien, ne doutant pas un instant que je venais de ramener à la lumière les cahiers de l'étrangère, morte peu après avoir quitté ma cabine. « Peut-être les lirez-vous, je ne puis vous le défendre... », m'avait-elle dit. Je revoyais cette face morne et terreuse... Parcourue d'un frisson singulier, j'ouvris les cahiers. Ecrits en hollandais, ils présentaient pour moi une difficulté inattendue... Cependant, en les feuilletant, je compris que, grâce à l'anglais et à l'allemand que je possédais, je n'aurais pas trop de peine à les déchiffrer. D'ailleurs, Mijnheer van der Laan n'était-il pas là pour me prêter son concours ? Grand fut son étonnement lorsque je lui montrai ma trouvaille. D'un œil curieux il parcourut l'écriture sage et ordonnée qui courait sur un papier quadrillé, fripé par endroits, comme par des traces de larmes...

Je négligeais les livres que Mijnheer van der Laan choisissait pour moi dans la bibliothèque du bord, mon esprit se refusait au moindre effort. Des heures durant, je demeurais étendue sur ma chaise longue à fixer la mer, consentant parfois, par ennui ou pitié, à écouter les grands discours du bossu. Peut-être avait-il raison quand il prétendait que dans le malheur il était déplorable de pouvoir s'adonner complètement à sa douleur... Lorsqu'on a perdu un être cher ou que le cœur défaille déchiré de trahison, heureux ceux que la vie oblige à lutter pour le pain quotidien. Je m'étais crue insensible à tout, sauf à mon deuil, et voici qu'un événement inattendu réveillait mon intérêt.

A l'arrière-plan de ma mémoire, je retrouve ce matin clair, où de petits nuages blancs voguaient sur le firmament d'un bleu profond. Nous étions en haute mer. Pas une fumée, pas une voile ne coupait l'horizon. A peine entendait-on la trépidation des hélices. Les flots bruissaient le long de la carène. Un timide élan vers la joie de vivre naissait en moi, j'étais toute au bien-être de respirer largement l'air salin. Ce fut dans cette atmosphère de paix que je commençai à déchiffrer les premières pages des cahiers d'Ide Yvarsen...

LES CAHIERS D'IDE YVARSEN

I

« Lorsque les Cafres amenèrent à la ferme de Mathijs Minhaar la femme blanche qu'ils avaient trouvée dans la brousse, presque morte de froid et d'épuisement, les fermiers ne purent tirer d'elle qu'une seule parole : « Je ne sais pas... Je ne me souviens de rien... » Ils en avaient pris leur parti et gardé l'inconnue qui semblait frappée d'amnésie. Parfois, la malheureuse se prenait la tête à deux mains, fronçait les sourcils et ses yeux s'égaraient dans un effort immense... Alors, la fermière lui abaissait les bras, la regardait avec pitié : « Allons, Ranny (c'était le nom qu'ils lui avaient donné), ne vous tourmentez pas ! Ne ruminez pas !... Un beau jour, la mémoire vous reviendra ! »

Mais sept années s'écoulèrent pour moi dans cette léthargie, sept années durant lesquelles je n'eus aucune conscience de mon existence passée...

Sortie de ma longue torpeur, les scènes de ma vie antérieure m'apparurent, d'abord brouillées, comme lorsqu'on regarde gens et choses à travers des lunettes trop fortes. Puis, peu à peu, les visions se précisèrent, prirent forme... Hélas ! En même temps que ma mémoire, ma détresse ressuscitait et je compris que ma renaissance à l'état normal était le pire qui pouvait m'arriver ! Je tombai dans une prostration profonde. Un matin, Mathijs attela sa carriole et s'en fut quérir un médecin de White-River.

Après m'avoir minutieusement examinée, celui-ci déclara que

mon état physique n'était pas mauvais. Il se montra curieux de connaître la raison du choc cérébral qui me frappa jadis.

— Des parents, des amis ont dû vous chercher, s'inquiéter de votre sort ? Mon devoir est de vous rendre à votre famille... Vous souvenez-vous de votre nom ? De la ville ou du bourg que vous avez habité ?...

Il s'interrompit, troublé par la frayeur qu'il dut lire dans mes yeux.

— Ne craignez rien, me rassura-t-il, on n'exercera sur vous aucune contrainte... Les Minhaar ne demandent qu'à vous garder...

— Les braves gens ! Depuis sept années, m'ont-ils dit, ils ont pris soin de moi et depuis sept années, je suis morte pour les miens ! fis-je avec angoisse. Ce serait une morte vivante qui reparaîtrait parmi eux !... Vous représentez-vous leur effroi ?

— Pauvre femme, murmura le docteur, je comprends votre désarroi, vos scrupules... Vous feriez bien, pourtant, de vous confier à moi... Je pourrais vous conseiller, vous aider... Vous savez que je dois respecter le secret professionnel...

Il était assis tout contre moi. A travers ses lunettes d'écaille ses yeux d'un noir opaque ne cessaient de scruter ma face.

— Quel âge avez-vous ? me demanda-t-il.

— Trente-cinq ans, *dokter*... Voyez, il y a sept ans, j'étais une femme encore jeune, maintenant...

— Vous êtes encore une femme jeune, affirma-t-il avec fermeté, assez jeune pour refaire votre vie !

Je ne sais quelle inflexion de sa voix me rappela celle que j'avais tant aimée... Je tombai subitement dans une de ces crises de désespoir où je criais, me débattais comme une créature à laquelle on a tout pris. Le docteur me saisit les poignets.

— Allons, allons ! *mevrouw* [1], ne vous laissez pas aller ainsi, que diable !

Meiken était accourue. Elle m'appliqua sur le front une compresse d'eau froide.

— C'est la fin de l'accès, dit-elle en me voyant haleter plus doucement.

Le docteur fut invité à passer la nuit à la ferme. On lui dresserait un lit dans la salle.

1. Madame.

Nous venions de souper. Après avoir lu quelques versets de la Bible, Mathijs alluma sa pipe. Le docteur fumait la sienne. Meiken ravaudait du linge. L'étroite fenêtre taillée dans le mur blanchi à la chaux s'ouvrait sur la nuit. La lampe à huile éclairait parcimonieusement la table où restaient un cruchon de *kaffir beer*[1] et des verres.

Pour cette veillée, le fermier m'avait cédé son fauteuil en reps rouge, seul luxe de la maison. Je m'y appuyai accablée, poursuivant, les yeux clos, les multiples images qui traversaient ma tête chaude et douloureuse. Une main se posa sur les miennes que je tenais jointes sur les genoux. Le docteur avait rapproché sa chaise.

— Ne réfléchissez pas trop, *mevrouw*... N'affrontez qu'avec prudence les événements qui ont précédé votre maladie... Vous ne voulez toujours pas vous confier à moi ?... ajouta-t-il après un silence. (Et comme je ne répondais pas) Bon !... Je respecte votre secret... Mais savez-vous ce que vous devriez faire ?... Ecrire !

— Ecrire ? protestai-je inquiète, croyant qu'il pensait à me faire écrire une lettre.

— Oui, vous devriez écrire vos Mémoires, *mevrouw,* la méthode serait excellente pour dérouiller votre cerveau, le forcer à vous restituer chaque détail de votre vie passée... En les portant sur le papier, vous arriveriez à coordonner et à fixer les figures qui, j'imagine, doivent mener dans votre cervelle une folle sarabande ! Suivez mon conseil *mevrouw,* retournez jusqu'à votre toute petite enfance... Notez ce que vous avez vu, ce que vous avez fait et senti... Ce travail apportera un dérivatif à votre vie actuelle... Et quel confesseur discret qu'une page blanche !... Meiken Minhaar ! appela-t-il, et lorsque la fermière accourut, écoutez l'ordonnance que je prescris à notre malade : une plume, de l'encre, un cahier !

Pendant qu'il me parlait ainsi, je devenais attentive, me souvenant de livres lus jadis... Ecrire... écrire mon roman pour moi seule... Chanter mon Cantique des Cantiques à mon bien-aimé qui ne le lira jamais...

Meiken m'apprit que le docteur l'avait longuement interrogée sur mon compte.

1. Bière des cafres.

— Y a beau temps que nous le connaissons, me dit-elle. Quand mon homme s'est blessé avec la faux, nous sommes allés chez lui. Son nom est français, prétend Mathijs, il s'appelle Dubois. Dans son cabinet, il y a plein de tableaux d'Paris et plein d'livres, plus de mille livres, ben s'il a lu tout ça, c'est pas malin d'être si savant ! Faut lui obéir, Ranny, faut écrire puisqu'il dit que c'est bon pour toi... On t'en laissera le temps, va ! T'as assez bûché pour nous ! Et puis, il a voulu savoir si t'avais un anneau de mariage quand les noirs t'ont amenée chez nous... Non, Ranny, t'avais pas de bague, les nègres te l'auront volée... On voyait bien que t'étais une lady, t'avais pas les mains d'une paysanne, et quel linge fin sous ta robe en lambeaux ! Une belle robe tout de même, blanche avec des pois rouges... Je l'ai conservée, veux-tu la voir ?...

Non, je ne voulais pas la voir... Ce n'était pas du jour maudit où j'avais porté cette robe-là que je devais commencer mes Mémoires...

II

Je suis née dans un faubourg de Rotterdam. Mon père tenait un emploi dans l'Administration. Nous habitions une vieille maison datant des ancêtres. Elle était tout en paliers, larges escaliers sombres, innombrables recoins. La façade de devant donnait directement sur la rue, celle de derrière, sur un jardin que Pa cultivait avec amour. Il y avait planté des arbustes, lilas et jasmin, qui masquaient les enclos et un potager dont les odeurs épicées se mêlaient aux parfums des fleurs ; je n'avais pas atteint ma troisième année que j'entendais déjà Ma se plaindre auprès de mon père : « Il y a des enfants qui naissent fous ! » grondait-elle, lorsque chien et chat devaient se garer de mes trop intempestives caresses ou que, vautrée sur une plate-bande, j'embrassais les fleurs, les empoignais à pleines menottes, y frottant ma face joufflue. Une fois, Pa, me voyant les doigts tout poissés, me montra les tiges arrachées. « Regarde comme elles saignent ! » Mais je connaissais la couleur du sang et je ne voulus pas me laisser convaincre. « Les fleurs ont du sang blanc ! » me dit-on. Comment eussé-je douté de la parole des grands ? Par la suite, mes puérils transports épargnèrent le jardin. Par contre, *mœder*[1] m'attrapa à quatre pattes sur le plancher, cherchant à capter les rayons de lune... Pour le coup, la lune fut mise dehors, les volets hermétiquement clos et une fessée m'apprit que, lorsqu'il était l'heure de dormir, on ne batifolait pas avec les joujoux du ciel ! A l'école, je fus une bonne élève. Avec l'ardeur que j'apportais à toutes choses, je ne demandais qu'à m'instruire. Mais je rencontrais bien des entraves. Dès mon retour de classe, il fallait aller aux provisions, aider Ma à la cuisine. Seulement, quand les sœurs étaient débarbouillées et bordées dans leur lit, que la vaisselle était rangée, salle et cuisine en ordre, je pouvais, enfin, faire mes devoirs et apprendre mes leçons.

Je venais d'être confirmée, lorsque mon père mourut subitement d'une embolie. Avec lui, je perdais mon meilleur ami, celui qui me protégeait contre l'âpre sévérité de Ma. « Crois-moi, Mintje, disait-il, à cette fille avide d'affection, il faudrait plus de caresses que de taloches ! » Ma alors se contentait de sourire avec pitié en montrant son front du doigt. Mais Pa n'était guère d'humeur combative. « J'ai en idée que notre aînée ne s'apparente guère à notre bonne race nordique. Pour moi, une goutte de sang étranger s'est glissée dans ses veines. De là son penchant à la rêvasserie, et cette sensibilité excessive qui s'accorde si mal avec le caractère pratique de notre race. Je crois me souvenir d'ailleurs, que, dans la chronique familiale, on parlait d'un arrière-grand-père qui aurait ramené une épouse de ses pérégrinations lointaines. Cela expliquerait certains traits de caractère de notre Ide. »

— Pourquoi ne m'as-tu rien dit de cela, lorsque nous nous sommes mariés ? avait demandé Ma d'un air outré.

— O Mintje, fallait-il donc, comme un grand seigneur, te soumettre un arbre généalogique afin que tu pusses t'assurer qu'aucun élément exotique ne s'était jamais mêlé à mon sang hollandais ?

Pa riait, sa femme haussait les épaules. Mais j'avais, moi, un aliment de plus à mes rêveries... Je les peuplais de cette aïeule à laquelle je devais ressembler, et qui était venue d'un pays où il n'y avait pas tant d'eau dans les rues, et pas d'hivers si rudes ; où, à l'ombre des palmiers, on s'éventait d'un éventail de nacre et de dentelles. . Sans doute, dans ce pays de rêve, des

1 Mère

impulsions mystérieuses poussaient-elles les filles hors de leur couche quand chantait le rossignol ? Dans un jardin voisin, sur la plus haute branche d'un sapin étêté par l'orage, un rossignol détachait sur le ciel sa minuscule ombre grise. Frétillant, allongeant son cou grêle, il lançait ses vocalises qui roulaient comme des perles dures sur l'argent de la nuit... Derrière moi, mes quatre sœurs dormaient, leurs cheveux confondus, les mains inconsciemment rapprochées. Pourquoi me sentais-je isolée ? Si douloureusement isolée que, le front sur le rebord de la fenêtre, je fondais en larmes... Quelquefois, il me prenait une envie folle de sauter de ma croisée, d'ouvrir le portillon du jardin, de courir dans la rue à la poursuite de quelque chose qui m'appelait et que je ne pouvais voir !... Je me souvenais de promenades à la main de Pa. De fêtes foraines et de fêtes de tir, où je portais une robe blanche avec une ceinture d'azur, au bras un gros bouquet campagnard que Pa m'avait aidé à cueillir. Au milieu d'une foule en liesse, nous nous installions sous une tonnelle. On nous servait de la bière et tandis que nous mangions notre fromage, Pa me parlait ou plutôt se parlait à lui-même peut-être... « Malheureux sont tous ceux qui dépassent la bonne mesure ! disait-il. Il faut être fort, très fort, c'est toute la philosophie de la vie... Il faut tenir tête aux événements et aux hommes ! Moi, ma pauvre enfant, je suis un faible et t'ai transmis pire qu'une maladie héréditaire : ma faiblesse ! La faiblesse est haïssable, Ide ; quand Dieu a dit : Je cracherai les tièdes, je pense qu'Il ajouta : et les faibles ! On est faible quand c'est le cœur qui domine... Le mien a toujours clamé si fort qu'il fallait lui taper dessus ! A la longue, il s'est tu... » Pauvre père, comme je le comprends aujourd'hui... Qu'il avait dû souffrir de la contrainte imposée à sa généreuse nature. Pourtant, Ma n'était pas méchante. Il n'existait pas de femme plus attachée à ses devoirs domestiques. Mais peut-être son époux n'eût-il pas détesté un brin de bohème chez lui, et que sa femme sût rire, chanter, crier ! Ma ne riait pas, ne s'emportait jamais. Quand elle nous corrigeait, c'était de sang-froid. Quand elle faisait des reproches à son mari, c'était d'une voix monotone, en ouvrant à peine les lèvres et ses paroles tombaient, exaspérantes, avec la régularité des gouttes d'eau qui s'échappent d'un robinet mal fermé. Je crois que, malgré tout, elle aimait son mari, mais elle lui tenait rancune de sa passivité. A la vérité, ses chamailleries se heurtaient à la résignation dans laquelle le pauvre homme s'était muré à la longue. Il avait gardé pour lui ses pensées, ses espoirs. Elle ne pouvait plus le déloger de ce monde qu'il s'était créé comme trop souvent le délogeaient de son logis plumeaux et torchons, en incessante activité.

La mort de mon père me causa un affreux chagrin. Dès que je pouvais m'échapper, je courais sur sa tombe et, me dissimulant au passage du gardien, j'y demeurais souvent jusqu'à la nuit. Ma, quand elle devait me chercher après la fermeture du cimetière, ne me faisait pas les remontrances que j'attendais. Elle-même pleura peu, mais ses traits un peu masculins devinrent encore plus rebelles au sourire et sa piété plus aride. Une petite pension de veuve nous permit de garder notre maison. A part cela, Ma, qui avait été infirmière avant son mariage, obtint des veillées de nuit dans les hôpitaux, ce qui était d'un rapport suffisant pour nous faire vivre. Avec une indomptable volonté, cette femme suppléait le père disparu. Rentrée à sept heures du matin, elle exigeait que le café fût sur la table. Nous le prenions toutes les six ensemble, puis venait l'inspection des écolières. Gare à moi si un bouton manquait, si un accroc était mal reprisé ou si elle trouvait douteux les ongles de l'une ou de l'autre. La plupart du temps, en rentrant des courses matinales, je la trouvais encore debout, lessivant à grande eau le rez-de-chaussée et la rue devant la maison. Il fallait la supplier pour qu'elle se mît au lit après le repas de midi. Le dimanche seulement, quand nous revenions du cimetière, elle consentait à se reposer jusqu'au soir, tandis que je me rendais avec mes sœurs chez tante Antje.

Tante Antje était vieille fille. A l'encontre de Ma, elle avait toujours un visage souriant qui donnait du charme à ses traits heurtés. Un bonnet ruché d'un blanc neigeux cachait en partie son épaisse torsade grise. Invariablement, elle portait une robe de taffetas lilas, qui froufroutait au moindre de ses mouvements. Sa chambre me remplissait d'aise. Grande et claire, elle était tapissée de papier gris à ramages roses. Des chaises en palissandre à haut dossier entouraient une table ronde du même bois. Sur la surface luisante du dressoir, deux candélabres d'argent, munis de mouchettes, flanquaient des verres à pied rouges, qui, touchés par le soleil, jetaient des lueurs de rubis. Devant le sofa de velours bleu, une autre table à longs pieds minces supportait un bocal où nageait un gros poisson rouge. Enfin, la vitrine renfermait des trésors : tasses précieuses, corbeille de filigrane, boîtes en coquillages. Un groupe retenait mon attention comme si chaque fois je le voyais pour la première fois : Apollon penché sur Vénus endormie...

De larges rubans roses retenaient les rideaux de mousseline croisés sur des vitres étincelantes. Assise sur une estrade, derrière les pots de balsamine rangés sur le rebord des fenêtres, la vieille demoiselle pouvait observer la rue, et dans l'espion reconnaître ses visiteurs avant qu'ils eussent le temps de sonner à sa porte. A cinq heures précises, Hildi, la bonne, en vaste jupe et coiffe amidonnée, nous servait le dîner. Il consistait régulièrement en une soupe aux nouilles suivie d'un rôti de viande hachée et de quenelles grosses comme le poing. Un pudding de semoule, glacé d'un sirop de fruits, terminait le repas. Depuis la mort de Pa, on faisait chez nous maigre pitance et, sur le chemin du retour, les petites s'en léchaient encore les babines. Nos pas ralentissaient à mesure que nous approchions de notre logis où rien ne réjouissait le regard.

C'était toujours avec un soupir que je quittais la belle demeure de ma tante. On y accédait par une galerie vitrée où étaient suspendus sous verre des versets de la Bible : « Le Seigneur est mon berger et ne me fera manquer de rien ! » épela un jour ma petite sœur Neeltje. Elle leva sur la vieille demoiselle sa frimousse tavelée de taches de rousseur : « Dis, tante Antje, je voudrais bien que le Seigneur soit notre Berger aussi ; car chez nous on manque de tout ! » remarqua-t-elle. Je m'empressai d'entraîner la petite bande en voyant une fine rougeur envahir les joues de ma tante.

Les malades qui ont besoin d'être veillés la nuit sont toujours de grands malades. Il fallait la rude nature de Ma, aussi dure envers elle-même qu'envers les autres, pour supporter sans défaillance ces nuits au chevet des lits en compagnie de la mort. J'admirais sa vaillance. Pour sa nichée, elle sut braver la fatigue, les privations, les difficultés matérielles. Elle ne s'accordait aucune douceur. Pourtant, à mesure que nous avancions en âge, Ma s'humanisait et elle, qui n'avait jamais ouvert un autre livre que la Bible, permit que tante Antje me passât un des romans qu'elle empruntait deux fois par semaine à la bibliothèque de la ville. Maintenant, en remplissant mes tâches quotidiennes, je me réjouissais dans l'attente du moment où, la maison rangée et Ma partie à l'hôpital, je pourrais, auprès des sœurs endormies, rejoindre les héros des belles histoires d'amour... La première : *Le Sentier des Chats* de Sudermann, m'avait exaltée au point de me donner la fièvre. Je lisais à la lueur des bougies que j'achetais en cachette avec les quelques kwartjes d'argent de poche, qui, parfois, récompensaient mon zèle. Heureusement que *mœder* ne pouvait s'apercevoir de ces infractions, et comme, d'autre part, je m'efforçais d'autant plus à la satisfaire, elle me louait de me tourner vers le côté pratique de la vie.

Selma, l'aînée de mes sœurs, avait trouvé un emploi dans un grand magasin, ce qui permit à notre mère d'espacer ses veillées de garde. Ma paraissait très fatiguée, les lignes de son visage fléchissaient. Un dimanche, elle céda enfin à nos instances et nous accompagna chez tante Antje. J'avais toujours deviné d'anciens froissements entre les deux belles-sœurs. Lorsque Ma franchit le seuil d'Antje, elle eut une hésitation : « C'est bien pour te faire plaisir, Ide », soupira-t-elle. Un éclair de triomphe passa dans les petites prunelles de la vieille demoiselle à la vue de sa belle-sœur. Après le dîner, on prit le café et une liqueur en l'honneur de Ma et on prolongea la soirée. Etait-ce la présence de sa parente et amie d'enfance qui, ce soir-là, prêtait à Antje une faconde inaccoutumée ? Elle évoqua les saisons d'antan, parla de gens disparus qu'elles avaient connus toutes deux et, tandis qu'elle discourait, je croyais les voir, ces gens, à travers un fin voile de poussière, comme ces vieilles peintures reléguées dans les greniers.

Silencieuse, Ma écoutait sa belle-sœur.

— Te souviens-tu ?... Tu venais avec ton tricot. On s'asseyait derrière les pots de fleurs, à la fenêtre. Nous connaissions tous les passants : « Regarde, disais-tu, Frée Slot a un nouveau chapeau et voilà *mevrouw van Owen* qui nous salue ! Ce qu'elle est encore attifée, un vrai perroquet ! » Au temple, en robe de dimanche, nous chantions les cantiques tout en pensant à l'après-midi, où l'on irait à la campagne en bande, cueillir des fleurs champêtres et des fleurs de dunes. L'automne, on s'attablait dans quelque auberge de village. On mangeait du pain bis avec des noix fraîches et du vin doux. Quand on rentrait, le ciel était rouge au-dessus des bois. Les hivers étaient plus rigoureux que de nos jours. Pendant des semaines, on ne pouvait voir à travers les vitres recouvertes d'une floraison de givre. Les poêles ronflaient. Le patinage était à l'ordre du jour. En longue jaquette ajustée, garnie de marabout, la toque de fourrure sur le chignon, les patins au bras, les mains dans le petit manchon, on arrivait sur la patinoire. On n'était pas plus tôt assises sur le banc rustique, près du stand aux grogs, que les jeunes gens accouraient nous boucler nos patins. Mains enlacées, on partait en traçant des arabesques sur le miroir glauque. Le vent vous coupait les joues et le souffle, mais c'était délicieux... La nappe congelée réfléchissait le ciel gris de lin et, dans un horizon de brumes, le soleil stagnait tout rouge, comme une grosse lanterne chinoise. Bras dessus, bras dessous, on reprenait le retour. Aucun tendre souci ne troublait encore nos cœurs. L'amour vient plus tard aux filles du Nord...

Ma n'avait pas quitté Antje des yeux, attentive à ces échos d'une lointaine jeunesse où elle avait eu sa part... Parfois quand un mot lui semblait incongru pour les oreilles de ses filles, elle fronçait le sourcil. Mais la vieille demoiselle était lancée. Elle rappela un jour de carnaval : tintamarre de crécelles et trompettes, pétard, enfin toute la lyre ! quand tout à coup, un Pierrot vint gambader devant elle. D'un geste large, il fit une profonde révérence, et d'une voix contrefaite, aiguë : « Je vous salue, dame de mon cœur ! » lui dit-il. Intriguée, la jeune fille ne trouva pas de parole, et avant qu'elle fût revenue de sa surprise, le masque s'éloignait toujours sautillant, lui faisant des signes de la main : « Au revoir, Antje chérie !... » Il connaissait son nom ! De lui, elle n'avait vu que les yeux brillants à travers le loup de satin... Qui était-il ?... Où avait-elle vu ces yeux si beaux, si lumineux ?... Le noir regard malicieux la poursuivait, lui pesait sur le cœur... Singulièrement bouleversée, il lui fut pénible de s'asseoir sous la lampe, entre ses parents et son frère. Elle gagna sa chambre. Longtemps, elle demeura à la fenêtre, aspirant profondément l'atmosphère où s'allumaient les premiers réverbères. Parmi les masques plus rares, elle cherchait un Pierrot en satin blanc...

— Cette vision fugitive garda toujours son mystère et demeura mon seul roman... acheva tante Antje en soupirant. Ma jeunesse s'est flétrie à chercher, sur les visages d'hommes, les yeux qui m'avaient ensorcelée..

— Et que tu aurais trouvés sans doute, si tu avais mieux regardé le garçon laitier ou l'aide-épicier du coin ! Vieille sentimentale, va !

Antje dédaigna de relever l'humiliante réflexion de sa belle-sœur.

— Toi, Mintje, remarqua-t-elle avec calme, tu t'es toujours défendue de la sentimentalité comme d'une ennemie du bon sens. Nous t'appelions : Petite Bise du Nord !... Seulement, laisse-moi te dire que la petite bise s'est faite bien douce brise, quand tu commenças à prendre goût pour mon frère !... Peux-tu m'expliquer, Mintje, par quelle étrange intuition il venait à dépister les jours où je t'attendais pour le goûter ?...

La peau de Ma se couvrit d'une sombre rougeur, puis avec brusquerie :

— Si cela t'amuse de raconter tes histoires anciennes, à ton aise, mais qu'il ne soit pas question de moi, je te prie !

J'appris pourtant ce jour-là que, par une spéculation malheureuse, mon pauvre père avait perdu un héritage qui permettait à tante Antje de vivre largement. Ma devait lui en vouloir jusqu'à la fin de ses jours.

III

A son tour, ma sœur Jopsie trouva à se placer dans une chapellerie. Ma se rendit à nos supplications et renonça enfin à son pénible métier. Mais, quoiqu'elle ne nous rapportât plus chaque matin un relent de maladie et de mort, la maison demeurait sans joie. Chaque jour ressemblait au précédent, seul le dîner dominical chez tante Antje en rompait la monotonie. A l'heure de la rentrée de l'école, j'entendais de loin jaser les petites, leurs rires, le bruit de leurs sabots sur le pavé. Elles se taisaient dès qu'elles avaient passé le seuil. Après avoir enfilé leurs chaussons qu'elles trouvaient derrière la porte d'entrée, elles mangeaient silencieusement une tartine de marmelade puis, se hissant sur leurs chaises, penchaient leur frimousse sur les devoirs. Navrée, je voyais peu à peu s'effacer les belles couleurs apportées du dehors, et les deux petites filles ne m'apparaissaient plus qu'à travers une gaze légère : les toiles d'araignées que le silence semblait, ici, tisser sur toutes choses... Pourtant, avec cinq filles saines, la maison aurait dû être gaie et bruyante comme une volière. Cela tenait-il à l'humeur taciturne de notre mère ? Ou à sa religion rigide ? La foi de Ma était sans enthousiasme et sans ardeur. Ne nous avait-elle pas appris à craindre Dieu plus qu'à l'aimer ?... Le Dieu de Ma nous paraissait terrible, plein de courroux et de châtiments. Quelle consolation, quel idéal eussions-nous puisé dans la crainte ?... Aucune communion, aucune douceur ne pouvait s'établir entre le Dieu sans indulgence de Ma et nos âmes d'enfant. Pour cette raison peut-être, la grande voix du Ciel ne me fut jamais perceptible et recherchai-je un idéal humain ! Et puis, sans se rendre compte, *mœder* nous avait donné une indigestion de la prière quand, à l'heure des repas, s'agenouillant avec nous sur le plancher, elle nous obligeait à réciter d'interminables oraisons pendant que le fumet des choux au lard effleurait nos narines...

Les soirs où tante Antje soupait avec nous, je la raccompagnais chez elle. A deux, nous pouvions abréger le chemin par les chaussées. Les canaux, battus par le vent, clapotaient contre les remparts de pierre. De rares lanternes rougissaient l'eau de reflets sinistres. Nos manteaux claquaient comme des voiles de navire et nous hâtions le pas à l'approche d'une silhouette au col levé, la face à l'abri d'une visière. Tante Antje laissée à sa porte, je revenais par la ville, un peu étourdie de me trouver dans la rue, à dix heures du soir. Les passants allaient sans hâte, les lettres géantes des affiches attiraient les regards. Quand s'ouvrait une porte violemment éclairée, il s'en échappait des éclats de voix, de musique, de chants. Les tramways grinçaient. Des autos filaient sans bruit.

Avant de me coucher, je restais à rêver à ma fenêtre. Des flocons de nuages glissaient doucement sur le disque éblouissant de la lune, se saturaient de sa lumière et continuaient leur route vers d'autres horizons... Je les enviais. Déjà l'air fraîchissait. Le seul arbre donnant ombrage au jardin commençait à perdre ses feuilles. Elles avaient beau se recroqueviller, se cramponner aux branches, sifflant, comme un méchant gavroche, le vent les chassait de leur abri. Les dernières roses se haussaient vers la clarté du ciel. Je me penchais sur le silence nocturne comme si je pouvais y percevoir les échos d'un monde où je n'avais pas accès. Un monde plein d'aventures... J'avais toujours la sensation que quelque chose que je ne pouvais voir me faisait signe, comme à une captive retenue par ses chaînes, et je me tendais vers ce mystérieux appel, je l'écoutais comme on écoute le brouhaha d'une fête à laquelle on n'est pas admis et qu'on regarde par la fente d'une porte... Que sa résignation était donc lente à venir ! Je frissonnais en songeant à l'hiver proche où il faudrait subir, une à une, les journées courtes et brumeuses, sans imprévu, et les longues soirées monotones, à bâiller sur les ravaudages.

Je m'examinais devant mon miroir, avec une sourde rancœur. Je m'eusse voulue plus mince, pareille aux silhouettes des journaux de mode, et l'on disait de moi : quelle fille robuste et saine ! Mes cheveux châtains avaient du brillant et de la souplesse, mais mon visage, aux traits trop accentués, était sans grâce. Si mes dents blanches et régulières me plaisaient, je détestais par contre la ligne droite de mes lèvres. Restaient mes yeux. Entre le brun et le noir, ils prenaient la couleur de mes tresses. Mon amie Tinka affirmait que mes cils très longs me donnaient une expression douce. Elle trouvait agréable aussi la fossette qui trouait mon menton. Peut-être, avec des tissus seyants, eussé-je pu corriger ce physique ingrat. Mais mes robes ternes, jamais à la mode, ne pouvaient m'avantager. A quoi bon d'ailleurs ?... Cela avait-il donc une si grande importance de rester vieille fille ?... Tante Antje n'était pas malheureuse. A l'âge de ma tante, j'aurais comme elle un clan d'amies, venant, à jour fixe, prendre le café avec beignets, dans une tiède atmosphère de potins innocents et de louanges de pasteur. Cependant, j'avais toujours un peu froid quand je pensais à cet avenir-là... Pour n'y pas penser, j'abattais, au grand contentement de Ma, le plus de besogne possible. Pouvais-je lui dire que je ne recherchais que la fatigue ?... Une fatigue qui, l'heure venue, me livrerait au sommeil ? Que savait-elle de moi ? D'un moi que je cachais à son âpre sévérité ?... Parfois, je croyais être venue à bout de ma jeunesse qui criait famine et puis, il venait encore de brusques révoltes... Cela arrivait au milieu de la nuit. Je me réveillais en sursaut, comme au sortir d'un cauchemar, et j'attendais, le cœur battant... Alors, je la sentais frémir en moi, agiter mon sang, gonfler mes veines à les craquer. Une angoisse qui n'était pas sans douceur me faisait étouffer un peu... J'allumais ma bougie et, sautant du lit, je courais devant mon miroir. Mes joues étaient rouges. Sous la broussaille de mes nattes défaites, mes yeux me regardaient étrangement. Il me semblait que ma jeunesse captive me regardait ainsi à travers mes cils comme à travers les barreaux d'une prison. Je laissais glisser ma chemise, mais nu, mon grand corps blanc me faisait peur. Le froid me mordait la peau et je retournais me blottir sous mes couvertures. Je prenais contre moi ma pauvre jeunesse inutile, je lui fermais les paupières et lui murmurais : Sois raisonnable, va, rendors-toi !...

Une année avait encore passé. L'hiver approchait. Les feuilles mortes ruisselaient le long de nos vitres et l'âcre odeur des astres annonçait la fête des Saints. Pourquoi n'éprouvais-je pas cette inquiétude qui m'habitait à chaque changement de saison ?... Il y avait en moi un apaisement et comme une attente... La prescience du bonheur existerait-elle comme celle du malheur ?... Ce fut un jour comme les autres. Je m'étais levée, tirée du sommeil par le réveille-matin, que j'enfouissais sous les couvertures pour que sa brutale sonnerie ne brusquât pas le somme, auquel les petites avaient droit pour une bonne heure encore. Après une toilette rapide à l'eau froide, je descendais allumer les brindilles de pin sous les bûches que, la veille au soir, j'avais préparées dans l'âtre. L'allègre craquement du feu me donnait le courage de m'agenouiller et de frotter les dalles rouges. Je suspendais la bouilloire. Bientôt l'odeur du café attirait mes sœurs, luisantes de propreté et sentant le savon. *Mœder* arrivait en dernier lieu. Les grandes, une fois parties à leurs emplois, les petites à l'école, je débarrassais vivement la table, remettais la vaisselle en ordre et me préparais à faire les courses pour le repas de midi, tandis que Ma se plongeait dans la feuille locale.

— Ide ! m'appela-t-elle, alors que j'avais déjà la main sur le loquet de la porte. Viens ici !... Ecoute !...

Assujettissant ses lunettes sur son nez droit et fort, elle me lut une annonce rédigée en ces termes :

« Médecin épouserait fille de vingt à vingt-cinq ans, qui serait disposée à le suivre au Transvaal. Adresser propositions au bureau du journal. Chiffre X 707. »

— Eh bien ! Ide, qu'en dis-tu ?... demanda Ma, vivement intéressée.

— Le Transvaal ?... balbutiai-je effrayée, comme c'est loin ! Elle parut ne pas m'entendre.

— Retiens bien ce que je vais te dire, Ide... Le mariage est la condition essentielle pour une fille... Tu n'es pas belle, pas même jolie !... Tu n'as pas le sou, jamais tu ne trouveras un prétendant dans nos parages... Le Transvaal, après tout, n'est pas hors du monde et présente tous les avantages d'un pays neuf. Ce... jeune homme a certainement l'intention d'y créer son avenir... Reste à savoir si tu lui plairas ?... Ce n'est pas sûr, enfin, tentons toujours la chance !

L'idée que ce monsieur pourrait bien ne pas convenir à sa fille n'effleurait même pas cette femme intransigeante. Avec un vague effroi je lui obéis, posai devant elle l'écritoire, le papier quadrillé, une enveloppe. Elle écrivit d'une main décidée, et, sans juger bon de m'en lire le contenu, me remit la lettre fermée.

— Maintenant, vite, va la jeter à la boîte... Ce monsieur ne manquera certes pas de propositions !

Des jours s'écoulèrent pendant lesquels j'étais si agitée que je pâlissais chaque fois que je voyais le facteur. Je faisais tout de travers, mais Ma me témoignait une indulgence inaccoutumée... Tantôt, mon imagination me montrait l'inconnu, beau comme Boleslaw, le héros du *Sentier des Chats,* tantôt, je pensais qu'il devait être chauve et vilain, puisqu'il ne pouvait, semblait-il, trouver de femme que par l'intermédiaire d'un journal... Un matin, comme je sortais, tenant au bras mon sac à provisions, je me trouvai nez à nez avec un monsieur qui cherchait au-dessus de la porte le numéro de la maison. Il retira son chapeau.

— Etes-vous *mejuffrouw* Eeden ? me demanda-t-il, et comme une maudite rougeur envahissait mes joues, je crus le voir sourire.

Je ne sais ce que je bredouillai en l'introduisant dans notre meilleure pièce.

— Je vais appeler ma mère... dis-je.

Mais il me retint.

— Non, restez, fit-il aimablement. C'est vous qui m'intéressez...

J'étais si troublée que je ne savais que faire de mes mains. Je les pressais l'une contre l'autre, n'osant le regarder, pourtant je savais déjà qu'il était grand, qu'il avait les cheveux et les yeux clairs et un visage hâlé. Heureusement, *mœder* qui avait tout observé entra solennelle, ayant enfilé sa robe du dimanche. De sa manière ouverte, elle tendit la main à l'étranger.

— C'est vous qui ?...

Il ne la laissa pas achever.

— Oui, c'est moi...

— C'est elle ! dit Ma en me désignant.

— Je le sais, fit-il, et je remarquai l'inflexion grave de sa voix.

— Bon ! il ne nous reste donc plus qu'à causer !

Mœder prenait place dans un fauteuil, l'air plus austère que jamais. Lui s'assit sur le sofa.

— Laisse-nous seuls, ma fille !... m'enjoignit Ma de son ton péremptoire.

Je ne demandais pas mieux. Le cœur défaillant, je franchis l'escalier, mais sur le palier demeurai penchée à la rampe. Je m'attendais à entendre une porte s'ouvrir, des pas hâtifs s'éloigner... Je rafraîchissais mes joues au contact glacé de mes mains, sûre de rêver... L'image que j'avais emportée sous mes paupières était trop éblouissante... Je deviendrais, moi, la femme de ce prince charmant aux cheveux d'or ?... Cela me parut si impossible que je me mis à rire tout haut, pour moi seule ! D'en bas montait la voix de Ma, cette voix unie, sans timbre. Chaque fois que répondait la voix mâle, ma gorge se nouait. La crainte que le dernier mot ne fût dit, que la porte s'ouvrît, me tenait en suspens... Elle s'ouvrit enfin. *Mœder* m'appela...

— Approche, Ide... Jan Yvarsen, donnez la main a votre fiancée...

— Fiancée ?... balbutiai-je, tremblante.

Il fit oui de la tête en souriant. Ma main disparut dans sa grande main... Alors, pour la première fois dans ma vie, je fus prise de faiblesse... La chambre se mit à vaciller sous mes pieds, les murs se levèrent, s'abaissèrent. Lorsque je revins à moi, j'étais étendue sur le canapé. Ma me mouillait les tempes avec du vinaigre, et Jan Yvarsen me tâtait le pouls. *Mœder* avait l'air contrarié.

— Eh bien ! Eh bien ! Ide, gronda-t-elle, qu'est-ce qui te prend de t'évanouir comme une douillette demoiselle ?... Moi qui vantais ta belle santé ! Tu me fais honte !

Jan Yvarsen la calma.

— Voyez, *meffrouw,* les couleurs lui reviennent... (Il rencontra mon regard) Comment vous sentez-vous... Ide ? Le pouls est encore un peu agité... mais ça !...

Les prunelles très bleues, presque transparentes, m'examinaient curieusement.

Ne pouvant toujours pas saisir la réalité et me croyant le jouet d'un rêve, je soutins son regard. J'eusse voulu lui répondre : « Comment je me sens ?... Comme doit se sentir le papillon quand, sortant de sa coque grise, il prend son essor vers la lumière ! »

IV

Grand branle-bas et renversement de tous les usages de la maison quasi monastique, depuis que Jan Yvarsen avait fait son apparition. Il était l'objet des soins assidus des femmes du logis, y compris tante Antje qui, du jour où elle apprit la grande nouvelle, demeura en permanence chez nous. Je la soupçonnais d'être éprise du jeune étranger, éprise en toute innocence, à la manière chaste et naïve des vieilles demoiselles.

— Mintje, je tiens à ce que tu fasses bien les choses, avait recommandé Antje à sa belle-sœur. Je mets ma bourse à ta disposition.

Elle mettait également à notre disposition sa belle vaisselle de Delft et Hildi, sa servante, qui, dès le matin, venait pour de longs conciliabules au sujet des menus.

Les moindres détails de ces jours heureux sont présents à ma mémoire. Novembre fut particulièrement froid cette année-là. Tous les poêles de la maison ronflaient allègrement comme s'ils prenaient part à la joie générale. Pour se rendre à l'école, les petites devaient passer entre une double haie de neige amoncelée par les balayeurs. Toute cette blancheur diffusait une clarté crue dans les chambres.

Mon fiancé venait chaque jour et jamais sans fleurs. Je crois encore sentir l'odeur des tubéreuses... Brides relâchées, Selma, Jopsie, Daatje et Neeltje couraient dans les escaliers de bas en haut, de haut en bas avec des rires étouffés et des chuchotements. Mon fiancé les intimidait, elles ne le regardaient qu'à la dérobée... Il avait beau les taquiner, chercher à les apprivoiser par de menus cadeaux, elles restaient effarouchées et Jan s'en plaignait : « Je voudrais qu'elles me traitent en grand frère, qu'elles me bousculent un peu ! » Cela l'amusait, disait-il, de voir tant de demoiselles autour de lui !

Avant de sonner l'heure, notre vieille horloge grinçait longuement, toussotait comme un vieillard qui se racle la gorge pour éclaircir sa voix, puis en coups pressés, sonnait l'heure.

Onze heures ! Je ne tenais plus en place, et malgré les remontrances de Ma qui voulait me retenir à quelque besogne, allais guetter à la porte la venue de mon fiancé... Enveloppée d'un grand châle moelleux, cadeau de tante Antje, qui depuis mes fiançailles était devenue d'une prodigalité surprenante, j'inspectais la rue où le soleil irisait les glaçons suspendus au bord des toits... Lorsque au loin débouchait la haute carrure de Jan Yvarsen, toujours le même émoi me forçait à m'appuyer au linteau de pierre. Jusqu'à ce qu'il arrivât devant moi, j'avais le temps de me remettre... Et lui ? Ah ! quel calme il opposait au tumulte de mon cœur ! Sérieux et bienveillant, il me tendait la main et j'y déposais la mienne tremblante de bonheur. Qu'il était beau, mon Dieu ! Vêtu d'un paletot noir doublé de fourrure, une mèche d'or dépassant le bonnet d'astrakan, le soleil allumait dans ses yeux des lueurs d'acier. Ainsi, se détachant sur le fond de la rue de neige et de glaçons, il était bien l'étranger mystérieux venu du pays des Fjords et des légendes... Je devais toujours me sentir petite devant sa beauté. Heures d'enchantement où tout en lui me fascinait : sa manière d'allumer la cigarette en plissant un peu les paupières, son regard lointain, quand il suivait les spirales de fumée, son aisance naturelle, sa voix... Presque douloureusement, à force de charme, elle résonnait sur les cordes de mon cœur, cette sombre voix aux longues vibrations. La pensée que, tous les jours de ma vie nouvelle, il me serait donné de l'entendre, de contempler ce profil de médaille, ce bleu et direct regard, ce sourire précieux, me faisait perdre la tête. Après son départ, je restais encore un peu ivre et Ma devait m'appeler deux fois par mon nom quand elle avait besoin de moi. Elle secouait la tête.

— Cela valait bien la peine de t'avoir serré la bride depuis ton bas âge, pour te voir aujourd'hui verser dans les exagérations ! Ainsi, tu ne regardes pas ton fiancé comme une fille honnête, mais comme s'il était le bon Dieu en personne ! Et sois convaincue que ça n'est pas non plus de son goût ! Sais-tu ce qu'il m'a demandé à notre première entrevue ?... « Elle n'est pas sentimentale, au moins ? » Je l'ai rassuré : « Soyez sans crainte, j'ai dit. C'est une fille élevée dans les meilleurs principes. Quand vous la connaîtrez, vous pourrez apprécier son sens pratique ! »

— O *mœder,* vous ne me connaissez pas, m'écriai-je.

— Non, gronda-t-elle, pas sous ce jour, je ne te croyais pas capable de faire des yeux pareils à un homme, fût-il ton fiancé ! Il faut avoir la pudeur de ses sentiments !

Profondément humiliée, me rendant compte que mon amour trop riche débordait aux yeux de tous, je me réfugiai dans ma chambre et me mis à pleurer de honte... Je négligeais d'approfondir ce qui avait pu pousser Jan Yvarsen à me choisir plutôt qu'une autre. Sa réserve, sa correction polie, observées à mon égard, ne me permettaient aucune illusion sur ses sentiments... Que m'importait ! Je le voyais, je le sentais si supérieur à moi que je trouvais naturel qu'il ne m'aimât pas et je lui demandais simplement qu'il me permît de l'adorer. C'était encore trop demander et *mœder* me criait casse-cou ! Jan Yvarsen ne voulait pas être aimé de la sorte, il exigeait une femme pratique et sage ! C'était tout ! Une compagne qui sût sentir au fond d'elle-même des aveux qu'on ne lui demandait pas, et qui, peut-être, le gênaient. Mais tout de même, une compagne qui partagerait sa vie, lui donnerait des enfants. N'était-ce pas déjà la perspective d'une incommensurable félicité ? Pourquoi donc mes larmes continuaient-elles de couler ?...

Venu plus tôt que d'habitude, mon fiancé avait frappé à ma porte.

— Tu pleures ? fit-il surpris ; qu'est-il arrivé ? Que t'a-t-on fait ?

Le sang qui m'était monté aux joues sécha mes larmes. Je lui répétai les reproches de Ma. Une expression amusée parut dans ses claires prunelles mais s'éteignit aussitôt qu'il m'entendit ajouter :

— Pardonne-moi si par mes regards, mes attitudes, je montre trop ouvertement mon admiration pour toi !

Il fronça les sourcils.

— Ton admiration ?... Mais il n'y a quoi que ce soit d'admirable en moi, ma chère Ide, crois-moi, je suis un homme aux goûts simples et le cas qu'on fait de moi dans cette maison m'est pénible ! Voyons ! Traitez-moi comme tout le monde ! Ne vais-je pas, sous peu, faire partie de la famille ?

Une grande joie m'envahit à ces paroles. Mon fiancé me regardait avec bienveillance.

— Rassure-toi, Ide, j'aime ta nature primesautière et sais apprécier le don de ta jeunesse. Seulement, poursuivit-il avec une expression malicieuse, te voilà avertie ! Une fiancée doit de temps en temps baisser les yeux ! Même que dans mon pays il y a une chanson qui dit : « Les plus beaux yeux du monde, ce sont les yeux baissés !... »

Discrètement, Jan avait laissé une enveloppe sur un coin du buffet.

— Je sais, *mœder,* avait-il dit à Ma, combien vous avez été courageuse depuis la mort de votre mari et voici que je vous enlève votre aînée... Ne vous formalisez donc pas si je me permets de mettre une somme à votre disposition. Je vous prierai d'acheter à Ide tout ce dont elle a besoin. Et surtout ne lésinez pas !

Nous allâmes faire nos emplettes à Amsterdam. Jan souriait en constatant le choix de Ma. Elle ne trouvait rien assez solide, et tâtait d'un air critique les draps de toile fine, les nappes damassées qu'un vendeur étalait devant nous... Aussi ne fûmes-nous point fâchés lorsque Ma, mécontente de nos achats, nous déclara que puisque nous n'écoutions pas ses conseils, elle trouvait inutile de nous accompagner. Moi-même, je trouvais trop beaux le linge et les objets dont mon fiancé faisait l'acquisition. Mais il insistait, fronçait les sourcils et bien vite, j'acquiesçais à tout, me promettant de cacher à *mœder* ces choses trop précieuses pour mon corps accoutumé à la grosse toile encore tissée par les mains de mon aïeule. Cette lingerie floue, garnie de rubans et de dentelles, m'effarouchait un peu, cependant ce m'était une jouissance d'y plonger les doigts. Jan, pendant ce temps, paraissait absorbé, ne plus voir ce qui l'entourait, car il tressaillait quand je touchais son bras. L'espace d'une seconde, je surprenais dans ses prunelles une expression trouble, douloureuse, une seconde seulement et déjà il souriait, se tournait vers les dessous amassés sur le comptoir.

— Il te faudrait cela, Ide... disait-il distraitement.

Un flot de sang m'empourprait les joues.

— Oh ! Jan, tu n'y songes pas ?...

— Comme tu veux...

La vendeuse ouvrait d'autres boîtes, nous montrait des effets plus modestes : chemises de batiste bleues et roses que je trouvais dignes de la fille d'un seigneur !

A la vue de ma bague de fiançailles, Ma avait poussé de hauts cris :

— Och, Jan ! Ne pouviez-vous attendre d'être au pays des mines de diamants pour acheter un joyau pareil ?

En la glissant à mon doigt, Jan avait retenu ma main.

— On pourra faire quelque chose de très joli de cette main... avait-il remarqué, et ce compliment m'avait fait plus de plaisir que le bijou lui-même.

Boucles d'oreilles, montre et châtelaine d'or, puis deux élégantes malles de cabine rendirent Ma presque méfiante, quoiqu'elle adorât son futur gendre. Secouant la tête sur ses prodigalités :

— Sait-on au juste quel homme il est ? Un dépensier dans tous les cas !

Le délai de la publication des bans touchait à sa fin. Jan avait retenu nos places sur le *Resolute*. Il semblait pressé de partir, témoignait d'une hâte inquiète, comme s'il craignait qu'un empêchement ne survînt au dernier moment. L'approche du jour où mon fiancé, devenu mon mari, ne me quitterait plus, me remplissait d'une telle ivresse que je la disputais au sommeil pour la savourer ! Il m'avait tirée de la mesquinerie de mon existence et une reconnaissance éperdue s'ajoutait encore à mon amour.

Noël précéda mon mariage. Jan m'aida à dresser l'arbre, et ce ne fut pas le feu des bougies qui échauffait nos faces, mais la joie de trouver sous les branches étincelantes les cadeaux rêvés. En découvrant poupées et berceau, les petites exultèrent. Elles n'avaient jamais été gâtées, et rien n'amusait mon fiancé comme de les voir sucer leur sucre d'orge, lentement, les yeux humides de délectation.

V

Le grand jour arriva dans une tourmente de neige.

— Un temps pareil ! Un temps pareil ! se lamentait ma mère.

— On ne pourrait rêver plus joli décor nuptial ! déclarait

tante Antje, le regard perdu dans les joyeux tourbillons qui tendaient sur les vitres des rideaux de mousseline.

Jan eût souhaité le mariage civil, tout simplement, sans cérémonie. Toutefois, il se rendit de bonne grâce au désir de Ma et de tante Antje, qui demandaient la solennité de l'église.

La veille, deux femmes de charge avaient récuré et frotté la maison de fond en comble et Hildi avait préparé une série de plats mystérieux. Une profusion de fleurs blanches ornait la table. Dès l'aurore, mes quatre sœurs frappèrent à ma porte et avec une génuflexion me présentèrent ma *bruidkroon*[1]. Elle reposait sur un coussin de soie verte où Selma avait brodé secrètement en lettres roses un distique de circonstance :

En op een dag steeg het omhoog
Zoo lichtend helder als novit te voor !

Et un jour sortit de l'aurore
Radieux comme aucun jour encore !

Lorsque, dans ma robe de faille blanche, j'entrai au Temple au bras de mon tuteur, la Maison de Dieu me parut trop étroite pour contenir mon bonheur ! Derrière moi, venaient, deux par deux, Selma, Jopsie, Daatje et Neeltje. *Mœder,* en rigide soie noire, suivait au bras de Jan, et tante Antje, habillée de taffetas violet, fermait le cortège au bras d'un cousin. Que mon Jan était imposant dans son habit ! Mystérieux et séduisant étranger aux cheveux de lumière.

Caisses et malles avaient été embarquées. Le *Resolute* faisant à Rotterdam une escale de deux jours, nous pûmes le visiter longuement en compagnie de ma famille. L'atmosphère triste des longs adieux nous enveloppait, mais j'avais beau me taxer de fille et de sœur dénaturée, je ne trouvais pas le chagrin qui aurait dû me faire monter les larmes aux yeux.

Au moment du départ, mes sœurs se tenaient au premier rang de la foule. On avait eu peine à détacher Neeltje de mes jupes qu'elle agrippait en criant. A cet instant, j'eus une brève faiblesse, mais s'engageant sur la passerelle, mon époux me montrait le chemin et j'étais prête à le suivre jusqu'au bout du

1. Couronne de mariée.

monde... Pour dissimuler son émotion, Ma avait pris sa mine la plus revêche. Les grandes ravalaient leurs larmes, seule tante Antje pleurait à fendre l'âme.

Debout à la lisse, nous agitions nos mouchoirs, tandis que là-bas, six petits mouchoirs s'agitaient aussi tous à la fois. Ils s'estompèrent bientôt, s'évanouirent...

— Ne regrettes-tu rien, Ide ?...

— Rien ! Rien ! fis-je avec ferveur.

— Es-tu heureuse ?...

— Follement heureuse !

Et, me penchant, je voulus baiser la main de mon mari. Il me la retira doucement.

— De la tenue, madame, nous sommes en public !

DEUXIEME PARTIE

I

La traversée fut un enchantement. Je m'étonnais que cet homme que je ne connaissais pas six semaines auparavant pût, en si peu de temps, m'avoir si complètement conquise que je ne sentais, ne jugeais, ne pensais plus qu'à travers lui. Nos jours si étroitement mêlés m'apportaient un ravissement de tous les instants. Quand nous nous installions sur le pont-promenade, Jan, un crayon à la main, étudiait une carte géographique sur laquelle il traçait des croix. Je lisais près de lui. A la vérité, j'avais un roman sur les genoux, mais ne cessais de regarder mon mari. Je remarquais que les femmes l'observaient et que les hommes cherchaient à l'approcher. Parfois, il allait avec eux au bar. Je m'appuyais alors à la rambarde. Je contemplais l'eau et le ciel infinis et une action de grâce montait à mes lèvres. Pendant la journée, mon mari portait des vêtements de sport. Le soir, il enfilait le smoking avec le pantalon à rayures. Qu'il avait grande allure et parfaite aisance ainsi, tandis que ma toilette d'apparat gênait mes membres habitués aux libres habillements. Je me sentais gauche et rougissais en entrant dans la salle à manger brillamment éclairée. Des têtes se retournaient. On échangeait des saluts discrets. Des robes, si légères qu'on les eût crues transparentes, drapaient les femmes. Sur leur nuque inclinée, parmi la mousse des frisons, étincelaient les fermoirs de leurs colliers. Mon mari me traitait avec gentillesse, mais me parlait peu et notre repas finissait avant celui des autres. Nous prenions le café sur le pont. Depuis Las Palmas, la température montait.

Le vent du large avait des caresses d'éventail. Une clarté immobile filtrait du ciel transparent. Assis dans nos fauteuils de rotin, nous écoutions les violons de l'orchestre du bord. Je me grisais à la poésie de mon amour et m'effrayais devant sa vertigineuse profondeur... Lui, tout en fumant sa pipe, s'absorbait dans une rêverie qui durcissait ses traits. A quoi, à qui songeait-il ainsi ?... A son passé que j'ignorais, ou à son avenir que je partagerais avec lui ?... J'éprouvais le besoin d'entendre sa voix, d'interrompre ces réflexions qui me le ravissaient... Je le touchais doucement du doigt, murmurais un mot timide. Ah ! qu'il revenait de loin. L'air absent, il me considérait, semblait ne pas me reconnaître, puis s'étant repris, rallumait sa pipe qu'il avait laissé éteindre. Que savais-je de lui ?... Qu'il était né en Suède, non loin des cataractes de Trollhättan. Orphelin, il avait fait ses études de médecine et de chirurgie à Amsterdam. Il ne parlait jamais de son pays, ni de son enfance. Une fois, que je m'en étais plainte à la romanesque tante Antje, elle avait pris un air entendu : « Ton fiancé est si beau, que j'aime à le comparer au chevalier du Cygne. Vois-tu, Ide, quand un homme a ces yeux-là, pleins de froide lumière, sois tranquille, son passé est pur !... Pourquoi veux-tu qu'il t'en parle !... Que veux-tu savoir ? Si tu l'aimes vraiment, rien dans sa vie ne pourra altérer ton amour. Laisse-lui donc ce léger voile de mystère ! Ne fais pas comme Elsa de Brabant, ne tue pas ton amour, Ide ! » Chère tante Antje, je pense à elle, quand je trouve mon jeune époux trop secret et que la curiosité me tracasse...

Après quatre semaines de traversée, nous abordions enfin à Lourenço-Marques. Jan passa la matinée à la recherche d'un char à bœufs et de quelques nègres, pour nous conduire à travers le bushveld[1]. Le départ fut fixé au lendemain.

En ce dernier soir, nous avions soupé au bord de la mer sur une terrasse aux balustres enroulés de fleurs. La mer s'était montrée splendide. Des copeaux d'argent, tombant de la lune, fourmillaient au ras des vagues. Au loin, hublots éclairés, un steamer glissait doucement et partout surgissaient, rouges et vertes, les lanternes des barques de garde.

— Fini !... dit Jan en montrant de sa pipe le tableau marin. Demain, on va entrer dans la vie sérieuse, Ide... Je crains que

1. Brousse.

l'isolement du Veld ne te paraisse bien dur, du moins au commencement. N'as-tu pas déjà la nostalgie des tiens ?...

Une émotion m'étreignait la gorge. Je levai les yeux sur lui, sans répondre. Que lut-il dans mon regard ? Il parut embarrassé.

— Oui, poursuivit-il en souriant, je comprends... Je dois remplacer ceux que tu as quittés pour moi... Je tâcherai, Ide...

Je venais d'écrire des cartes à Ma, aux sœurs et à tante Antje, et machinalement continuais de tracer des caractères au dos d'un menu :

Zooals'water in t'water voor altijd
Mijn dagen heenglijden in je dagen.

Comme l'eau dans l'eau toujours
Mes jours couleront dans tes jours.

— Montre-moi cela ! dit Jan.

Je rougis, mais déjà il tenait le carton. Ses traits se crispèrent comme sous l'élancement d'une douleur. Contraction imperceptible sans doute pour tout autre œil que le mien habile à lire sur ce visage.

— Je ne savais pas que tu étais poète... me dit-il en souriant. C'est tout à fait gentil ce que tu as écrit là.

Il se leva. Dans une salle attenante, des couples tournaient sur un rythme endiablé.

— Cette musique est affreuse ! remarqua-t-il.

Pour revenir à l'hôtel, nous longeâmes une allée d'eucalyptus dont l'odeur me rappela les inhalations que Ma nous faisait faire contre les rhumes. J'en eus les yeux humides.

Le lendemain, le docteur et l'infirmière du bord nous accompagnent jusqu'au bout de la ville où, guidés par des claquements de langue et des claquements de fouet, nous trouvons nos nègres. Ce sont de grands diables minces, qui portent un chiffon noué autour des reins. Leurs tignasses crépues sont saupoudrées de sable rouge, de fines tiges de bois transpercent les lobes de leurs oreilles. A notre vue, ils éclatent en discours sur un mode suraigu. Mon mari leur parle en consultant un petit livre. Alors leurs grosses lèvres se fendent en larges sourires et ils affirment, avec des mouvements de tête désordonnés, qu'ils ont compris. Jan compte nos colis déjà parqués au fond du chariot à bâches attelé d'une quinzaine de bœufs.

— Notre équipage ! dit-il en riant.

Nous prenons congé de nos compagnons de voyage. Je confie à l'infirmière une lettre, qu'elle me promet de porter elle-même à Ma, car le *Resolute* va reprendre la route du retour.

Nous nous installons sur une planche transversale rembourrée de couvertures. Le lourd attelage démarre péniblement sur le sol sablonneux et s'engage sur des étendues en friche. De loin en loin, on rencontre un groupement de paillotes. D'un trou pareil à celui d'une niche à chien, les noirs surgissent. Femmes et enfants nus accourent, poussent des clameurs en suivant la voiture. Nos hommes les chassent. Le paysage est désolé, mais de grands oiseaux bleus se posent sur les arbustes disséminés dans l'herbe haute et brûlée. Sautant du siège, Jan va me chercher une branche de cotonnier. Je m'amuse à tirer de la coque brune et luisante le fin duvet soyeux qui se dépose sur mes genoux comme un petit amas de neige. Jan consulte sa carte, puis, pour se dégourdir les jambes, marche avec les nègres au côté des bœufs. Je note sa rassurante vigueur. J'avais eu un peu peur en remarquant des fusils et des lances auprès de nos bagages.

— Simple précaution contre les fauves, s'il leur prenait fantaisie d'attaquer nos bêtes, m'avait expliqué mon mari.

Au soir, on s'arrêta non loin d'un ruisseau, plus riche de cailloux que d'eau. On détela les bœufs et tandis que le soleil se couchait dans un chaos de nuages pourpre et orange nous déballâmes nos vivres. Les nègres avaient allumé un feu de bois sec pour notre thé et la cuisson de leur *mieliemeel*[1].

Le troisième jour au crépuscule nous atteignons Ressano-Garcia, village portugais à la frontière du Vaal. Nous passons la nuit dans l'auberge plus que primitive. Le lendemain avant de s'en retourner avec leur attelage, nos nègres nous transportent en barque sur l'autre rive. Le nombre et le poids de nos bagages nous obligent à faire la navette plusieurs fois.

— Nous voici au Transvaal... Notre nouvelle patrie, Ide..

Mon mari souriait : ce sourire ne put cependant démentir ce

1. Bouillie de maïs.

que je démêlais dans sa voix d'obscure détresse... Et mon cœur se serra.

Le fermier chez lequel nous dînons nous procure des cafres et un nouvel attelage. Nous reprenons la route. Elle est encore longue et pénible. La nuit venue, nous voyons les silhouettes massives des hippopotames trotter le long des berges du Crocodile-River. Au petit jour, nous atteignons Komatiport où nous trouvons gîte dans une ferme. Peu après, nous entrons dans le bushveld.

Aussi loin que plonge le regard, ce ne sont que hautes herbes, rousses, broussailles que dominent des arbres et toujours ce sable mêlé de pierrailles où grincent nos roues, et ces termitières monstrueuses qu'il faut éviter. Une autruche file devant nous et un peu plus tard, Jan, me prenant par le bras, me montre dans le lointain une famille de girafes. La plus haute dépasse les arbres. Elles courent si vite qu'on a l'impression que leurs sabots ne touchent pas le sol.

A mesure que nous avancions, la brousse devenait vivante. Des hardes de gazelles surgissaient, des antilopes, des zèbres. Ces gracieuses bêtes ne se montraient qu'en groupe : la terreur du fauve les rassemble. Dans les clairières paissaient des buffles au pelage noir et luisant. A peine levaient-ils à notre passage leurs têtes bosselées aux cornes menaçantes. Parfois, on rencontrait quelque animal solitaire abandonné par les autres.

Quand le couchant éclaboussait d'or et de sang l'immense plaine broussailleuse, nos nègres devenaient agités : « *Taou gaan buiten zijn hol !*[1] », nous disaient-ils, la mine inquiète. On faisait halte. Sous bonne garde, nos bœufs étaient conduits au Komati-River. Jan prenait son fusil : « Viens, Ide, la chaleur est tombée. Il fait bon et nous n'avons rien à craindre. » Il m'aidait à sauter du véhicule, et il m'était doux de me sentir peureuse à l'abri de sa protection. Les herbes dures nous flagellaient les jambes. Mon mari me soutenait quand je trébuchais sur les racines saillantes. Pour abreuver les bœufs, les cafres devaient abattre toute une petite jungle de roseaux et d'osiers, retraite des crocodiles qui y guettaient leur proie. Un clapotis nous apprenait que ces reptiles avaient plongé. Sous un ciel de feu, la nappe noire de la rivière fourmillait de rouges écaillures. Invisibles au

1. Lion va sortir de sa tanière.

milieu de la rivière, les hippopotames lançaient par leurs naseaux de hautes gerbes d'eau. Subite alarme parmi les nègres, qui, dans le sable humide de la rive, avaient découvert les empreintes du lion.

On établit le campement pour la nuit. Branches et brindilles sèches furent entassées en un large circuit. On y mit le feu que les noirs, en se relayant, devaient entretenir jusqu'au matin. Derrière ce brasier circulaire, nous fîmes un sommaire repas. La brousse n'était plus que ténèbres quand nous nous couchâmes au fond du chariot, tandis que les nègres se tassaient auprès des bœufs. A peine étendu, Jan s'endormit. Le contact de son corps, les chuchotements des hommes, le crépitement des flammes, me donnaient un sentiment de sécurité. J'attendais le sommeil en savourant mon bonheur quand, soudain, un rugissement formidable tonna sur la brousse et de tous côtés, de loin, de près, d'autres rugissements répondirent, brefs, saccadés... Dans ma frayeur, je me pressai contre mon mari qui s'éveilla. « Les lions », murmurai-je. Lui aussi entendit... Vivement intéressé, il voulut s'habiller, aller voir. Mais je me cramponnais à lui. Dehors, les nègres activaient le feu. Les flammes montaient haut, on les voyait à travers la bâche. Jan ne se lassait pas d'écouter le prodigieux concert de la brousse...

Pendant cinq jours encore, les bœufs nous traînèrent. Nous passions quelquefois par un tout petit hameau. Puis ce fut la lente ascension des plateaux ; les steppes ondulées du Karoo et de l'Orange. Parfois, des singes couraient devant l'attelage et, grimpant une colline boisée, nous lançaient des pierres en poussant des cris aigus, après quoi le silence interrompu semblait plus vaste. La nuit venue, le faible halo d'une lumière indiquait, de loin en loin, une ferme isolée.

Tard dans la nuit, notre chariot s'arrête enfin devant une maison basse qui se détache sur l'obscurité environnante. Jan frappe, puis ouvre la porte qui n'est pas fermée au verrou. A ses appels, le fermier paraît armé d'un falot. Ce Boer avait été recommandé à Jan : il devait nous donner gîte durant le temps nécessaire à la construction d'un bungalow. Après les nuits passées dans le char à bœufs, le cabinet aux deux maigres couches qui nous fut assigné nous parut engageant, et quand la fermière nous eut apporté un seau d'eau pour notre toilette, nous nous sentîmes comblés !

Je fus tirée du sommeil par des rires d'enfants. En voyant dans la cuisine dix-sept têtes échelonnées autour de la table, je crus que nous avions échoué dans une école. Mais c'étaient les enfants de la maison : du petit aux cheveux bouclés jusqu'à l'aînée aux tresses blondes. Ils étaient en train de manger leur *mieliepap*[1] et, à ma vue, demeurèrent la cuiller en l'air. J'eus tôt fait de les apprivoiser avec ce qui nous restait de chocolat et de sucre. La Boerine était une grande femme massive, aux traits masculins. Grossière pour tout ce qui l'approchait, gens et bêtes, elle tolérait les mauvais traitements que les noirs faisaient subir au bétail qui errait aux alentours, sans abri. Seule, la volaille, pintades, poules et canards, était parquée dans un enclos.

Frimousses rubicondes, bien lavés et peignés, les petits Boers s'en allaient à dos d'âne vers leur lointaine école, emportant un morceau de cette affreuse viande de mouton séchée au soleil, dure comme pierre, dont on est friand dans les fermes.

Les grands aidaient aux travaux de la terre. Les filles filaient au rouet le coton de leurs champs.

II

Le premier matin, Jan partit à cheval avec le fermier. Ils se rendirent aux carrières les plus proches, pour s'assurer du matériel de construction. Les bois et les briques furent commandés à Thuisbank. Le terrain que mon mari choisit était en plein Veld. A perte de vue, sur une terre pauvre et desséchée, rien n'arrêtait le regard.

Dès les premiers jours, Jan m'apprit à monter à cheval. Il fallut chercher dans les caisses le costume d'équitation acheté à Amsterdam. Lorsque j'eus revêtu les *breeches,* la blouse kaki, le chapeau à larges bords, Jan me regarda, surpris.

— Ce costume te sied admirablement, Ide !

Les premières leçons furent si sévères que je ne tardai pas à savoir monter selon les règles. Une fois que je m'étais cramponnée à la crinière de ma jument, Jan eut aux lèvres ce pli moqueur que je crains.

1. Bouillie de maïs.

— Je pensais que nous ferions des chevauchées ensemble, me dit-il froidement, mais si tu es si poltronne, je me passerai de ta compagnie !

Il n'en fallut pas plus pour me donner toutes les audaces ! Et quelle sensation de joie profonde me procurait le toucher de sa main qui m'aidait à monter et à sauter de ma selle. Pendant plusieurs jours, il me semblait que tous les muscles de mon corps étaient à vif, et puis je fus enfin bonne cavalière. Jan riait.

— Je crois que j'ai été méchant, ma pauvre Ide, mais il le fallait pour venir à bout de tes frayeurs. Sais-tu comment mon père m'apprit à nager ?... En me lançant tout simplement dans le lac du Wener ! L'instinct de la conservation fut mon professeur !

A cheval, nous nous rendions au chantier où s'érigeaient les fondations de notre maison. Jan activait le travail des nègres. Lui-même mettait les mains à la pâte et, heureuse de rester en sa compagnie, vêtue d'une blouse grossière prêtée par la fermière, je faisais la manœuvre, passais les briques ou des morceaux de bois. Nous voulions que notre huis [1] fût sous toit avant la saison des pluies. Aussi, avions-nous fini par planter notre tente auprès des travaux. Sur l'atmosphère infiniment bleue et vibrante de lumière, les cafres se détachaient en ombres chinoises. Quand, un peu lasse, je m'asseyais à l'ombre de la tente, je contemplais mon mari, sa haute carrure, le casque de ses cheveux d'or fluide, son profil altier, et, en recevant de ses mains le bol de café qu'il voulait préparer lui-même, j'avais la sensation d'être une humble bergère servie par le fils du roi !...

La journée finie, un indigène envoyé par la fermière arrivait à bicyclette avec le repas du soir. Presque toujours les *mieliekops* [2] et une volaille rôtie. De leur côté, les nègres s'accroupissaient devant le pot de bouillie et déchiquetaient à belles dents leur viande de chèvre. Après quoi, le baas, comme ils appelaient leur maître, leur distribuait quelques paquets de *kafferch-cigarets.*

Après un lent coucher de soleil, tout un pan du ciel demeurait barbouillé de couleurs lumineuses. Nous restions devant la tente, assis sur nos pliants. Les bras sur les genoux, ses mains brunes ballant dans le vide, mon mari paraissait absorbé dans

1. Maison.
2. Grains de maïs.

des pensées si profondes que je n'osais les interrompre. Un soupir, semblant monter du plus secret de son être, mettait fin à cette absence de son esprit. Il me regardait alors avec bienveillance, peut-être me savait-il gré de mon respect pour ses silences ?...

— Parle-moi de ton enfance, Jan...

Les paupières plissées, il suivait la lumière déclinant à l'horizon.

— Ah ! la curiosité des femmes ! murmurait-il.

Mais, puisque, au moment de s'étendre à mes côtés sur le large lit disposé sous la tente, il me prenait la tête entre ses deux paumes dures en plongeant ses prunelles si bleues dans les miennes, je ne trouvais pas le courage d'insister...

En mai, notre bungalow est achevé. On y accède par un escalier de bois et une terrasse à balustrade. D'apparence rustique, il est charmant avec ses fenêtres à guillotine que Jan a voulues très larges et dont les vitres brillent comme du cristal sur la blancheur des murs bâtis à chaux et à sable. Il est coiffé d'un toit de chaume plongeant.

— Chez nous, les hirondelles viendraient y creuser leurs nids ! dit Jan, le regard voilé d'une nostalgie que je ne connais pas.

Les difficultés éprouvées à notre venue s'étaient aplanies. Nous avions des dépendances : huttes pour nos boys, hangar destiné aux réserves de toutes sortes, l'écurie de nos deux chevaux ; enfin, une étable pour la vache que nous comptions acquérir. Un ébéniste vint de Johannesburg avec un chargement de bois d'œuvre. Dès l'aube, cet homme se mettait à l'ouvrage, coupait, sciait, sculptait. Dans sa hâte de voir notre home à point, mon mari aidait souvent, apportant à manier la hache une ardeur quasi farouche.

Tout m'amusait : les copeaux dans lesquels on marchait, le désordre des caisses contre lesquelles Jan, à genoux, se battait. Une gaine de bois lisse et clair reçoit l'horloge. Nos meubles sont en place, notre logis, peu à peu, se remplit d'objets qui désormais feront partie de notre existence. Nous avons un cabriolet, bien suspendu sur des roues solides capables d'affronter les ornières. Nous l'étrennons pour nous rendre dans un Kraal, chercher une domestique noire que les fermiers nous avaient recommandée. Pour la première fois, j'entrais dans un village nègre. Comme des ruches, les paillotes se groupaient à l'ombre insuffisante de quelques arbres. Quelle alerte parmi ces fourmis noires lorsque déboucha notre voiture : pieds nus, en jupe courte et camisole de couleurs criardes, les négresses accouraient de tous côtés. Plusieurs d'entre elles portaient leur négrillon sur le dos dans un châle dont les bouts étaient ramenés et noués sur leur poitrine. D'autres brassaient le *kafferbier*[1] dans d'immenses pots de grès posés sur un petit feu à même le sol, ou écrasaient entre deux pierres les *mieliepitte*[2]. Lorsque Jan leur eut expliqué que nous venions chercher une kaffermeid du nom de Daisy, l'agitation fut à son comble. On appela les hommes qui travaillaient dans les hautes feuilles du mielie. « *Zij niet uit komen voor !* » (Elle se cache !) crièrent les femmes. Alors, les frères de la jeune négresse pénétrèrent dans leur paillote et la tirèrent de force par l'ouverture basse.

Les natifs ne connaissent ni leur âge ni celui des leurs. Daisy pouvait avoir quinze ans. Nue jusqu'à la ceinture, elle avait un joli petit buste dur et luisant comme du bronze. Un turban vert cachait ses cheveux. Cou, bras, jambes étaient chargés de bracelets de cuivre et de verroterie. La face dissimulée au creux de son bras replié, elle semblait avoir peur et demeurait figée dans un mouvement de fuite. Jan lui parlait avec douceur : elle n'aurait pas la vie dure chez nous, et, chaque mois, gagnerait un beau pound d'or. Satisfaits, ses frères baragouinèrent avec elle. Jan les interrompit pour leur dire que nous allions emmener la meid tout de suite avec nous, mais qu'auparavant, elle devait se débarrasser d'une partie de son clinquant. La négrillonne fut aussitôt jetée à terre et tirant leur couteau de poche, les cafres se mirent en devoir de lui enlever anneaux et colliers. En s'acharnant ainsi sur la fille qui poussait des cris stridents, ils avaient l'air de l'immoler...

J'avais, maintenant, une petite servante intelligente que je n'eus pas grand-peine à mettre au courant de son service. De son côté, Jan avait stylé les deux boys. Nous étions tranquilles. *Surgery*[3], laboratoire, cabinet de travail et une petite salle d'attente occupaient la moitié de la maison. Dans l'autre partie,

1. Bière des nègres.
2. Grains de maïs.
3. Salle d'opération.

nous avions aménagé le living-room et la chambre à coucher, flanquée d'une salle de bains rudimentaire qui tirait l'eau du fourneau de la cuisine. On n'avait pas oublié la chambre d'ami, pour le cas où il prendrait la fantaisie à quelque afrikander ayant passé son doctorat à Amsterdam avec Jan, de venir le rechercher dans notre thébaïde.

Les premiers clients de mon mari furent des indigènes. Puis les Boers vinrent de loin et des Cafres arrivaient à bicyclette pour chercher le *dokter* au secours de leur baas ou d'un membre de la famille de ce dernier, malade ou blessé. Il advenait aussi que, devant notre huis, s'arrêtait une patache impossible à décrire : branlante sur ses roues malmenées par les mauvaises routes et rafistolées au petit bonheur avec paille et ficelles. Il en descendait un patriarche à barbe fluviale... Quelquefois, je me rendais chez la fermière aux dix-sept enfants. Je les avais gagnés tous, surtout les tout-petits qui, dès qu'ils apercevaient mon cheval de loin, couraient à ma rencontre.

Juin tire à sa fin. Il fait froid. Le matin et après le coucher du soleil, Daisy allume un feu dans la cheminée. Souvent mon mari m'emmène avec lui chez ses malades. Nos roues écrasent des crocus, et des lianes rouges et blanches pendent du haut des arbres. Quand nous longeons des marais d'où monte une odeur indéfinissable, Jan dit que cela sent la malaria.

Quelquefois, il fallait rouler pendant six ou sept heures pour gagner une ferme éloignée. Je m'étonnais toujours de voir Jan se reconnaître dans ces steppes sans fin. Souvent, près d'atteindre le but, il hésitait, n'apercevant nulle part habitation humaine. Alors, soudainement, des disques lumineux dansaient sur l'herbe autour de la voiture. Les Boers qui attendaient le médecin cherchaient à le guider en faisant jouer un miroir au soleil.

Un soir, nous arrivâmes dans une ferme pauvre. La chambre donnait de plain-pied sur la cour. A la clarté d'une lampe à huile, on apercevait une forme allongée sur un lit de sangle. Une chaleur partait de ce lit, comme d'un poêle surchauffé. Jan prit la température du malade. L'homme avait plus de quarante degrés de fièvre. La femme, misérablement mise, de grosses nattes grises lui tombant sur les épaules, regardait le docteur les traits tendus. Jan donnait des ordres.

— Une cuvette d'eau fraîche, du vinaigre...

Il lava le patient et je m'écartai. Il me rappela :

— Une petite opération est nécessaire, tu vas m'aider..

— Je ne pourrai pas, balbutiai-je.

— Tu feras ce que je te dirai !

Le ton n'admettait pas de réplique.

Le malade est plus calme. Maintenant, seulement, je m'aperçois que son poing droit est horriblement enflé, la peau bleue est tendue à craquer. Jan a trempé ses instruments dans l'alcool qu'il emporte toujours dans sa trousse. Il glisse un oreiller sous le bras de l'homme.

— Toi, me dit-il, tu vas lui tenir la main fermement, sans flancher. (Il fait signe à la fermière) Et vous, tenez votre mari par le haut du bras, qu'il ne bouge pas !

Afin d'augmenter la clarté, on a allumé un autre quinquet que le fils des fermiers tient au-dessus de la couche.

Lorsque le bistouri entame la chair, je détourne la tête dans la crainte de trembler. Le docteur pousse un juron :

— *Te deksel !* Vas-tu tenir ferme ?...

Je me raidis. C'est si affreux ce que je vois ; le couteau a entaillé le poignet. Un sang jaunâtre jaillit que Jan étanche, et voici que quelque chose remue rapidement à travers ce bouillonnement nauséabond : un ver ! Un ver long d'un demi-pouce. Jan le saisit avec des pincettes et l'introduit dans un flaçon. Je n'en peux plus d'horreur et du contact de cet épiderme en feu ! Le Boer pousse des plaintes, lorsque le médecin presse et nettoie la plaie.

Une *kaffermeid* apporte des bols et une cafetière, mais, avant de partir, j'avais rempli de café une bouteille enveloppée de flanelle. Nous le retrouvons tout chaud dans la voiture.

Jan s'excuse.

— Il a fallu que je sois grossier, je te voyais tellement pâle, ma pauvre Ide : dans pareil cas, jurer est encore le meilleur moyen !... D'ailleurs, tu as été si brave que j'ai l'intention de t'apprendre à devenir mon aide.

Une joie folle me baigne le cœur ; son aide !...

Il m'emmènerait toujours avec lui !

Un croissant de lune éclaire faiblement la route bosselée de racines et de pierrailles. Nous nous sentons bien las quand notre maison se dessine dans le lointain.

III

Jan a ramené un maigre chien trouvé dans le Veld. Il devait avoir couru jusqu'à l'épuisement. Toutes ses côtes saillaient. Baigné et brossé, il s'est révélé une jolie bête au poil soyeux qui, dès la première heure, s'est attachée à nos pas. Nous l'avons nommé Björn.

Nous sommes deux, maintenant, à guetter un retour qui d'avance nous enivre et quand, au lointain, apparaît le cavalier que nous attendons, je suis jalouse de la bête qui s'élance et bondit avec des jappements fous autour de son maître, tandis que, lourde d'émotion, je demeure immobile sur le seuil de la maison. Ah ! que j'étais heureuse ! intensément heureuse ! La nuit, souvent, je ne dormais pas pour mieux veiller mon bonheur, et chaque aube était une aube de joie ! La journée commençait par la contemplation secrète de mon mari encore endormi... Je m'emplissais les yeux de sa mâle beauté et remerciais le Ciel de nous faire vivre dans un isolement qui tenait mon bien-aimé à l'abri des autres femmes... Comme je savais apprécier ma vie de recluse !

Nous sommes en juillet, le mois le plus froid de l'année. Les soirées sont longues. Une paix absolue règne sur le Veld. Jan fume en lisant. La bonne odeur de sa pipe de merisier flotte au-dessus de la table. Quelques tisons finissent de se consumer dans l'âtre. Soirs d'un charme ineffable où je buvais chaque parole que prononçaient les lèvres adorées, aimantée tout entière par le fier visage qui faisait la fête de mes yeux, jusqu'à ce que, d'un sourire gêné, mon mari me priât de les baisser sur mon ouvrage.

Pour leurs couches, les femmes s'entraident. Le moment venu, il se trouve toujours quelque parente versée en la matière. Les cas compliqués sont rares. Cependant, un soir, nous venions de nous lever de table, quand on frappa à la porte. Après avoir reçu les explications du nègre qui cherchait le docteur pour sa maîtresse, nous partîmes. Une lune blême, nichée dans de gros nuages blanchâtres et cotonneux, diffusait une faible clarté. Nous trouvons un décor quasi biblique... Bœufs, ânes, moutons sont couchés à même l'herbe rase, tandis qu'une lueur tremble à l'étroite fenêtre d'une chaumière. Et toujours à perte de vue, cette clarté fantomale... Des cris de femme effacent l'impression d'irréel qui m'avait saisie. Une vieille paysanne et son fils, un gars roux et joufflu, sont venus à notre rencontre. Nous entrons dans une chambre au sol de terre battue. Tout en enfilant sa blouse, mon mari donne des ordres. Le lit de sangle où, la face convulsée, les cheveux défaits, la femme en mal d'enfantement pousse des hurlements, est reculé au milieu de la pièce sous une lampe à pétrole suspendue au plafond. Jan examine la malheureuse qu'il ne parvient pas à calmer. L'enfant se présente mal et, par ses cris, la femme s'épuise. Durant une heure, il m'est donné d'admirer la dextérité des mains subtiles du chirurgien. Le travail est laborieux. Il faut recourir à l'anesthésie de la jeune Boerine. Le visage de mon mari ruisselait de sueur quand il tira au jour une petite forme sanguinolente qui semblait sans vie mais que d'énergiques frictions et quelques tapes légères ne tardèrent pas à ranimer. Le premier cri du bébé fait revenir à elle la jeune mère. Lorsqu'une demi-heure plus tard, l'accouchée, lasse et heureuse, repose, son *popje*[1] dans les bras, la chambre primitive me semble belle. On sentait bien que, sous son air bourru, le Boer ne se tenait plus de joie. Comme Jan prend congé de sa patiente, celle-ci attire jusqu'à ses lèvres la main de mon mari.

— *Dank je ! dank je*[2] *!* répète-t-elle.

Le jour pointait lorsque nous reprîmes la route.

— Quelle nuit ! soupira Jan, en saisissant les brides du cheval.

Je me serrais contre lui. Comme la femme Boer reconnaissante, j'aurais voulu baiser ses mains puissantes qui savaient apaiser la souffrance.

— Dans toutes ses lettres, Ma m'écrit que beaucoup d'enfants sont une bénédiction du Ciel... remarquai-je.

Mon mari sourit.

— Et elle trouve que le Ciel tarde à nous bénir ?... Rassure-toi, Ide, il n'y a pas de temps de perdu. Peut-être même prieras-tu le bon Dieu, un jour, de suspendre sa bénédiction ! ajouta-t-il malicieusement.

1. Bébé.
2. Merci ! merci !

La renommée de Jan était parvenue jusqu'au gouverneur qui lui envoya une convocation. Peu de temps après, mon mari fut nommé distrikt-dokter et obtint des émoluments fixes du gouvernement. Il était de plus en plus sollicité et presque toujours en route.

Quand il n'était pas là, j'errais désemparée, cherchant partout un peu de sa présence... J'allais d'une chambre à l'autre, m'attardant dans son cabinet de travail. La simplicité de cette pièce rappelait celui qui l'habitait. Aux heures solitaires, la page blanche d'un bloc-notes, sur la table-bureau, me poussait aux confidences... Il m'arrivait de m'asseoir, d'écrire avec le sentiment que mon cœur éclaterait si je ne prenais la plume.

Lorsque mon mari rentrait, je regrettais d'avoir écrit, tremblant un peu à la pensée qu'il lirait mon billet... Pourtant, rien dans sa physionomie ne trahissait qu'il l'avait trouvé...

Ce soir-là, nous venions de nous installer pour la veillée, quand Jan, tout en bourrant sa pipe, me regarda curieusement puis, suivant les spirales de la fumée :

— Tu as vraiment de singulières idées sur la façon dont il convient d'employer ton temps pendant mon absence... Ils sont très flatteurs pour moi, tes épanchements épistolaires, ma chère Ide... Mais il me semble que tu dépasses la mesure, que tu te grises à de belles paroles !

Voyant qu'un jet de sang m'empourprait les joues, il ajouta inquiet :

— Est-ce méchant ce que j'ai dit là ?...

Non, ce n'était pas méchant et il avait raison de modérer mon exaltation. Pouvais-je lui dire que dans l'amour je n'admettais ni raison ni sagesse ? Parfois, je courais vers l'horizon. Björn gambadait à mes côtés. A tous les échos, je criais son nom à perte d'haleine : Jan ! Jan ! Epoumonée, je retournais vers mon logis, hélant mes boys et mes bêtes. Et tous ils accouraient. La vache trottait vers moi, les petits ânes approchaient en agitant leurs longues oreilles et ma jument, en entendant ma voix, se mettait à ruer avec de sauvages hennissements. Les cafres riaient. Dans le grand soleil, leurs dents et le blanc de leurs gros yeux étincelaient, et comme je n'avais personne à qui parler de mon bien-aimé, je parlais de lui à ces êtres ingénus, prononçant le mot de Baas avec un tel accent de foi que les noirs, quand rentrait leur maître, l'abordaient avec une déférence craintive dont il ne pouvait s'expliquer la cause !

Je revenais de la ferme des Scheeper où j'avais porté du sirop pour la cadette qui toussait. Jan n'était pas rentré quand j'étais partie. J'avais hâte de me retrouver auprès de lui et poussais mon cheval au trot. Le Veld vide et muet s'étendait autour de moi. Je m'étonnais souvent de me sentir si sûre dans une solitude si complète. Je m'étais attachée au pays où s'écoulait mon existence et qui prenait son charme dans l'immense rectitude de ses lignes et la finesse de sa lumière changeante. Notre huis n'étais pas encore en vue quand j'arrêtai ma jument pour prêter l'oreille. Depuis un moment, je distinguais comme des vibrations de cloche. Pourtant, si loin que plongeait mon regard, pas une habitation, pas une manifestation de vie... Ayant franchi un repli de terrain, je perçus plus distinctement les vibrations musicales, les sons limpides qui tombaient comme des fleurs dans l'herbe autour de moi... Inconsciemment, je ralentis ma monture ; j'eusse voulu les cueillir comme un bouquet ! Le souffle suspendu, j'interrogeais l'air qui se remplissait d'harmonie. Rêvais-je ?... Tout à coup, la dernière bosse de terre dépassée, ce fut la révélation et une frayeur sacrée me saisit... Par les fenêtres du bungalow sortait une mélodie si poignante que j'en eus les larmes aux yeux. Daisy et les boys qui m'avaient guettée tout en courant à côté de mon cheval parlaient tous les trois en même temps. Je compris que c'était le baas « *die halen muziek uit groo-oo-te zwarte kist !* » (qui tirait musique d'une gran-an-ande caisse noire !) « *'t wat moois ! moois !* » (c'est beau ! beau !) répétaient-ils en se tortillant de plaisir. Je leur abandonnai ma jument et m'approchai en silence de la fenêtre du living-room. Jan était assis devant un piano à queue dont le couvercle relevé reflétait son visage empreint de je ne sais quelle amère et douloureuse expression... Sentant le poids de mon regard, il se retourna, et, me voyant, rougit comme un écolier.

— On me l'a apporté tantôt de Johannesburg... dit-il en caressant le clavier.

J'entrai. La tête me tournait : cela encore ! pensais-je, cet enchantement que savaient dispenser ses doigts ! Ne pouvant plus me contenir, je lui jetai les bras autour du cou. Il me prit les tempes entre ses paumes.

— Grande folle, si vite transportée, fit-il en riant.

— Tu ne me l'avais pas dit, Jan... Tu ne m'avais pas dit que tu jouais !

— Pourquoi te l'aurais-je dit ? remarqua-t-il étonné, l'occasion ne s'en était pas présentée jusqu'ici... Maintenant, tu m'as entendu et tu m'entendras souvent. Je vois que cela te contente...

Me contente ! Ah ! qu'ils sont tièdes les mots de Jan, pour exprimer ce qui vous bouleverse jusqu'au fond de l'âme !

Après le souper, on s'en fut au hangar où, d'une caisse non encore ouverte, nous déballâmes des paquets de partitions.

Jan joua longtemps, sans s'interrompre. Il semblait avoir oublié ma présence. J'avais pris un ouvrage, mais mes mains s'étaient jointes. Je me tenais coite, saisie comme l'enfant qui, ayant appris la beauté dans ses contes de fées, la découvre soudainement dans la vie réelle...

Nos veillées n'étaient plus les mêmes, ma première rivale prenait place à notre foyer.

Dès que Daisy avait enlevé les couverts, mon mari se mettait au piano. La plupart du temps, il jouait par cœur et me priait d'éteindre la lampe. Je m'asseyais au *bow-window*. La campagne infinie reposait dans la transparence d'un crépuscule de printemps et, la tête appuyée au dossier de mon fauteuil, je me laissais tout doucement envelopper dans un réseau des sonorités ensorcelantes... Ainsi, chaque soir, mon mari semblait oublier mon existence. Son art l'avait repris. Il n'improvisait plus ; par contre, les partitions s'accumulaient sur le piano. Longtemps, au-dessus des autres, s'imposait un nom, le seul qui m'était familier et peut-être le plus grand de tous : Bach... Oui, le plus grand peut-être, mais à cette musique si pure qu'elle semble avoir été uniquement composée pour Dieu, mes sens demeuraient réfractaires. Me rappelait-elle trop l'esclavage de mon austère enfance ?... Les interminables stations au Temple... Bâillements réprimés, tiraillements d'estomac, pendant que les voûtes résonnaient d'un choral de Jean-Sébastien Bach ?...

Jan s'irritait de mon incompréhension musicale.

— Ce qu'il te faut, disait-il, ce sont des airs purement mélodiques pour accompagner tes petites sentimentalités, tes préoccupations d'amoureuse ! Tu ne peux sentir la beauté des sons qu'à travers les images qu'ils évoquent pour toi !

Je me taisais. Qu'y pouvais-je, si la musique de Bach était trop haute pour mon entendement ? Le soir où, sur un cahier appuyé au support, je lus le nom de Frédéric Chopin, les Nocturnes m'ouvrirent un univers insoupçonné, un palais où je pénétrai frémissante... Mais je me serais bien gardée de parler en ces termes qu'il eût taxés d'extravagants. N'ayant pu me faire vibrer au souffle de son maître préféré, il m'avait rayée du corps des initiés...

— Toi et moi, nous n'éprouvons pas les choses de la même façon, avait-il tranché.

Et je me le tins pour dit. Si, par la suite, Sébastien Bach me fut cher comme Beethoven, Liszt, Schubert et tant d'autres, il n'en sut rien. Cependant, aucune musique comme celle de Frédéric Chopin ne pouvait m'exalter jusqu'à la souffrance par sa suavité presque morbide et son ténébreux enchantement... Elle répondait aux aspirations de mon âme, m'offrait l'autel où déposer les débordantes richesses de mon amour... Nocturnes, préludes, ballades, Jan la jouait avec une fougue incomparable ou une sombre gravité... Quels spectres évoquait-il ? Le Längtan, c'est la nostalgie d'un cœur qui meurt de ne pouvoir nommer ce qu'il adore !... écrit un poète suédois. Est-ce le Längtan qui rend parfois le jeu de mon mari si déchirant, que je l'écoute, saisie d'angoisse, comme si je voyais une aile noire fondre sur mon bonheur ?

IV

Nous entrions dans la troisième année de notre séjour au Veld, et, pas plus qu'au premier jour où il m'apparut comme le miracle au visionnaire, je n'arrivais à pénétrer la vraie nature de mon mari. Je m'étonnais du mystère qui pouvait exister entre deux êtres unis par l'intimité physique du mariage. J'étais arrivée à me discipliner, à modérer ma ferveur dans la crainte que cette constante dévotion ne finît par lasser mon mari. Et je me retenais quand, voyant à ma portée les belles mains mâles, mes lèvres en feu aspiraient à leur frais contact. Lui, toujours d'humeur égale, demeurait envers moi amène et prévenant, s'efforçant d'établir entre nous un lien de confiance et d'amitié. Mais mon amour était la substance de ma vie et je m'estimais encore privilégiée de n'être pour lui qu'une compagne qu'on retrouve avec plaisir aux heures des repas et dont on apprécie les soins vigilants. Quelle féerie, malgré tout, contenaient ces jours d'isolement dans la steppe !

Jan a reçu la visite de Maïki Vangreen, un afrikander qui a fait ses études de médecine avec lui et qui, depuis, s'est établi pharmacien au Natal. Il a beaucoup admiré notre gentil îlot perdu dans le désert du Veld. Elias partit à bicyclette et rapporta jambon et volailles de la ferme Scheeper. L'autre boy s'en fut très loin pour me chercher du mimosa et des violettes. Je passai la moitié de la matinée à confectionner des beignets que Daisy regardait gonfler et tourner dans la friture avec des gloussements de gourmandise.

Il commençait à faire plus chaud. Sur ces vastes plateaux incultes le printemps ne sait que faire. Il lui faut des bourgeons à ouvrir, des corolles à déployer... Aussi se hâte-t-il d'abandonner les champs à l'été. Ce soir-là, le soleil s'était couché avec beaucoup de pompe dans un grand apparat de pourpre et d'or. Pendant le souper que nous prîmes sur la terrasse, les deux hommes burent un bon nombre de bouteilles d'ale, ce qui les rendit loquaces. Leurs fredaines d'étudiants mises sur le tapis, Jan prononçait des noms :

— Qu'est devenu un tel ?... Et puis cet autre ?...

Mais Maïki préférait parler des femmes qu'ils avaient connues.

— Il n'y avait pas plus sérieux que votre époux, *mevrouw,* et nous nous demandions ce qu'elles avaient toutes à s'acharner après lui ! Quand il sortait vainqueur d'un match de rugby ou de *sowing,* ces demoiselles l'attendaient et c'était à qui lui tendrait le plus beau bouquet symbolique ou le fétiche aux couleurs de son équipe... Je me rappelle d'une marionnette en satin brun et blanc... Tu ne l'as plus ?

Jan haussa les épaules, mais laissa continuer le bavard maintenant lancé :

— T'en a-t-il fallu des ruses pour échapper à leurs hommages ! Souvent, tandis que les jeunes filles se languissaient au débarcadère, notre héros les dépistait en abordant sur l'autre berge !... Te souviens-tu, vieux, de cette grande bringue toujours drôlement attifée, elle s'appelait Lena, je crois... Ah ! celle-là, ce qu'elle pouvait t'encombrer ! Elle te suivait comme ton ombre et nous t'aidions tous contre elle ! On venait te prévenir : attention, elle te guette ! Et tu filais par la porte d'où l'on sortait les cercueils ! Pendant ce temps, elle t'attendait dans l'encoignure du portail. Les étudiants sont sans pitié. A sa question timide, nous lui répondions que tu n'allais pas tarder, et elle continuait à attendre ! Un soir d'hiver, l'hiver où le Schelde s'était pris, Broon et moi avions exprès soupé dans les parages de l'hôpital. De temps à autre, on allait la guigner... Elle était toujours là, par 9° sous 0 !... Un vent qui vous coupait la peau comme à coups de rasoir. Il y avait des perles de verre sur sa figure, ses larmes s'étaient gelées !

A ce souvenir, le jeune Boer riait à s'étouffer.

— Tu trouves cela si amusant ? dit Jan froidement.

C'était la première fois qu'on touchait, devant moi, au passé de mon mari. La rougeur qui m'enflammait les joues trahissait mon avide curiosité. La pipe aux lèvres, Jan m'observait, une lueur maligne dans ses claires prunelles.

— A propos, reprit Maïki, sais-tu qui j'ai rencontré à Hilversum ?... Cette splendide fille qui est venue plusieurs fois te voir à l'Université...

Une voix rauque, une voix que je n'avais jamais entendue, demanda :

— C'est à Hilversum que tu l'as rencontrée ?... Etait-elle seule ?...

— Non, très entourée, en élégante compagnie. Elle-même portait un de ces manteaux en zibeline !... Ils entraient au *Cheval-Noir,* le restaurant que tu connais.

— Oui. (Jan se versa un verre de whisky qu'il avala d'un trait.) Si on allait se coucher ? Il est plus de minuit, ajouta-t-il en regardant la montre à son poignet.

Sobre en gestes affectueux, mon mari déposait un baiser sur mes cheveux quand, pour lui dire bonjour ou bonsoir, je lui mettais les bras autour du cou et pressais mon front contre sa poitrine.

Il attendait toujours que j'eusse terminé ma toilette pour prendre à son tour possession du tub et des cruches d'eau que les boys nous préparaient chaque soir. Ce soir-là, j'entendis longtemps le ruissellement de l'eau sur le zinc. En revenant, il s'arrêta devant le lit et, me croyant endormie, s'approcha de la fenêtre. Sa haute silhouette en pyjama se dessinait vaguement sur l'obscurité du dehors. Que se passait-il dans cette tête blonde ? Je ressassais les paroles de Maïki et me félicitais de vivre isolée avec cet homme qui exerçait sur les femmes une telle attraction... Il m'appartenait. Je portais son nom et n'étais-je pas sa seule famille à lui, qui jamais ne recevait de lettre de son pays ?... Pourtant, l'idée de la possession ne pouvait s'affermir en moi, se heurtait toujours à un obscur sentiment de mystère... Quand Maïki avait évoqué « cette splendide fille rencontrée à Hilversum », le visage de mon mari avait pâli sous le hâle. « Etait-elle seule ?... » avait-il demandé. Oui, j'étais sa femme devant Dieu et les hommes, mais que savais-je de son cœur ?... Je me rappelais tante Antje : « Une pointe de crainte, une pointe de mystère donnent encore plus de saveur à l'amour !... » avait-elle dit. N'empêche que le lendemain, dernier séjour de Maïki chez nous, je ne cessai de remplir sournoisement son verre dans l'espoir de le faire parler encore... Sa voix trébuchait, ses yeux devenaient troubles.

— Hei ! Jan, appela-t-il, tandis que mon mari rangeait sa musique sur le piano, rappelle-toi, vieux, le soir de lune sur l'Amstel... Nous avions emmené des filles. Au beau milieu de la rivière, on les a déshabillées de force pour les baigner ! Quels cris !... La police arriva en canot, croyant à un assassinat !

Jan regarda son ami d'un regard dont ses boys ont peur.

— Je crois qu'il est temps que je te conduise dans ta chambre, dit-il sèchement.

L'air sentait le soufre. Sur le ciel blafard, de noires nuées couraient comme des monstres poursuivis. L'orage éclata dans la nuit. Des trombes d'eau s'abattirent sur le bungalow. Le ciel semblait en feu. Le tonnerre grondait sans interruption. Jan s'assit sur son séant en m'entendant gémir...

— Qu'est-ce qui t'arrive ? demanda-t-il.

Je me pressais contre lui, blottissant ma face au creux de son épaule.

— J'ai peur ! Je ne veux pas mourir ! Je suis trop heureuse !

— C'est vrai ça ?... Tu es si heureuse que cela dans cette thébaïde ?... Sais-tu que je me reproche bien des fois de te condamner à un tel isolement ?

— Ne dis pas cela, me récriai-je. Je voudrais toujours, toujours y demeurer avec toi !

— Moi aussi, ma chère Ide, j'aime notre vie tranquille, mais j'ai mes malades, moi... Des recherches que je poursuis, ma musique...

J'avais espéré qu'il ajouterait : ma femme...

L'orage s'était apaisé. On n'entendait plus qu'un gargouillis dans l'herbe ravinée.

— Le moment est venu de te parler d'un projet que j'ai formé depuis quelque temps... poursuivit mon mari. Cela ne te ferait-il pas plaisir d'habiter une ville ? Krittelwerk par exemple...

— Puisque notre vie présente te convient, pourquoi veux-tu aller dans une ville ?...

— Pour mieux vivre, Ide... Regarde, à quoi me sert mon savoir ? Pour ces quelques fermiers, ces noirs, j'aurais travaillé des années durant avec les plus grands maîtres de la chirurgie ?... Pour éprouver mes connaissances, il me faut des cas compliqués, difficiles.

— Mais je souffrirais ! protestai-je sottement. Il y aura là-bas des femmes élégantes qui viendront te consulter ! qui voudront te plaire ! Je ne veux pas aller à Krittelwerk.

La colère perça dans la voix de Jan lorsqu'il me répondit :

— Te mettrais-tu à être jalouse ? A me faire des scènes ?... Moi qui...

Il s'interrompit, se retourna sur le lit et tapant son oreiller du poing :

— C'est à ce radoteur de Maïki que je dois cela ! Ah ! les femmes, les femmes ! grommela-t-il.

Je ne parvins pas à me rendormir, étreinte d'une inexprimable angoisse. Je redoutais de quitter notre maison du Veld, sentant bien que ce départ marquerait pour nous une ère nouvelle et que jamais plus je ne goûterais la quiétude sans ombre de ce logis où le grand isolement nous avait confinés dans une étroite et rassurante intimité...

TROISIÈME PARTIE

I

Pour le transport de nos meubles, il nous fallut deux chariots attelés de quinze bœufs. Ils mirent plusieurs jours pour atteindre Krittelwerk. Nous gagnâmes notre nouvelle résidence en auto. En attendant l'arrivée de nos attelages, nous habitions l'hôtel. Le vieux docteur qui avait vendu son cabinet médical à Jan y logeait également. Il renseigna son jeune collègue sur les mœurs du pays, sur la clientèle, celle qui paie et l'autre qui se fait tirer l'oreille. Le viel Esculape se félicitait de rentrer en Angleterre et, pourtant, il regretterait toujours le merveilleux climat de ce pays du soleil.

A la perspective du champ d'action qui s'ouvre devant lui, Jan est radieux. Notre nouveau bungalow est plus spacieux que le premier. N'étaient deux autres maisons dont nous apercevons les lumières le soir, nous pourrions, dans notre rue presque inhabitée, nous croire encore au Veld. Au-delà de l'enclos du jardin, de vastes espaces en friche cernent le bourg. Seule la Kruger Street est pourvue d'un trottoir, les autres rues, à peine tracées, sont recouvertes d'un moelleux sable rougeâtre où les pieds s'enfoncent. Silencieusement, les nègres vont et viennent. Ce sont des Bantous et des Zoulous. Les premiers se distinguent par trois lignes bleues verticales et parallèles qui zèbrent leurs faces d'un brun foncé ; les seconds par leur haute taille, leur physionomie ouverte, leur peau relativement claire. La plupart sont en service chez des blancs. Les jeunes négresses sont ravissantes. Leur démarche est rythmée et gracieuse ; beaucoup vont le torse nu et la peau ferme, un peu huileuse de leur corps nerveux prend, dans la vibrante clarté des rues, un luisant de bronze noir. Quand elles viennent de loin, elles sont drapées dans des couvertures bariolées. Toutes ont les membres chargés de verroterie et d'anneaux de cuivre. Celles qui servent dans les bungalows portent des blouses blanches ; un turban vert, jaune ou violet cache leurs cheveux.

Tout au bout de la New Street que nous habitons, commence le quartier hindou. Dans le grand silence du soir, on entend d'étranges psaumes. De bonne heure les fenêtres s'éteignent pour se rallumer au milieu de la nuit. On perçoit les palabres des Hindous et des bruits de vaisselle. Une forte odeur d'ail se répand dans l'atmosphère. Les agapes terminées, l'huis rentre dans l'ombre et le silence. Les femmes, demeurées fidèles à leur costume national, vont en sandales, tunique bleue ou rose tombant sur le large pantalon de satin. La grand-mère obèse, une petite étoile d'or incrustée dans une aile du nez, garde les petits, habillés comme les femmes, leurs frimousses jaunes mangées par d'immenses prunelles veloutées. Tout le long du jour, on voit de lents et lourds attelages de bœufs. Souvent, vingt à vingt-cinq bêtes traînent le chariot ou la voiture à fourrage, obstruant longuement la chaussée.

Nous avons fait des visites de cérémonie aux deux collègues de mon mari : le docteur Braas et le docteur Eckert. La femme du premier est une juive grasse et rose qui, durant le temps qu'on lui parle, ne cesse de bécoter ses bébés blottis sur son giron. L'épouse de l'autre médecin est hollandaise comme moi. C'est une grande femme aux joues enflammées, peut-être parce qu'elle prend des bains brûlants : « Si chauds que j'y bous quasiment ! » me dit-elle. Elle me pria à son thé, où je fis la connaissance d'autres dames anglaises et hollandaises qui, à leur tour, me pressèrent de faire partie de leurs réunions. Quand nous habitions le Veld, mon mari m'avait cédé sa grammaire et appris l'anglais. Je me félicitais aujourd'hui de connaître cette langue, que même les afrikanders avaient adoptée, réservant pour leur intimité l'idiome des Boers.

Il est coutume de donner des thés à onze heures du matin. On sert alors des montagnes de sandwiches, petits fours au fromage et d'énormes gâteaux glacés. L'absorption de tant de bonnes choses n'empêche pas ces ladies de prendre leur lunch deux heures plus tard, de fort bon appétit. Elles comptent sur les douches glacées et le sport pour réparer le dommage que la gourmandise peut causer à leur ligne. Timide, je préférais rester chez moi, mais Jan m'a exprimé son désir de me voir fréquenter ces dames et de les recevoir chez nous. Il semble se réjouir quand il remarque que je m'attarde à ma coiffure que j'ai changée. Laissant la raie et les nattes, je ramène en arrière mes cheveux, je les tords et avec de grosses épingles d'écaille les attache sur la nuque. Mon mari goûte ce changement et veut que je porte des robes claires, blanches de préférence. La sonnerie de la porte d'entrée, où, sur une plaquette de cuivre, on peut lire : « Dr J. Yvarsen, Spreekur 2-4 » retentit de plus en plus souvent. C'est moi qui introduis la clientèle.

Je me rends compte que notre séjour au Veld n'avait été qu'une station précaire, la halte avant l'établissement définitif, puisque mon mari n'avait pas jugé utile de mettre au jour les objets qui lui tenaient le plus à cœur. D'une caisse demeurée fermée, il a retiré de riches reliures, des aquarelles, des cadres. Dans un des cadres d'argent ciselé, j'ai contemplé le portrait d'un homme à la fleur de l'âge. Dans ces traits énergiques, je n'eus pas de peine à reconnaître le père de Jan. Mais dans l'autre, était-ce bien la mère de mon mari, cette frêle jeune femme au visage presque enfantin ? Une expression émue et grave paraît sur le visage de Jan tandis qu'il contemple l'image.

— Je pesais près de treize livres en venant au monde, dit-il. La pauvre femme ne put jamais se remettre de ses couches. Dans mes plus lointains souvenirs, je la vois étendue sur la fourrure de son lit de repos. Elle paraissait si faible, si dolente que le bruit de mes pas l'effrayait quand on m'amenait auprès d'elle... Lorsqu'elle mourut j'étais trop petit encore pour admettre que jamais plus je ne devais la revoir et maintes fois on devait me trouver trépignant et m'écorchant les poings au bois de la porte désormais close...

J'écoutais, le souffle suspendu. Un soupir monta du plus profond de son être.

— Mon père mourut d'une épidémie où il s'était dépensé au-delà de ses forces : pourtant, il était fort comme un chêne.

— Orphelin !... Tu étais orphelin si jeune ?...

Des larmes chaudes me montaient aux yeux.

— J'avais quinze ans, dit-il, et son beau visage, un instant ému, reprit sa sévérité.

Je me tus, sachant qu'il ne servait à rien de l'interroger quand il ne voulait pas parler. Mais, souvent, j'examinais l'aquarelle représentant la femme délicate et pâle comme un lis, qui donna à son petit enfant toute sa sève et, dans une atmosphère de fleurs et de médicaments, mourut de langueur... Comme je l'eusse aimée !

II

L'arrivée de Jan à Krittelwerk fut un événement pour la petite ville. Il n'avait eu qu'à paraître pour que sa supériorité physique lui gagnât l'intérêt des femmes et la sympathie masculine. N'avait-il pas tout ce qui donne le prestige ? Peut-être, au premier abord, leur parut-il exagérément sérieux, mais ils durent bientôt convenir que dans ce sérieux il y avait tout de même de la clarté, voire de l'humour. A le fréquenter, ils comprirent aussi que tout ce qui est bluff, prétention, mensonge le tenait éloigné. Il portait avec lui son atmosphère imprégnée d'une probité fière qui était la règle de sa vie.

Quand l'Administration l'envoyait à quelque ferme lointaine, il m'emmenait comme autrefois. Avec quelle allégresse je retrouvais le Veld ! Jan avait fait l'achat d'une automobile. Les randonnées étaient moins ardues qu'avec le cabriolet. Bravement, la petite voiture affrontait l'espace. On faisait jusqu'à soixante, soixante-dix kilomètres pour arriver au but : une misérable case. Une très vieille femme enlevait la planchette d'une étroite ouverture servant de fenêtre, pour que le doktor puisse examiner le vieillard asthmatique et lui procurer du soulagement. Tout ce voyage pour passer dix minutes au chevet d'un malade. J'avais l'illusion, tandis qu'un peu de jour traînait encore dans le ciel, que nous allions retrouver notre huis perdu dans le désert d'herbe rase où mes yeux vainement le cherchaient.

Après le souper, Jan se remettait au piano. A nouveau, tout en tirant l'aiguille, j'écoutais une musique tantôt émouvante et tendre, tantôt tumultueuse et dissonante à tordre les nerfs... De nouveau, par les baies ouvertes, les bulles de son s'en allaient crever contre les ténèbres extérieures... Un soir, à la lueur des étoiles, j'aperçus au-delà de l'enclos du jardin comme un remuement de croupes noires... les nègres. Ils venaient, attirés par la musique... Accroupis ou couchés sur le ventre, leurs faces tendues, ils souriaient de toute leur bouche lippue.

La nouvelle du talent musical du docteur Yvarsen fit le tour de la bourgade. Nous étions accablés d'amabilités. Aux dîners, aux soirées, on sollicitait mon mari de se faire entendre. Il s'en plaignait.

— Je crois, Ide, que je regrette autant que toi nos veillées solitaires où tu étais ma seule auditrice avec, au-dehors, d'obscurs et invisibles écouteurs tirés de leurs trous par les sonorités de mon piano.

Jan témoignait un goût vif pour les cartes. Quoique je ne les aimasse point, je mettais toute ma bonne volonté à me laisser instruire et mon mari ne paraissait jamais plus content que lorsque je l'emportais sur l'une ou l'autre lady. Et quand nos invités enviaient la chaude intimité de notre logis, son air satisfait me remplissait de joie. Il semblait que le poids mystérieux, qui pesait sur son cœur et qu'il allégeait parfois d'un profond soupir, diminuait. Il devenait moins taciturne. Quelques opérations magnifiquement réussies établirent sa renommée. Les gens venaient de loin pour le consulter. Il avait conscience de la sûreté de sa main et de son expérience chirurgicale, aussi s'étonnait-il toujours de l'hésitation d'un malade devant ses conseils.

— Dans mon pays, la médecine est un sacerdoce et le médecin un oracle ! disait-il.

Jan et ses deux collègues faisaient, à tour de rôle, une semaine de service à l'hôpital. Les jours alors me paraissaient interminables et souvent, n'y tenant plus, je me rendais là-bas. C'était, au sortir du bourg, un bâtiment blanc, tout en longueur et ne se composant que d'un rez-de-chaussée surélevé. Le parc était planté de pins, d'arbres aux chevelures tombant jusqu'à terre et de ces beaux tacarandas aux branches recouvertes de grandes fleurs mauves. Une galerie ouverte courait autour des fenêtres de la salle commune et des chambres particulières. Je m'y installais avec un livre dans l'espoir d'entrevoir mon mari, ne fût-ce qu'un instant. Une fois, m'enhardissant, j'entrebâillai une porte, ignorant qu'elle ouvrait sur la salle d'opération. Assisté par des infirmières, Jan opérait. En blouse blanche, un bonnet lui emboîtant la tête, une bande de toile lui cachant bouche et menton, il se penchait sur une forme allongée... Je vis se dévider dans un seau placé à ses pieds un long ruban rougeâtre... Tout à coup, levant les yeux, il m'aperçut. Une flamme de colère jaillit dans ses prunelles. Fut-ce l'odeur du phénol mêlée à je ne sais quel relent nauséabond, si une sœur n'était accourue pour me soutenir, je serais tombée. Elle me conduisit sur la terrasse et je me remis aussitôt. Jusqu'au soir, je demeurai inquiète comme une écolière qui s'attend à une réprimande. Mais, en voyant ma mine contrite, mon mari me sourit.

— Je n'aime pas voir la crainte sur ton visage, Ide... Il ne faut pas avoir peur de moi ! Seulement, je t'en prie, ne viens plus me relancer à l'hôpital !

La construction du cinéma était terminée et Krittelwerk était dans la joie. Deux Viennoises, installées depuis trente ans dans le pays, avaient eu cette heureuse initiative. Veuve, Mrs. Stark habitait avec sa sœur, célibataire. Ces dames avaient fait ajouter à leur bungalow, situé non loin du Club, une vaste salle avec deux cents sièges confortables et une grande toile pour les projections. Les billets distribués et leur caisse fermée, les deux tenancières tournaient à tour de rôle les disques devant accompagner les images. On donnait deux films par semaine, et c'était l'occasion pour les dames d'exhiber leurs plus beaux atours. Pendant l'entracte, on passait dans une pièce attenante, le *refreshments-room*[1] où, l'hiver, la moitié d'un tronc d'arbre grésillait dans la cheminée monumentale. Derrière une longue table, dans un arôme de café et de pâtisserie, Mrs. Stark et sa sœur remplissaient les tasses, coupaient de larges tranches de gâteau. Les spectateurs se servaient eux-mêmes. On s'attablait aux guéridons en échangeant saluts et sourires avec les amis et les petits potins allaient leur train. A la sortie, plus de vingt autos attendaient leurs propriétaires. Quand Jan apercevait des infirmières, il ne manquait jamais de les raccompagner à l'hôpital, car leur chemin était long et désert. Elles lui étaient reconnaissantes de cette attention. Souvent, je surprenais dans

1. Salle de rafraîchissements.

leurs regards je ne sais quelle ferveur. Elles étaient gentilles dans leurs coiffes et manchettes blanches et une secrète jalousie me pinçait le cœur, chaque fois que les yeux de mon mari se posaient sur un beau visage.

III

Devant renouveler sa réserve pharmaceutique, Jan m'emmena avec lui à Johannesburg. Pendant qu'il se rendait à ses achats, je me promenai dans cette ville encore toute neuve et très moderne avec ses buildings, ses grands magasins, les salons de thé aux terrasses bondées de consommateurs. Pour le lunch je rejoignis Jan au restaurant. Que j'ai aimé ce tête-à-tête ! Sur un podium, quelques musiciens jouaient des valses lentes. Je tâchais de manger avec élégance. Quand je remuais, ma robe de taffetas froufroutait doucement. Un moment mon mari leva le nez en flairant :

— Qu'est-ce que ce parfum ?... Ce n'est pas toi, Ide, qui te parfumes à présent ?

Je m'étais, en effet, au cours de la matinée, acheté un parfum de Paris dont j'avais imprégné l'ourlet de ma robe. J'ai rougi sans répondre. Il s'est mis à rire !

— Ide, Ide, tu veux jouer à la grande dame !

Il avait un air amusé et si moqueur, que je sentis des larmes me picoter les paupières. Il ne s'en aperçut pas.

Nous avons visité le Zoo riche en faune et en flore. Nous avons parcouru le Munre Drive. Je pus admirer les bungalows de luxe d'une attrayante diversité, tout en niches, colonnettes, terrasses, balustrades finement ajourées. En traversant l'Eloff Street, je m'étonnais de voir, aux vitrines des magasins, de petits objets rutilants comme on en expose chez nous aux environs de Noël.

— Mais Noël est à la porte ! répondit Jan à ma remarque.

Noël sous ce ciel incandescent ! Pendant que nous roulions sur la route du retour, j'évoquais les plaines de neige de mon pays où, sous le floconnement dru, s'immobilisaient les ailes de nos moulins et se gelaient nos canaux. Suivant la même pensée, mon mari parla de maisons bloquées dans la neige, de traîneaux chargés de sapins arrachés à leur forêt profonde pour mourir d'un éphémère et lumineux destin. Une ouate épaisse recouvrait toutes choses et seul le bruissement d'une lointaine cascade scandait le blanc silence... Jan se tut. Ses mains gantées sur le volant, le regard perdu, il semblait ne plus voir les steppes sèches qui nous environnaient... Etait-ce la nostalgie des paysages de son enfance qui le rendait si souvent grave et silencieux ?

Je revenais d'un thé d'onze heures, lorsqu'une femme, qui depuis un moment marchait devant moi, battit brusquement l'air de ses bras et s'écroula. Elle avait la face congestionnée, les lèvres serrées. Quelques pas seulement me séparaient de la maison. Dans mon émoi, j'entrai dans la *surgery* sans frapper. Mon mari était en train d'ausculter une dame. Il se retourna, me foudroya du regard.

— Il y a là, dans la rue, une jeune personne qui s'est évanouie... balbutiai-je.

Son visage se radoucit.

— J'y vais ! dit-il. (Et, s'adressant à sa cliente) Couvrez-vous, Mrs. Hollis.

Un peu haletant, il déposa sa charge sur le divan du living-room. Sous l'action des sels portés à ses narines, la malade revint à elle. Très pâle maintenant, elle clignait des yeux.

— Docteur Yvarsen ?... Que m'est-il arrivé ?...

Jan la rassura d'un sourire.

— Vous avez eu un étourdissement, Mrs. Day, et si juste à cet instant ma femme n'était pas passée, vous seriez encore couchée au soleil, ce qui ne vaudrait rien pour votre état !

Une vive inquiétude refoula le sang aux joues décolorées de la jeune femme.

— Croyez-vous, *doktor ?...*

— Non, rassurez-vous. Je vais vous ramener chez vous, d'où vous ne bougerez plus aujourd'hui... Imagine-t-on de se promener en plein midi et sans chapeau encore !

Debout dans le chambranle de la porte, l'autre patiente, qui s'était rhabillée, suivait d'un regard singulièrement brillant chaque geste de mon mari et, m'accompagnant à la cuisine où je me rendis pour préparer un jus d'orange :

— Qui est cette femme ?... Est-elle en traitement chez le *doktor ?* me demanda-t-elle.

Elle nous suivit jusqu'à la voiture.

— Je crois que votre mari vous laisse en panne ? observa Jan en souriant.

— Je le voudrais, fit-elle d'un ton enjoué, cela me vaudrait le plaisir de vous voir encore tout à l'heure... Mais présentez-moi donc votre femme...

Mon mari s'excusa :

— Mrs. Hollis est une cousine des Maclean, Ide.

— Quel goût ! fit-elle, quand nous nous retrouvâmes au living-room. J'aime le cuir rouge de cet ameublement, il s'harmonise si bien avec le bois sombre des murs... Le beau piano ! Etes-vous musicienne ?

— Non, c'est mon mari qui joue...

— Le *doktor ?...* Je l'ignorais...

Un léger frémissement courut sur ses joues poudrées de rose.

— Je voudrais l'entendre !... Que c'est amusant !...

Elle contemplait au mur un paysage de neige, où seul un lapin assis, les pattes en l'air, regardait philosophiquement le globe rouge du soleil couchant.

— La maison de Schubert ! s'écria-t-elle quelques pas plus loin. Je l'ai visitée à Kritzingen... Ce toit avançait sur la galerie de bois. La fenêtre fleurie au-dessus du bras de lanterne appliqué au mur... Et voilà illustré mon lied préféré : La poste... Délicieux, cette vieille rue sous la neige et la malle-poste qui arrive au trot de ses quatre chevaux, attirant les gens sur le pas de leur porte... « La poste n'apporte pas de lettre pour toi ! Pourquoi, mon cœur, bats-tu si fort ? Pourquoi cet émoi ?... » fredonna-t-elle. J'eusse voulu vivre à cette époque-là ! Je raffole de tout ce qui est 1830... Je suis terriblement sentimentale ! Pas vous, Mrs. Yvarsen ?

Elle continuait de faire le tour de la pièce, examinant chaque objet.

— On est sous le charme chez vous, poursuivit-elle, qui donc a combiné tout cela ?... Vous ou lui ?... Je veux dire le docteur, se reprit-elle. J'ai eu d'affreuses crises hépatiques, il m'a soignée et voyez-vous, Mrs. Yvarsen, on a tant de reconnaissance pour qui vous soulage de tels maux !

On entendit le ronflement d'un moteur.

C'était Jan qui revenait. Il était l'heure du repas. Le regard de mon mari me commanda l'hospitalité. Je priai Mrs. Hollis de se mettre à table avec nous.

IV

Presque toutes les fermes-cottages avaient un court de tennis. On y jouait chaque dimanche. J'avais appris à manier la raquette, mais la souplesse me manquait et l'agilité. Souvent, je préférais suivre le jeu sans le jouer. J'admirais mon mari, son grand corps flexible dans le long pantalon de flanelle, la chemise au col largement échancré sur le cou brun. Il courait léger, d'un long pas élastique, les mouvements prestes. Parmi les exclamations de ses partenaires, sa voix grave tombait comme un son de cloche. Mrs. Maclean est adroite joueuse. Il y a aussi Maud Laver, la fille du notaire. Elle est de la taille de Jan.

Nous étions chez les Maclean. Je cueillais des fleurs pour la table du goûter, quand nous vîmes paraître un point noir à l'horizon.

— Ce sont sûrement nos cousins Hollis qui viennent nous surprendre... dit ma compagne.

Le point noir grossissait rapidement et Myriam poussa des cris de joie en voyant les valises bouclées sur la voiture.

— Oui, dit Mr. Hollis, mes affaires m'appellent à Londres, et je viens vous confier ma femme pour deux mois.

En cache-poussière blanc, une écharpe rouge enserrant ses cheveux, les joues brûlantes de l'air chaud de la route, Nita Hollis, souriante, embrassait sa cousine. Puis ses yeux sombres et luisants cherchèrent le court de tennis. Jan s'avançait au milieu d'un groupe de joueurs. A cet instant, le rouge des belles joues veloutées de Nita fondit, pour faire place à une éloquente pâleur... Elle lui tendit la main. Il lui donna ce shake-hand qui lui était particulier. Il vous broyait toujours un peu les doigts, inconscient de cette force débordante que jadis ses professeurs lui conseillaient de refréner... Il s'en excusait. Comme je ne quittais pas Mrs. Hollis des yeux, je la vis porter furtivement à ses lèvres cette main que mon mari venait de meurtrir un peu...

— Vite, Nita, on va servir le thé et je parie que tu veux d'abord te refaire une beauté !

Myriam Maclean entraînait sa cousine en riant.

Mrs. Hollis reparut dans une robe de léger tissu rose tendre qui accusait l'ambre pâle de la gorge et des bras. Ses pieds étaient nus dans de petites sandales également roses. Son mari, qui la regardait avec complaisance, lui fit remarquer qu'elle n'avait pas son alliance.

— *Excuse me, dear,* je l'ai oubliée en me lavant les mains.

— Vous enlevez votre alliance pour vous laver les mains, à présent ? fit-il avec humeur.

Un jeune Anglais, qui avait une fiancée quelque part dans le White Shear, faisait indéfiniment tourner le même disque : *If you see Saly...*

J'avais le cœur gros, si insensée dans mon amour, que je souffrais de ne pouvoir confisquer à mon profit chaque sourire, chaque parole que mon mari adressait aux autres femmes. Au milieu de ces ladies délurées et coquettes, je me sentais insignifiante, sans aisance, me rendant compte qu'elles devaient se demander entre elles ce qui avait pu séduire en moi le beau docteur Yvarsen. Le fait d'être l'épouse d'un homme si recherché, vers lequel montait tant de ferveur de femmes et auquel tous attribuaient une sorte d'omniscience, devait m'aliéner les sympathies féminines. Cependant, pour l'approcher, on cherchait à s'approcher de moi, on m'accablait de compliments et d'amabilités, et rien ne m'était plus pénible que ces flatteries que je sentais si peu sincères. Mais je ne manquais pas d'amies. Mrs. Braas et Mrs. Eckert, les femmes des collègues de mon mari, étaient pleines de gentillesses pour moi et aussi, parmi les dames âgées, je trouvais de maternelles et sincères amitiés.

Charly Maclean est venu inviter Jan pour une partie de chasse aux canards. Il bafouillait un peu en ajoutant :

— Je ne vous engage pas à vous joindre à nous, Mrs. Yvarsen, sachant que vous n'aimez pas la chasse...

L'idée que mon mari passerait sans moi une journée entière avec Mrs. Hollis me jetait dans le désarroi. Jan s'en aperçut et sourit.

— En effet, comme beaucoup de femmes, Ide a horreur de tuer pour le plaisir, cela ne l'empêchera pas d'être des nôtres. Autrefois, elle ne pouvait voir une goutte de sang sans se trouver mal et depuis elle s'y est si bien habituée qu'elle m'assiste bien des fois dans les petites opérations.

Maclean parut étonné de la réponse de son ami et même

contrarié, ce qui me fit croire que les deux cousins avaient dû lui faire la leçon.

Quand de grand matin nous partons, une traînée de pourpre paraît à l'horizon. Nous rencontrons des troupeaux de moutons, sages, sans berger. Sur les pâtures courtes, les vaches sont couchées croupe contre croupe. Le soleil n'est plus qu'une boule d'or en fusion. Nous sommes à un mille du cottage des Maclean, quand nous apparaît une cavalière galopant au-devant de nous. A l'impression de malaise qui m'envahit, je reconnais Mrs. Hollis. Comme elle avait hâte de revoir mon mari !

— *Halloo !* crie-t-elle de loin. *Good morning, my dears !*

Jan ralentit et elle trotte à côté de la voiture.

— Avez-vous faim au moins ?... Myriam est en train de préparer le breakfast...

En chemisette, culotte et bottes, ses cheveux bruns flottant en boucles sur ses épaules, Nita Hollis paraît exubérante de gaieté et mon mari, silencieux jusque-là, se laisse gagner par cet entrain. On nous avait entendus venir et déjà les boys servaient le porridge fumant et les jattes de crème fraîche sur la terrasse où la table était dressée.

Jan s'était à peine glissé au volant, que Mrs. Hollis sautait à son côté. Je dus prendre place à l'arrière. Charly Maclean, serré entre sa femme et moi, se plaignait de griller entre deux feux ! Le noir se coucha sur le toit de l'auto avec les fusils et un sac de provisions pour le pique-nique. Pendant le parcours, Nita ne cessait de flirter impudemment avec mon mari. Myriam par son babillage, Charly par ses fadaises cherchaient à détourner mon attention du couple devant nous. La tête brune frôlait de près les cheveux clairs de Jan. Que lui disait-elle ? Le ronflement du moteur m'empêchait de comprendre. Parfois, Jan se retournait pour échanger quelques mots avec nous. On atteignit un petit bois et la voiture stoppa. Des pluies récentes laissaient le sol détrempé. Comme moi, Jan huma l'odeur de la mousse humide, odeur de moisi, odeurs des automnes de nos pays... Une expression nostalgique assombrit son brun visage.

— Quelque chose de désagréable vient de s'offrir à votre pensée, Docteur, ne le niez pas ! observa Mrs. Hollis.

Un regard étonné tomba sur l'indiscrète.

— Oui, répondit Jan, c'est le pouvoir des odeurs... Figurez-vous qu'un instant j'ai pu me croire bien loin d'ici, sur un sentier glissant d'aiguilles de pins et traversé de grosses limaces noires que représentent, tenez, ces bouts de bois mort... Chez nous, la forêt s'incorpore à tous les paysages...

— Vous avez le mal du pays, Docteur, avouez-le !

Elle le regardait avec une dévotion apitoyée qui dut déplaire à Jan, car, les sourcils froncés, il se détourna sans répondre.

Ils partirent à la chasse où il fallait ruses et précautions. Myriam demeura avec moi. Nous cheminions sous une rangée de pins parasols symétriquement alignés tels qu'on les eût crus plantés par l'homme. Ici, pourtant, la nature seule est semeur et jardinier. Les coups de fusils et les abois du chien s'éloignaient de plus en plus. Je me tourmentais de savoir mon mari en butte aux coquetteries de la belle Anglaise et répondais tout de travers aux propos de Myriam. Au bout d'une heure et demie, les deux hommes et Nita reparurent dans le lointain. Avec des jappements fous, Floppy vint bondir au-devant de nous. Entre Jan et son cousin, Nita Hollis marchait, les jarrets souples, de cette démarche qui laisse aux poumons leur souffle régulier et profond. Attachés à une courroie jetée en travers de l'épaule elle portait, comme un trophée, deux volatiles au sombre plumage bleu.

— J'adore la chasse, nous dit-elle, les joues animées, cette chose tiède et encore palpitante que m'apporte mon chien : *it's so exciting, so voluptuous !...*

Elle surprit chez Jan cette expression indéfinissable qui laissait percer de l'amusement, de l'ironie, du dédain peut-être.

— Vous me trouvez cruelle, Docteur ?...

— Toutes les jolies femmes le sont un peu ! dit-il.

Mis en appétit par la marche, les chasseurs s'installèrent avec nous, devant la nappe étalée sur le sol où fut déballé le lunch froid. Le boy ouvrait les bouteilles d'ale. On parla chasse...

— Ces petites chasses aux canards et perdrix sont peu intéressantes, dit Jan. Quand je pense aux chasses à l'élan en Suède...

Nous repartîmes tandis que le soleil couchant inondait la morne plaine désertique. Les *tick-birdys*[1] aux lourdes ailes blanches prenaient leur repas du soir, perchés sur la croupe des vaches dont ils picoraient les pucerons. La nuit descendait. A de

1. Aigrettes.

longs intervalles, on voyait une petite clarté jaune trembler derrière la vitre d'une ferme perdue. Mrs. Hollis s'étonnait que des êtres pussent vivre dans une telle solitude.

— Le docteur m'a raconté que ces habitations se trouvent souvent à plus de trois cents kilomètres d'un médecin. Imaginez qu'une maladie grave survienne ?... Les morts sont enterrés à proximité de la demeure où ils ont vécu... Les femmes, paraît-il, sont périodiquement folles ! Rien d'étonnant dans un pareil isolement !

— Les Boers ne s'en plaignent pas, remarqua Myriam. Trois ou quatre fois l'an ils se rendent à cheval à quelque fête de tir, et à Pâques, emmenant femme et marmaille en char à bœufs, ils vont planter leur tente sur la place de l'église la moins éloignée. Ils reçoivent la communion, chantent les psaumes jusqu'à la nuit et s'en retournent au lendemain, ragaillardis pour tout un temps !

Au retour, Myriam nous fit un café fort qui nous tira de l'engourdissement de la longue randonnée. Le whisky coula et mit les esprits en verve. Nita avait les joues chaudes, les yeux brillants.

— Comme vous êtes silencieuse, Mrs. Yvarsen, et si paisible ! me dit-elle. Tout en vous est repos...

Mon mari protesta pour moi.

— Ne vous y fiez pas, Mrs. Hollis, fit-il en riant. Sous cette apparente eau dormante coule un secret courant d'eau vive !

On me regarda et je rougis.

— Je sais qu'il faut se méfier des apparences, répliqua Nita, mais de votre femme je ne me méfie pas... Je la juge si sage, si raisonnable, si loin des émotions violentes dont j'ai une soif insatiable ! Pour moi, la tranquillité d'âme équivaut à la mort, et je veux vivre !

J'étais révoltée que cette femme préjugeât ainsi de moi. Jan, qui s'en aperçut, eut à mon égard un sourire taquin.

— Mrs. Yvarsen est très sentimentale, remarqua-t-il calmement, mais elle possède ce que j'estime le plus chez la femme : la pudeur de ses sentiments.

Nita Hollis se mordit les lèvres pendant qu'un grand élan de gratitude me remplit le cœur, me rappela un jour au Veld où il m'avait dit :

— Tu as l'art de te taire à propos, Ide... mais tes yeux attentifs parlent un langage plus riche que les paroles...

— Mes yeux ?... avais-je demandé avec confusion, que te disent-ils mes yeux, Jan ?...

— Que tu m'aimes ! avait-il répondu gravement.

Très tard, nous gagnâmes notre chambre. J'eus un désappointement en voyant deux lits. Jan s'endormit vite. Longtemps, je demeurai à le contempler. Il avait rejeté drap et couverture. La grisaille du petit jour, qui dépoétise toutes choses, ne parvenait à altérer la beauté de ce grand corps nu, frais comme la statue d'un jeune dieu endormi...

V

J'étais hantée d'un grand espoir, espoir fragile puisque si souvent déçu. Je n'osais encore parler à mon mari. Depuis quelques jours j'avais des nausées. Je m'étais confiée à ma vieille amie Roggers. Elle aussi croyait...

Au milieu du repas, je dus quitter la table. Lorsque je revins, Jan me considéra curieusement.

— Te sens-tu malade, Ide ?...

— Ce n'est rien, fis-je embarrassée, je crois que je suis restée trop longtemps dans mon bain ce matin.

Mais quand Daisy apporta le café et que je le versai dans les tasses, j'eus un haut-le-cœur.

— J'ai un dégoût du café, balbutiai-je.

Alors Jan sauta de son siège.

— Viens ici, toi !

Il me prit par les épaules.

— Depuis quand ?...

— Deux mois je crois...

— Et tu me le cachais ?

— Je n'en étais pas sûre...

— Oh ! Ide ! fit-il d'une voix assourdie, quelle joie pour nous.

Il examinait mon visage et je baissai les paupières, éblouie devant ces yeux qui me dominaient d'un enchantement toujours nouveau ; ces yeux d'un bleu glacé et transparents comme les lacs du Nord, ils me parurent embués de tendresse...

Les ladies de Krittelwerk n'avaient pas tardé à deviner

l'événement heureux qui s'annonçait. Elles me comblaient d'attentions. Partout dans notre logis affluaient pâles camélias et grosses roses si largement épanouies, qu'avec leurs pétales bruissants on les eût dits en papier. Ces dames remplissaient leurs loisirs à de beaux ouvrages manuels ou à disposer les fleurs dans les vases, occupation qu'elles préféraient à toutes les autres.

L'atmosphère fraîchissait et ce furent comme au Veld, matin et soir, de légers feux de cheminée. Comment décrire le doux bonheur des longues soirées revenues ?... Jan jouait et, laissant tomber broderie ou tricot, je m'abandonnais à la divine musique. La buvant à longs traits, je me disais que c'étaient les doigts adorés qui tiraient de l'instrument ces gerbes de sonorité si suaves et si tendres que je songeais aux paroles de François d'Assise : « Je vis l'ange qui joue de la viole devant le Seigneur... Il ne toucha ses cordes qu'une fois, mais s'il eût donné un coup d'archet de plus, je serais mort de volupté !... » Le jeu de mon bien-aimé agissait sur moi comme un sortilège, tandis que, dans mon panier doublé de soie bleue, s'accumulaient d'émouvantes petites choses : chemises menues, brassières, langes de toile fine.

Les Lettres de Ma étaient remplies d'actions de grâce : « J'espère, ma chère fille, m'écrivait-elle, que ton premier-né ouvrira le chemin à de nombreux frères et sœurs ! Beaucoup d'enfants sont une bénédiction du Ciel ! »

VI

Jan a écrit à Ma pour la prier de venir, ajoutant un chèque à sa lettre. Jamais mon mari n'avait eu pour moi tant de prévenances. Chaque jour qui s'écoulait m'enrichissait d'une douceur nouvelle. J'avais l'âme vibrante d'une sorte d'exultation religieuse. Je désirais un fils. Pourtant, garçon ou fille, le petit être qui nous unirait plus étroitement, je l'attendais comme un présent des fées ! On appellerait Nils un garçon et Karine une fille. Tout était prêt. Au fond de la chambre, les plis flottants des rideaux de mousseline du berceau ressemblaient aux ailes déployées d'un cygne. C'était à l'hôpital et assistée du docteur Braas, que j'aurais mon enfant, car il n'est pas de coutume ici qu'un médecin accouche sa propre femme. Toutefois, Jan me promettait d'être là. Les ladies m'apportaient des gâteries : œufs du jour, bouillons gélatineux, cakes et bonbons dont la profusion faisait le bonheur de nos noirs. Les jeunes mamans, prises d'une recrudescence de joie maternelle, pomponnaient et câlinaient davantage leurs babies robustes et avides de vivre.

Ma est arrivée. Jamais encore elle ne m'avait si tendrement embrassée, même pas au moment de notre grande séparation.

— Laisse-toi regarder... m'avait-elle dit en m'examinant, les yeux humides.

Elle-même avait beaucoup vieilli et je ne pouvais oublier que c'étaient les veilles courageusement supportées pour élever ses filles qui avaient creusé de rides prématurément profondes la face de cette femme à peine âgée de cinquante ans. Comme la layette était au complet, Ma, dont les mains ne pouvaient rester inactives, se rendit chez la mercière et rapporta de grosses pelotes de soie pour tricoter des chaussettes à son gendre.

C'était l'époque des feux d'herbes. Quand la dernière clarté s'éteignait dans le ciel, ils surgissaient de tous côtés. On eût dit les gradins illuminés d'un amphithéâtre ou les innombrables lumières d'une ville. Après le souper, on allait les voir dans la campagne. Au retour on s'était, ce soir-là, arrêtés chez les Braas qui nous attendaient. On nous servit le thé avec ces gros biscuits fourrés de confitures que Mrs. Braas réussissait fort bien. C'était veille de sabbat, et devant ma tasse je trouvai, piquée sur un vieux chandelier de cuivre, une chandelle sainte.

— Je l'ai allumée avant le coucher du soleil, tout exprès pour vous, afin que vous ayez des couches heureuses... me souffla mon amie juive à l'oreille.

Cela arriva dans la nuit. Me réveillant en sursaut, je ressentis les premières douleurs. Ma et Jan m'emmenèrent à l'hôpital. Devant ma mère, suffoquée, on me chloroforma selon la coutume ici, très légèrement, pourtant suffisamment pour atténuer les spasmes trop violents. Les sentant venir, je reportais moi-même le masque au visage, ne me rendant plus bien compte de ce qui m'arrivait... Une horrible déchirure me fit pousser un grand cri puis ce fut l'accalmie... Comme à travers un voile, je vis penchés sur moi les yeux clairs de mon mari.

— C'est un garçon ! me dit-il.

Il y avait dans sa voix de l'allégresse contenue

— Ecoute-le...

Ce n'était déjà plus des vagissements de nouveau-né, mais, eût-on dit, d'énergiques cris de protestation.

Un bien-être, une douceur presque mystique me pénétraient en entendant les félicitations adressées au docteur Yvarsen.

On baignait le poupon.

— Ce qu'il est beau ! dit la voix de Ma, vous allez voir qu'il pèse dix livres au moins !

— Il y a que ce gros garçon-là vous a déchirée un peu, Mrs. Yvarsen, remarqua tout bas le docteur Braas. Il faudrait...

— Montre-moi mon fils ! réclamai-je avec impatience.

Mais je me sentis désenchantée devant le paquet blanc d'où émergeait une petite face rouge aux yeux grands ouverts et pleins de nuit, aux soyeux cheveux très noirs et si longs qu'ils retombaient sur les oreilles menues...

— A moi ce petit enfant brun ?...

Alors, seulement, l'attendrissement me vint. Je touchai les petits doigts ronds, je voulus baiser le satin des joues.

— J'ai du courage maintenant ! répondis-je au docteur Braas.

A cette époque, Jan avait quelques grands malades à l'hôpital. Il devait les voir plusieurs fois par jour et je bénéficiais de ces visites. Il venait me baiser sur le front, regardait longuement notre fils en me faisant quelques recommandations. Je le sentais absorbé. Quand mon mari avait des « cas », ses malades venaient en première ligne, il leur consacrait toute sa science et toute sa pitié.

Chaque après-midi, Ma venait s'installer à mon chevet avec son tricot. Elle faisait excellent ménage avec son gendre et ne cessait de me représenter ma chance : bon époux, haute situation, large aisance...

— Parle-moi de mes sœurs, *mœder.*

— Figure-toi que ces *jongesuffrouws* se targuent d'élégance à présent ! On trouve chez nous bouts de rubans et bouts de dentelles ! Enfin ! des fanfreluches comme tu en as aussi, toi ! Et il y a autre chose encore..., ajouta-t-elle en me regardant par-dessus ses lunettes : Jopsie écrit son journal comme elle appelle ça !... Peux-tu t'imaginer ?... Je me demande où elle a pris cette lubie, au lieu de coudre ou de tricoter, voire de lire à ses moments perdus ! L'autre jour, comme elle devait aider à la lessive et que je l'attrapais encore à son gribouillage, je lui ai déchiré son cahier... *Mijn Hemel*[1] *!* ce fut un déluge ! Pleurer de la sorte pour une bagatelle ! Attends, je crois que j'ai de ces chiffons de papier dans mon sac... J'en avais enveloppé mon canif pour le voyage, tiens ! lis...

— Non, protestai-je, je ne veux pas lire ce que cette pauvre Jopsie a écrit pour elle seule !

Ma me tendit une feuille fripée. Finalement je ne pus résister à la tentation de pénétrer un peu la vie de mes sœurs, qui s'écoulait si loin de moi. Comme elle devait souffrir la fille de dix-neuf ans qui écrivait :

« Un dimanche matin très bleu. Les sentiers du jardin ont été ratissés hier, et Ma nous a recommandé de ne pas bousculer le gravier. Dans un ordre parfait, arbustes et fleurs ont un air raide et solennel. Je rêve d'un grand désordre de fleurs, d'herbes folles que j'écraserais de mon corps en me grisant de parfums. Tout à l'heure, on partira pour l'église. Au retour, on se mettra devant une nappe blanche à la place de la toile cirée de la semaine, et, parce que le service aura été long, on abrégera le bénédicité. Pour le dessert, il y aura une tarte aux cerises qu'on dégustera lentement pour faire durer le plaisir. Il y aura ensuite la visite dominicale au cimetière, le goûter chez tante Antje et on rentrera le long des quais, dans l'ennui des fins de dimanche. Le portillon du jardin se fermera laissant dehors la vie... »

Mes yeux ne pouvaient se détacher de ces derniers mots. Une pitié profonde pour mes sœurs lointaines m'étreignait le cœur. Je les avais trop connues et redoutées ces fins de dimanche ou de fête où les pas ralentissaient à l'approche de la maison grise... Où l'on voulait espérer encore, jusqu'au dernier instant, l'événement imprévu toujours désiré, toujours attendu ! Et on laissait la rue avec un poignant sentiment de regret... Mais comment ferait-on comprendre à Ma que des filles qui ont un logis bien ordonné, la nourriture et des vêtements convenables, aient encore besoin d'autre chose ?...

— Que dis-tu de telles niaiseries ?... demanda Ma qui me croyait outrée comme elle.

Je secouai la tête.

— Ah ! *mœder,* tu as mal fait de déchirer le cahier de Jopsie. Il fallait lui laisser cet innocent plaisir ! Je suis d'ailleurs bien tranquille, Jopsie recommencera d'écrire ses petites confidences

1. Ciel.

et elle aura joliment raison du moment qu'elle en éprouve le besoin !

Mœder me regardait, ébahie.

— Ide ! le mariage t'aurait-il rendue moins raisonnable ?... Toi si sérieuse, si appliquée à bien faire ! Quel dommage si ton mari relâche les brides que je lui ai mises dans la main en même temps que ta personne !

Je rougis.

— Jan n'est pas un tyran, *mœder*... Du reste, je ne crois pas lui donner de raison pour qu'il prenne les brides en main, comme tu dis ! Bien sûr, toi, avec toutes tes filles ! Mais avoue qu'elles ne sont guère méchantes ?

Attirant Ma par les épaules, je lui appliquai sur chaque joue un baiser sonore. Elle prit son air bourru pour cacher un mouvement d'émotion.

— Je l'avoue, pas bien méchantes, concéda-t-elle, grâce à ma direction ! Elle fit en riant le geste de manier un bâton. N'empêche, poursuivit-elle, je me demande ce qu'elles peuvent bien manigancer en mon absence ?... Dans quel état vais-je trouver la maison, *mijn God !* Heureusement que, chez nous, il n'y a pas ces tableaux et babioles qui n'ont d'autre sens que d'accumuler la poussière et vous faire perdre un temps précieux !

— Ce sont justement ces objets que tu trouves superflus qui donnent au home sa note personnelle...

— Note personnelle ? Qu'est-ce encore que cela ? *Neen maar*[1] ! Je ne suis pas poétique, moi, mais prosaïque et pratique et vous pouvez vous en vanter ! Que seriez-vous devenues si chaque jour, au lieu de raccommoder vos affaires jusqu'au dernier fil, je m'étais assise là à gribouiller des misères... *Och,* je sais bien, ma fille, je suis comme le gendarme que personne n'aime, mais dont tout le monde a besoin !

Jan, venant me faire sa visite du soir, nous interrompit.

— Quelle est cette discussion ? nous demanda-t-il en riant.

Comme il se penchait pour m'embrasser, une odeur d'œillet flotta vers moi, me rappelant Mrs. Hollis qui se servait de ce parfum.

— Et notre prince ?... fit-il gaiement.

Notre prince dormait son saoul et ne s'éveillait qu'à l'heure de

1 Ah mais !

sa tétée. Je le voudrais un peu méchant pour le voir plus souvent sortir de son panier. Bientôt, je pourrai moi-même porter mon petit enfant, le bercer, le déposer sous la neige de ses rideaux... Comme elle sera belle notre vie à trois... Pour l'heure, je me tourmente, me demandant de quel lit mon mari m'a apporté ce parfum ?... Comme s'il avait deviné ma pensée, il dit négligemment :

— Mr. Hollis m'a amené sa femme tantôt. Elle vient encore d'avoir une crise d'appendicite et j'ai jugé bon de l'opérer dès demain ou après-demain... Elle m'a demandé à te voir tout à l'heure, Ide, puisque tu vas rentrer chez nous.

— Je serai si heureuse de pouvoir enfin m'occuper complètement du petit.

— Ne le gâte pas trop... Un bébé, si petit soit-il, comprend tout de suite qu'il faut crier bien fort pour être pris dans les bras. Continue à pratiquer la bonne méthode des nurses, me recommanda mon mari lorsque j'eus repris possession de notre home.

Mais ce jeune père est le premier à courir au berceau quand Nils pleure. Il le prend sur ses grandes mains, le dorlote, l'examine de face, de profil.

Il est beau notre Nils, et prospère magnifiquement. Je me désolais de lui voir des cheveux noirs, mais ils tombent par touffes minuscules et sur le cuir chevelu perce un duvet d'or. La couleur de ses yeux est encore indécise. Jan prétend qu'il me ressemble. Je proteste avec véhémence, sachant bien que, sur ce visage d'ange, je ne cesserai jamais de chercher une ressemblance chérie...

J'ai appelé Ma avec enthousiasme :

— Nils a souri, lui criai-je.

Elle s'approcha de son pas lourd de grande femme corpulente...

— Un *popje* ne sourit pas avant d'avoir un mois ! déclara-t-elle en haussant ses épaules. Tu prends pour sourire ces petites grimaces communes à tous les nouveau-nés...

Je m'entêtai.

— Nils m'a souri ! fis-je avec vivacité.

Mœder me toisa.

— Sur quel ton me parles-tu, ma fille ? Où est ton respect d'antan ? Jamais tu n'eusses osé me contredire !

— Qui l'eût osé ?... répliquai-je. Je crois que de toute ta vie tu n'as toléré une critique ou un conseil ! Connais-tu seulement tes filles ?... Que sais-tu d'elles ? Moi, je ne vis réellement que depuis le jour où mon existence fut unie à celle de mon Jan !

Si je pris le courage de parler ainsi, c'est que je pensais à mes sœurs qui, pour la première fois, devaient respirer délivrées de toute contrainte et bénir cette période de liberté ! Je me rendis compte de ma hardiesse en voyant se rétrécir les prunelles de Ma, ce qui était chez elle le signe d'une poussée de colère. Sa poitrine palpitait sous le jersey de son corsage ; elle se contint pourtant et, d'un pas digne, sortit de la chambre. Il me restait pour elle une crainte d'enfant. Aussi fût-ce avec appréhension que je me retrouvai en face d'elle à table. Mais, à ma surprise, elle ne parut pas fâchée et m'adressa la parole comme si rien ne s'était passé entre nous.

Jamais je ne questionnais mon mari sur ses faits et gestes. Néanmoins, m'imaginant sentir le même parfum d'œillet, je ne pus m'empêcher de demander :

— Mrs. Hollis est-elle toujours à l'hôpital ?

Jan lisait son *Daily Mail.* Il leva la tête, surpris.

— Mrs. Hollis est rétablie. Je viens de lui faire ma dernière visite.

— Retournera-t-elle à Johburg ou chez ses cousins au Veld ?...

— C'est le moment pour elle d'aller passer quelques semaines au grand air.

— Iras-tu la voir chez les Maclean ?... demandai-je encore, le cœur battant.

Irrité de cet interrogatoire, mon mari fronçait les sourcils.

— Mrs. Hollis n'a plus besoin de moi... dit-il.

Dès qu'il nous eut quittés, Ma m'exprima son antipathie pour Mrs. Hollis, dont le luxe à outrance avait fait scandale à l'hôpital. Jamais les infirmières n'avaient vu de chemises de nuit si fines...

Comme elle devait être jolie et coquette quand Jan entrait dans sa chambre fleurie... Je n'avais plus que cette pensée et répondais tout de travers à Ma. A la fin, elle secoua la tête et vint me tâter le pouls.

— Ma pauvre fille, je crois que tu as la fièvre ! fit-elle inquiète.

VII

Mrs. Nalguire est venue nous rendre visite. Elle est mère de sept petites filles, ce qui ne l'empêche pas d'être jalouse au point que son mari se plaint, au Club, d'avoir l'épouse la plus irritable du Transvaal ! Comme elle coupait notre causerie de ses gros soupirs, Ma lui demanda à brûle-pourpoint :

— *Om Gods will !* Qu'est-ce qui ne va donc pas ?

Le chagrin de la petite dame déborde : en brossant le veston de son époux, elle a découvert un billet doux signé Myriam ! Pardi ! c'était le nom de Mrs. Maclean... Elle était fixée ! Désormais elle allait ouvrir l'œil de ce côté-là ! Si elle les attrapait, eh bien ! il y aurait un malheur ! Elle répéta plusieurs fois : un malheur ! un malheur !

Mœder se fâcha.

— Comment pouvez-vous parler de la sorte, *mevrouw ?* gronda-t-elle, et vos enfants ? Est-ce qu'un mari compte tant que cela ? Laissez-le tranquille, allez ! Cela vous permettra de respirer un peu avant votre prochaine grossesse.

— Ah ! non, s'indigna la dame. Je veux mon mari pour moi seule ! Et voulez-vous savoir ?... La cousine de Myriam court après le docteur que c'en est scandaleux !... Vous ne le saviez pas, Mrs. Yvarsen ? Ainsi l'autre jour, alors que vous étiez au lac, Mrs. Hollis s'est tout bonnement assise au volant de l'auto de votre mari, et pendant qu'il donnait sa consultation, s'est montrée dans tout Krittelwerk !

Une subite émotion me noua la gorge et m'empêcha de répondre. Mais *mœder* croisa les bras sur sa forte poitrine.

— Comment, cette femme veut s'attaquer au bien d'autrui ! On va lui taper sur les doigts, n'ayez crainte ! Je vois, Ide, qu'il est nécessaire que je retarde mon départ !

Elle ne le retarda pas, ayant surpris une lettre dans laquelle Jopsie me confiait de secrètes fiançailles...

Nils pousse comme un champignon et chacun l'admire, chacun est heureux de son sourire. C'est qu'il sourit à tous, le délicieux bonhomme, aux nègres aussi bien qu'aux bœufs des attelages. Ici, les enfants aiment les indigènes. Il faut croire que ces faces noires où éclatent le rouge de la bouche lippue et le blanc des gros yeux luisants les amusent. Dès que Nils s'éveille, il gazouille comme un oiseau. Nous en sommes fous tous les deux. Je suis tout pour mon fils. Lorsqu'il m'aperçoit, ses grands yeux s'illuminent et il me tend ses bras. Lorsque je le porte et que son daddy veut le prendre, il cache sa frimousse dans mon cou et daddy s'en va boudeur. Déjà, dans l'adorable bouche, six petites dents font six petites lueurs, et ses prunelles noires, réflétant l'or de ses cheveux, sont remplies d'ombre et de lumière. A tout instant, Jan lui apporte un hochet nouveau. Devant le joujou rutilant, bébé perd le souffle, jette des cris, gigote, puis, poussant un soupir profond, s'empare de l'objet merveilleux. Daisy et Björn l'adorent. Pour l'amuser, la négresse se met à quatre pattes et le chien, quand j'emmaillote mon popje, vient donner de grands coups de langue aux petits pieds nus.

Chaque semaine, Daisy a un jour de congé qu'elle passe avec ses camarades. Un soir, elle ne rentra pas et à la nuit ses amies vinrent nous prévenir que notre servante avait été emmenée en prison. Une *kaffermeid* ayant eu le malheur d'avancer que l'enfant confié à sa garde était plus beau que notre fils, Daisy avait mal pris cette prétention et les deux noires s'étaient crêpé la tignasse. Jan dut faire des démarches pour libérer la petite négresse.

Lorsque Nils eut un an, on donna en son honneur une tea-party à tous les babies du bourg. La maison entière retentit de gazouillis, d'éclats de rire, de cris. On se serait cru dans une volière.

VIII

Inquiète, je suivais les aiguilles de l'horloge qui de son gros balancier scandait les secondes. Deux heures du matin... Jamais mon mari n'était rentré si tard. Plusieurs fois, j'avais pris le récepteur sans trouver le courage de téléphoner au Club. Enfin, dans l'épais silence qui enveloppait la maison, un lointain bourdonnement de moteur. Mais ce pas lourd, hésitant, ne semblait pas appartenir à mon mari et me fit peur. En effet, il ne ressemblait guère à mon beau Jan, l'homme qui parut sur le seuil de la porte, le plastron fripé, les cheveux en désordre, les pupilles vacillantes.

Il dut lire l'effroi dans mon regard car, la voix pâteuse, il me jeta un juron dans la langue de son pays :

— *Fôr tursan !* oui j'ai bu !... J'ai joué... Perdu trente livres... Tu n'as pas besoin pour cela de me regarder comme si j'étais le diable en personne ! Dans ce sacré pays, dès qu'on n'a pas du turbin par-dessus la tête, on s'embête, le *lângtan* vous prend jusqu'à la moelle des os !

Le *lângtan*... avait-il dit ! Ne savais-je pas que, dans sa langue, le *lângtan* est la nostalgie d'un cœur qui meurt de ne pouvoir nommer ce qu'il aime !

— Mon Dieu ! balbutiai-je, frappée au plus sensible de mon être.

Une douloureuse angoisse ralentissait les battements de mon cœur.

Dans les fumées de l'alcool, mon mari me livrait un coin de sa pensée. *Quand on n'est pas submergé de travail on s'embête et le lângtan vous prend jusqu'à la moelle des os...*

En m'épousant, Jan avait fait preuve d'un désintéressement total, mais il était demeuré silencieux, indéchiffrable... Quel secret trouverais-je si je pouvais sonder son cœur ? Quelles illusions meurtries ?... Sa réserve n'était peut-être que la défense d'un esprit farouche. Du moins, je savais maintenant que ni ma passionnée tendresse, ni la gentillesse de notre fils ne pouvaient le guérir du regret de ce qu'il avait laissé dans son pays... Ah ! que j'avais mal !

Il eut un sourire niais, le sourire d'un homme en état d'ébriété.

— Qu'est-ce que j'ai dit ?... Pourquoi as-tu du chagrin ?

Je ne pus répondre. D'une main lente il balaya les cheveux de son front en sueur.

— Il ne faut pas rester levée si tard à m'attendre, Ide...

Un peu titubant, il se rendit dans la salle de bains et j'entendis longtemps l'eau de la douche.

La tête dans mes mains, je réfléchissais à ce mystère qui semblait entourer le passé de mon mari. Quel événement tragique l'avait poussé à mettre les mers entre lui et son pays natal ? A quel dessein obéissait-il en demandant, par la voie d'un journal, une femme prête à le suivre dans une autre partie du monde ?... Je faisais un retour sur ma vie depuis l'instant où *mœder,* me poussant devant un étranger si grand, si fort, si beau, que j'en étais demeurée éblouie, m'avait dit :

— Salue ton fiancé, Ide...

Tout de suite, j'éprouvai notre inégalité de rang. Il était riche et je ne lui apportais que mon âme neuve et ardente, mon âme malléable. Née soumise et craintive, combien il m'était doux de dépendre de la volonté de mon mari plus sage et plus ferme que la mienne. Après des années, je ne pouvais encore saisir le miracle qui avait déterminé Jan Yvarsen à choisir la simple fille besogneuse que j'étais... Qu'importait si jamais il ne m'avait dit : « Je t'aime ! » N'aimais-je pas pour deux ?... Ne trouvais-je pas une volupté à sa seule vue ?... Chaque fois qu'après une passagère absence il reparaissait devant moi, je ressentais comme au premier jour le choc d'un délicieux émoi ! Pas un instant je ne prétendais à un sentiment plus vif que celui de cette cordiale tendresse où, de son côté, la passion ne prit jamais de place, mais qui créait entre nous un lien d'habitudes et de dévouement encore resserré par la naissance de notre enfant, notre petit Nils, la chair et le sang de mon bien-aimé et dont l'adorable visage me donnait un peu de reflet du sien ! Oui, mon bonheur était riche et devait provoquer l'envie ! Peut-être le moment de souffrir était-il venu ?...

IX

— Quel temps, s'écria mon mari debout à la fenêtre. Des flots d'azur et d'or croulèrent sur le plancher. Et c'est Noël ! Dire que chez nous tout est enseveli sous la neige ! N'as-tu pas quelquefois la nostalgie du Nord, Ide ?... De tout ce blanc où les traîneaux sèment le tintement de leurs grelots...

— Dans mon pays il fait moins froid que dans le tien, pourtant nous aussi connaissons des hivers où les canaux ne dégèlent pas.

De bon matin, Jan est parti avec les boys. Ils durent aller très loin pour trouver un sapin convenable. Pendant leur absence, le postier apporta une voiturette remplie de cartons et de paquets.

Selon les instructions de mon mari, les colis furent déposés dans la *surgery* où il s'enferma dès son retour.

— Tu me feras le plaisir de rester dehors ! me dit-il. Vous ne paraîtrez sur ce seuil, ton fils et toi, que lorsque j'aurai vidé mon sac à surprise et que j'agiterai la clochette.

Tout l'après-midi, chaque fois que la porte s'ouvrait pour livrer passage à Daisy et aux boys qui aidaient le *baas,* j'entrevoyais la pièce tout illuminée et les noirs ressortaient en roulant des prunelles ébahies.

Et ce fut enfin la plus étoilée des nuits sud-africaines. J'avais mis une robe blanche et vêtu Nils de son plus joli costume. Tous deux, devant la porte fermée, nous attendions avec la même impatience... Au dernier son d'une clochette l'arbre de Noël nous apparut ruisselant de lumière... l'enfant s'avançait à tout petits pas, la bouche un peu ouverte dans sa stupeur émerveillée. Enfin, un soupir trembla sur ses lèvres et son regard tomba sur les autres splendeurs disposées sous le sapin... Il eut un demi-sourire un peu incrédule, un peu déçu et hocha la tête comme s'il voulait exprimer que les petits garçons pouvaient fort bien rêver de ces choses... Il fallait se familiariser avec tant de bonheur !

Impatient, le père secouait son garçon.

— *Sesä liten dum !* Allons, petit sot, prends ! Tout ça est pour toi !

Et Nils ne se le fit pas dire deux fois. D'un bond, il grimpa sur le cheval de bois, saisit de ses deux menottes la belle crinière noire et en route !

— Es-tu heureuse, Ide ?...

Nous nous tenions devant la fenêtre. Le ciel scintillait d'un tel éclat qu'on eût dit que dans chaque étoile on avait allumé un arbre de Noël...

— Es-tu heureuse, Ide ?... répéta Jan.

De bonheur, je tremblais si fort qu'il me fut impossible de répondre. Je me serrai contre lui. Lorsque nous nous retournâmes, Nils s'était endormi. Sa tête bouclée reposait sur le cou du cheval de bois et ses petites mains un peu noircies pendaient ouvertes dans un émouvant geste d'abandon.

— Il ne prendra pas de bain ce soir ! décréta notre docteur.

Le courage nous manquait de le réveiller. Tout nu, il fut déposé dans ses draps de toile fine.

— Je vais passer un autre vêtement. En attendant, fais-toi belle, Ide...

Nous étions invités chez les dames Stark pour le souper de minuit. Le coiffeur m'avait fait de grosses ondulations qui se perdaient dans l'épaisse torsade épinglée sur la nuque. Je venais de mettre une robe de foulard, lorsque mon mari m'appela. En tapinois, j'avais déposé mes cadeaux dans son cabinet. Il se montra enchanté, m'embrassa tendrement puis parcourut ma toilette d'un œil satisfait. Il me prit les mains, les examina longuement.

— Elles sont comme je désire que soient les mains de ma femme. Un peu grandes, Ide, mais de forme parfaite et ne portent plus comme autrefois ces petites marques qu'impriment les travaux ménagers et que je suis loin de mépriser, note bien, quand elles sont inévitables. Mais ce n'est pas ton cas, aussi...

Il alla à son coffre-fort et, revenant vers moi, ouvrit à mes yeux éblouis un écrin où, sur du velours blanc, se détachait une émeraude entourée de brillants. Il la glissa à mon doigt et sourit de ma joie sans paroles...

Chez nos amies, la table avait été dressée dans le *refreshments-room.* Un petit sapin artificiel prenait le milieu de la nappe, brisant ses feux sur les verres taillés et les couverts d'argent. Tout le monde eut bientôt la tête chaude et la gaieté régna. On raconta des anecdotes de la guerre des Boers et la soirée se termina, comme toujours, par une partie de bridge.

Nils nous réveilla de grand matin. Il trépignait sur les oreillers de sa couchette, réclamant à grands cris ses nouveaux jouets. Il fallut, bon gré mal gré, sortir du lit pour le lever. Jan riait. Il avait peu de malades à ce moment et se proposait de passer tranquillement chez nous ce jour de Noël. Nous étions au point culminant de l'été. Pas un souffle ne remuait l'atmosphère chauffée à blanc. Jan s'était mis à l'aise dans un pantalon de flanelle légère et chemise molle, largement échancrée. Lorsqu'il revint du cabinet de toilette, rasé de frais, avec toute la féerie scandinave dans ses transparentes prunelles, la perspective de passer une journée intime auprès de lui me remplit d'ivresse. Il folâtra avec Nils, lui donna son bain, transformant le dallage en lac. Et puis, ce fut l'entraînement à la culture physique de l'enfant déjà fort. Fidèlement, le petit corps nu fait les mouvements que lui indique *daddy, daddy* si grand que Nils doit renverser la tête bien fort pour le regarder... Après une galopade, perché sur la nuque de *daddy,* le petit bonhomme n'en peut plus et on le couche au sortir de table. Nous prenons le café au living-room où les stores sont baissés depuis le matin.

Jan allume sa pipe, une odeur de tabac fin et de merisier se répand dans la pièce. Je ne vois ni livres ni journaux à sa portée et prévois une de ces heures rares où semble se relâcher un peu cette nature taciturne, nouée.

— Ne trouves-tu pas, Ide, que cette température d'étuve enlève la solennité à cette jolie fête dont on fait le plus grand cas chez nous ? On s'y prépare plusieurs jours, voire des semaines à l'avance. Il y a toujours une forêt proche où l'on trouve l'arbre à sa convenance. Pour le recevoir, la maison a été fourbie de fond en comble. Les pierres du foyer luisent comme les marches d'un autel. Chaque ferrure, chaque clou, brille comme l'étoile de Judée que l'on fixe au sommet du sapin. Et la veillée commence. Dehors, les grelots des traîneaux remplissent la nuit étincelante Les hôtes arrivent, leurs pelisses raides de gelée. Après avoir chanté le *julsâng*[1] au pied de l'arbre si bourré de bougies qu'il n'est plus qu'une torche dans la salle sombre, on s'attable. Les plateaux ploient sous les victuailles, car on est grands mangeurs chez nous. On sert d'abord la morue traditionnelle, le riz garni de pruneaux, de saucisses, de jambon. Puis viennent les puddings, les noix, les petites pommes rouges. Nos bonnes, Ane Mette et Lore, versaient la bière noire, le punch et le *glôg,* ce vin chaud où nagent des raisins secs, qui monte à la tête, et chauffe si bien le sang qu'au départ nos invités laissaient leur pelisse de loup ouverte pour affronter la nuit.

Sans l'interrompre d'un seul mot, j'écoutais la voix de Jan, basse et vibrante, un peu contenue... Il tenait la tête appuyée au dossier du fauteuil de cuir où il était assis et il semblait qu'à l'abri de ses paupières baissées il voyait les choses qu'il retraçait...

— J'aurais tant voulu connaître ton père, ta mère, Jan... Je les aurais tant aimés !

L'ombre d'une émotion passa sur son visage impénétrable.

— J'avais six ans lorsque je perdis ma mère, et quinze quand mon père mourut, victime de son dévouement, au cours d'une

1 Cantique de Noël.

épidémie d'influenza où, nuit et jour, il avait battu la campagne dans son cabriolet ouvert à tous les vents. La maladie le terrassa comme tous ceux qui n'ont pas été malades une heure dans leur vie. Je vois encore sa face aux larges méplats, rouge, trop rouge sur son col empesé. Si loin que remonte ma mémoire, je n'ai jamais vu ma mère autrement que couchée. Elle ne pouvait supporter le moindre bruit, aussi osais-je à peine tourner les pages de mon livre d'images quand j'étais assis près d'elle. Lorsque Ane Mette, entrouvrant la porte, m'appelait du doigt, mon empressement, plus tard je m'en rendis compte, devait chagriner la pauvre femme ; car dans ma hâte de la quitter, il m'arrivait de bousculer un meuble ou de renverser un objet. J'aimais me tenir dans la cuisine où le rouet d'Ane Mette bourdonnait sous la lampe à pétrole accrochée au plafond. Tout en pédalant, la bonne femme racontait des histoires aux autres domestiques, prétendait avoir entendu le Basilisk, bête de malheur qui se cachait dans les hauteurs entre les rochers... Nul ne pouvait se vanter de l'avoir vu, car celui qui l'aperçoit doit mourir !... Elle parlait aussi de Gustave Vasa et du féroce roi Christiern qui fit décapiter deux petits garçons. C'était en cette journée d'horreur où sur la place du Marché, devant le château de Stockholm, le bourreau avait fait tomber tant de têtes qu'un chien s'était noyé dans le sang, rapporte la Chronique. L'aîné passa d'abord. Quand vint le tour du petit, il regarda effrayé les vêtements rougis de son frère : « Oh ! *Herre,* supplia-t-il en se tournant vers le bourreau, il ne faut pas salir ma veste, maman gronderait !... »

Me voyant horrifiée, Jan s'empressa d'ajouter :

— Après tout, ce n'est qu'un conte de bonne femme !

A ce moment, Nils, échappé à Daisy, fit irruption dans la pièce, grimpa sur les genoux de son père et réclama une histoire...

— Oui, mon bonhomme, et pendant ce temps, *mammy* va nous préparer le goûter.

Je reviens avec Daisy portant le plateau juste pour entendre l'histoire : « ... alors, dans la grande forêt blanche, on voit une grosse lanterne rouge qui semble se promener toute seule puisque le petit Jésus est blanc, si blanc qu'il se confond avec la neige... »

Et pendant que je verse dans les tasses le thé parfumé coupé de crème épaisse, que je beurre les toasts, j'écoute la voix si prenante dans sa gravité sonore, parler d'*âlvas,* de trolls... de glaçons qui s'escaladent comme des limaces de cristal, de canards sauvages ramant dans l'air glacé, le col immobile et tendu... J'écoute moins les mots que leurs sombres modulations à travers lesquelles j'entends le murmure des sources, le bruissement des grands pins sous l'aurore boréale, le vent du Nord dans les roseaux des eaux dormantes.

Huit jours plus tard, invités chez les Maclean, nous arrêtons la voiture dans un *kraal* voisin pour assister à la danse rituelle que les indigènes ont coutume d'exécuter le premier jour de l'an. Leurs torses nus ruissellent de sueur. Ils exhalent une odeur fétide et âcre. Nous sommes écœurés et reprenons la route. Jan désigne un point noir devant la ferme des Maclean qui se dessine vaguement dans le lointain.

— Je parie que c'est le car des Hollis, dit-il.

Et il me semble qu'un voile tombe subitement sur la journée radieuse. J'avais oublié que cette femme serait là peut-être, qu'elle accaparerait mon mari, comme toujours le prendrait à partie sur quelque question psychologique, l'amusant de ses saillies. Enfin, qu'à tout bout de champ, elle serrerait, malgré les plus vives protestations de l'enfant, mon petit Nils dans ses bras, le couvrant de baisers... Ce fut le programme des dimanches aux *farms.* Mrs. Hollis trouva le moyen, pendant une partie de tennis, de se fouler la cheville. Encore qu'elle parût véritablement souffrir, je la soupçonnai d'avoir provoqué l'entorse qui exigeait les soins de mon mari et le retenait auprès d'elle. Mr. Hollis avait porté sa femme sur le lit de leur chambre donnant de plain-pied sur le jardin. Jan examina la cheville déjà rouge et enflée.

— Il y a quelque chose de cassé ! gémissait-elle.

Le docteur la rassura.

— Une légère entorse. Compresses d'eau blanche. Dans quelques jours il n'y paraîtra plus !

Pendant le souper qu'on prit au jardin, la *kaffermeid* vint prier le *doktor* de bien vouloir se rendre auprès de Mrs. Hollis qui avait très mal.

Jan réprima un sourire en me regardant. Je compris et me levai. Ce n'était pas moi qu'elle attendait. Elle s'était fait une beauté, comme elle avait coutume de dire. Et vrai, elle était bien jolie, ses longues boucles brunes encadrant ses yeux brûlants qu'elle savait rendre si tendres et si soumis.

Comme je finissais de lui appliquer une nouvelle compresse, Jan entra. J'allai me poster à la fenêtre pendant qu'il prenait le pouls de la jeune femme. Le ciel et l'infini sol jaunâtre étaient roses. Ces couchers de soleil vous réconcilient avec l'atonie du pays, pensais-je en me retournant juste à temps pour voir mon mari, les sourcils froncés, retirer sa main que Mrs. Hollis voulait porter à ses lèvres. Il paraissait contrarié.

— *Please,* Mrs. Yvarsen, minauda-t-elle, joignez-vous à moi pour décider le docteur à rester jusqu'à demain...

— Ma femme sait que j'ai une opération à la première heure et que ce n'est pas possible, dit mon mari.

Et il s'empressa de prendre congé.

Comme nous roulions sur la route du retour, j'osai lui demander :

— Cela t'arrive souvent, Jan, que les femmes te baisent la main ?

Il regardait droit devant lui, légèrement embarrassé.

— Il faut être indulgente aux malades, Ide, si parfois elles témoignent leur reconnaissance au médecin qui les soulage...

Ce fut plus fort que moi.

— Ne le souffre pas ! m'écriai-je, ne souffre pas que les femmes te baisent les mains !

— Tu vas réveiller le petit ! fit-il avec calme en me désignant de la tête Nils, qui s'était endormi sur mes genoux.

Au bout de quelques minutes, il ajouta doucement :

— Tranquillise-toi, cela ne m'arrive pas souvent et cela m'est très antipathique !

X

Presque tout Krittelwerk fut invité aux noces d'argent des Cassels. Nous étions, la plupart, partis en même temps et, sur le Veld ensoleillé, nos voitures rivalisaient de vitesse.

Après le repas qui dura plusieurs heures, on organisa des danses. A cet effet, des tréteaux avaient été élevés en plein champ. Un cordon circulaire supportait de gros lampions multicolores La musique se composait de deux violonistes et d'un pianiste. Gagnés par l'entrain général, de vieux Boers, débordant de santé, voulurent se mêler à la partie. Lourds et gauches, ils tournaient au petit bonheur, suscitant des plaisanteries sans malice. La fête donnait ce qu'on lui demandait : une halte dans l'uniformité des jours, l'occasion de se retrouver dans l'amitié et la bonne humeur, entre gens qui dépendaient les uns des autres. Bon enfant, Jan, après m'avoir fait danser, engageait les dames à tour de rôle, ne marquant aucune préférence, inaccessible aux regards qui le sollicitaient...

Un peu de jour traînait encore à l'horizon lorsqu'on alluma les lampions. A cet instant, un boy vint prévenir mon mari qu'on le demandait au téléphone. Il revint contrarié.

— On m'appelle à la ferme des Matters pour un accouchement, me dit-il, je ne pourrai certainement pas revenir ici.

Je le suppliai de m'emmener avec lui, mais il ne voulut rien entendre et partit en me jetant à la hâte :

— Je veux que tu t'amuses, Ide, nos amis te ramèneront !

Jan parti, la fête perdit son éclat pour moi. Il me semblait qu'un voile était tombé sur les lumières et les gens, et je n'avais plus qu'un désir : rentrer auprès de mon fils. Remarquant ma déception, Mrs. Bergh vint s'asseoir à mes côtés.

— On est donc toujours aussi amoureuse de son mari ?... fit-elle souriant.

Les vieilles personnes m'intéressent. Sur leurs visages résignés, il me semble lire le regret de leur jeunesse morte et une expérience un peu amère... J'aime l'indulgence de leur sourire et leurs prunelles ternies par tant d'images qui s'y sont reflétées... Veuve et pauvre, Mrs. Bergh, dans sa médiocrité, savait demeurer lady dans toute l'acception du mot. On l'aimait dans notre clan pour sa serviabilité et la franchise de ses conseils. Souvent j'avais avec elle de longs entretiens reposants. « Vous vous faites des soucis à tort, me disait-elle. Vous n'avez rien à craindre... Mon père était médecin et je sais qu'une femme de médecin a toujours l'impression que son mari ne lui appartient pas totalement. Toutefois, ma chère Ide, vous devriez savoir que l'homme dédaigne des succès trop faciles ! C'est le cas de votre mari... Les femmes lui sont soumises, elles tournent autour de ses yeux et de ses cheveux clairs comme les papillons autour des lumières ! C'est qu'il est de ces hommes qui demandent l'admiration par une grande force physique alliée à une grande bonté ! On sent que, malgré son apparente froideur, son cœur est ouvert aux sympathies humaines... Aussi dès qu'il paraît, chacun se réjouit, lui souhaite la bienvenue ! »

Myriam m'avait dit que sa cousine, se sentant indisposée, reposait dans la chambre de la maîtresse de maison. Elle était absente lorsque Jan partit. Bientôt, je la vis revenir parmi les invités, cramoisie, les paupières gonflées comme si elle avait versé des larmes ; en même temps, ma vieille amie me montrait Mrs. Braas qui me faisait signe des yeux. Je la rejoignis.

— Ma chère, je juge de mon devoir de vous rapporter ce qui vient de se passer à votre insu ! me dit-elle. Oui, vous devez être prévenue de la perfidie de cette femme, de sa conduite éhontée à l'égard de votre mari !

Elle me désignait du regard Mrs. Hollis en conversation avec Myriam.

— Le docteur vint de la faire descendre de son car à dix minutes d'ici, juste aux confins de la propriété des Cassels !

Je demeurai muette de surprise.

— Ne vous frappez pas, reprit ma compagne. Sachez tout de suite que votre mari n'y est pour rien ! Ce n'était qu'une ruse de cette chipie. Je ne danse pas et tout à l'heure, pour me dégourdir, je suis montée jusqu'à l'enceinte du jardin. Il y a là une gloriette ouverte à tous les vents. Je m'y assis, goûtant la fraîcheur et le silence après tout ce tumulte. Tout à coup, je perçus le bruit d'un moteur. Une auto approchait phares éteints et s'arrêta. « Descendez ! » fit une voix avec un tel accent de rage contenue que je me cachai pour observer. La voix gronda quelques mots encore que je ne pus comprendre, mais j'entendis distinctement Nita Hollis répondre, pleurnicheuse : « Excusez-moi, Docteur, je ne l'ai pas fait exprès, je vous le jure ! » Mais déjà la portière claquait et la voiture filait à toute vitesse. Nita vint vers le pavillon et, voyant mon ombre, poussa un cri. M'ayant reconnue, elle parut terriblement embarrassée... « Il m'est arrivé une stupide histoire, dit-elle, je ne supporte pas le champagne, un seul verre me donne la migraine... Myriam me force à prendre un cachet, après quoi je vais me reposer dans la première voiture stationnant devant la ferme. Je vous donne ma parole d'honneur que je ne savais pas que c'était celle du docteur Yvarsen. Recroquevillée au fond de l'auto je m'endormis si profondément que le docteur démarra sans me réveiller et sans s'apercevoir de ma présence. Un rude cahot me tira du sommeil. Quelle ne fut pas ma surprise lorsque je compris ce qui était arrivé ! Je touchai l'épaule du docteur et la voiture fit une embardée ! *My God,* qu'est-ce que j'ai pris quand il m'a reconnue ! Jamais je n'aurais cru que ce Suédois placide pourrait se mettre dans une telle colère ! Pour un peu, il m'aurait battue ! Somme toute, je méritais sa rigueur, cet incident l'ayant mis en retard, et quand il s'agit de ses malades, il ne connaît plus rien ! » Soyez tranquille, *my dear,* ajouta mon amie, pour le moment, cette créature n'en mène pas large... Pour moi, elle avait surpris le coup de téléphone des Matters et aussitôt était allée se cacher dans le car du docteur !

— Elle n'a donc aucune crainte de son mari ? demandai-je.

— Peur de son mari ? fit Mrs. Braas méprisante. Depuis cinq heures, cet idiot est collé à la table de poker, sourd et aveugle à tout ce qui se passe autour de lui ! Saviez-vous que Nita est mère d'un garçon de douze ans qu'elle fait élever dans un collège de Londres afin de pouvoir mener plus librement sa vie qui se passe toute en futilités et parade !

Le jour pointait, on se préparait au départ quand on annonça que le café était servi. Le bon breuvage chaud ranima tout le monde.

— Mrs. Braas a dû jaser sur mon compte, me dit Nita en prenant congé de moi. Tant pis ! Honni soit qui mal y pense !

Jan n'était pas de retour pour le lunch et je commençais à m'inquiéter. J'avais dormi toute la matinée. Maintenant, pour ranger une armoire, je posai sur le sofa les vêtements de mon mari. Ils portaient son odeur, cette odeur particulière faite de phénol, de tabac blond et d'un léger parfum d'héliotrope. Brusquement, je ne sais quelle angoisse me jeta sur les genoux. Pressant ma figure dans les vêtements :

— Jan ! Jan ! appelai-je en sanglotant.

— Hé bien ! hé bien ! qu'y a-t-il ?... Qu'est-il arrivé ?... demanda la voix de Jan inquiet. T'a-t-on dit que j'étais mort ?...

Je n'avais pas entendu la porte s'ouvrir. Alors toujours à genoux, je rampai jusqu'à lui et, enlaçant ses jambes :

— O Jan, qu'ont-elles donc toutes à s'acharner après toi ? Qu'elles te laissent en repos ! Tu es mon mari et je t'aime ! Je t'aime !

— Qu'est-ce qui me vaut cette explosion ?... Ide, Ide, te

rends-tu compte ?... Une mère de famille faisant à genoux une déclaration d'amour à son époux. Avoue que ce n'est pas banal !

Il me releva et, me tenant devant lui :

— Ma pauvre femme, tu lis trop de romans et cela te donne envie de mettre du roman dans notre ménage ! Avec une mère raisonnable comme la tienne, je me demande où tu as pris cette tête folle ?

Il riait, puis comme si une lumière se faisait dans son esprit :

— Je parie que la stupide aventure de la nuit passée a transpiré déjà ? C'est donc ça qui t'a mis martel en tête ?... Sois tranquille, cette écervelée ne recommencera plus, je crois que je lui en ai fait passer l'envie !

Il souriait, semblant revoir la scène.

Un poids me tombait du cœur. Je compris que désormais je n'aurais plus rien à craindre de cette femme et la pensée de son humiliation me causa une joie vengeresse. En même temps, j'étais curieuse de l'attitude qu'elle adopterait à la prochaine rencontre avec mon mari. Cette rencontre se produisit deux semaines plus tard à la ferme des Austhuisen qui fêtaient le baptême de leur onzième enfant. Hélas ! jour néfaste que nous devions marquer d'une pierre noire...

XI

Je dus encore cesser d'écrire, étouffée de détresse, me demandant si je trouverais la force de gravir par le souvenir cette première station de mon calvaire... Souvent je trébuche sous le poids de ma croix... Quand, absorbée dans mon passé, je n'entends pas la voix de Meiken m'appelant au repas, elle entre dans ma chambre. La mine ahurie, elle regarde les feuillets noircis d'encre des cahiers d'écolier que Mathijs me rapporte du marché de White Niver.

— *Mijn hemel,* Ranny, il s'en est donc passé des choses dans ta vie ! remarque-t-elle, et avec ça, t'es pas vieille !

Mes souvenirs se précisent de plus en plus... Avec quelle torturante douceur je revis mes bonheurs défunts... Parfois, je pleure jusqu'à ce que, ivre de larmes, j'arrive à cette profondeur de la souffrance où l'on trouve une sorte d'insensibilité. Alors, je sors, je cours le Veld. Seule la sinistre plainte du vent trouble le vaste silence. Il me semble vivre hors du temps, isolée de l'univers. Délabrée de corps et d'âme, je suis vite à bout de force et, traînant les jambes, je reviens vers la maison où, derrière une vitre, s'allume la lampe d'un foyer qui n'est pas le mien. Je suis seule, il est impossible de se sentir plus seule, abandonnée, dépouillée de tous les trésors de la vie... Aucun répit, aucune grâce, ne luit sur le ciel noir de mon avenir et tout ce que je peux souhaiter, c'est qu'un Dieu pitoyable abrège le souffle de ma misérable existence. Je n'ai plus de larmes et retracerai cette lointaine journée comme si je me penchais sur la vie d'une morte. .

Nita était devenue très pâle à la vue de mon mari. Mais, comme si rien ne s'était passé, il lui avait tendu la main, simplement, tandis que les yeux de la jeune femme se levaient sur lui. Ses cernes profonds, la fièvre qui gerçait ses lèvres, attestaient suffisamment sa défaite. Et secrètement, je me grisais du bonheur de porter un nom envié, de tenir une place que me jalousaient toutes ces femmes folles de celui qui m'appartenait.

Dans la cour, bambins blancs et négrillons entouraient une cigogne qu'on avait recueillie. Elle boitillait. Sur un minuscule anneau qu'elle portait soudé à la patte, on pouvait déchiffrer le mot : « Stockholm. » Jan la considéra un peu ému en pensant qu'elle venait de sa lointaine patrie, puis il s'en fut chez les poulains. Je faisais des rondes avec les petits quand j'aperçus Nita se glisser sur les traces de mon mari tout en cherchant à se dissimuler. Elle ne s'avouait donc pas vaincue ? Ne renonçait pas à la lutte après avoir vainement usé de tous les stratagèmes pour le séduire ?... Laissant les enfants à la garde de Daisy, je pénétrai à mon tour dans la grange dont la porte du fond s'ouvrait sur l'enclave où s'ébattaient les jeunes chevaux.

A cet instant même, des cris d'enfants retentirent, si stridents d'effroi que mon sang se glaça. Je sortis de la grange en courant et vis les petits groupés devant la mare : « Nils ! Nils ! » criaient-ils en me montrant un peu de mousse d'or à fleur de la bourbe noirâtre... Je me jetai dans le bourbier, retirant mon enfant qui n'était plus qu'une chose informe enveloppée de boue épaisse. Jan coucha son fils sur une table de la cuisine, tandis qu'on lui apportait des bassins d'eau chaude. Débarrassé de la matière fétide, le doux visage apparut bleu et sans vie. La bouche et la gorge nettoyées, mon mari, avec une serviette, lui saisit la langue et fit des tractions... On entendit un gargouillement, les chers petits membres remuèrent.

— Il est sauvé ! criai-je en joignant les mains. Il est sauvé, n'est-ce pas, Jan ?

Mon mari me regarda gravement.

— Que Dieu le veuille ! dit-il.

On percevait les hurlements de Daisy.

— Ah ! celle-là ! articula mon mari en serrant les mâchoires, que je ne la voie plus ! Qu'elle retourne dans son *kraal !*

Comme si l'enfant eût compris, il gazouilla :

— Daisy... balle... Nils veut Daisy...

— Va la faire taire, dit Jan, et qu'elle range nos affaires dans la voiture, nous rentrons.

Au milieu d'une consternation générale, notre départ s'effectua triste et hâtif. Je sentais ma raison s'égarer à l'idée que, sans ma curiosité jalouse, le malheur ne serait pas arrivé. Mais comment eussé-je pu douter de la vigilance de Daisy qui, maintes fois, nous avait donné la preuve qu'elle se laisserait tuer plutôt que de quitter le petit confié à sa garde. Elle l'avait fait pourtant, pour aller boire un verre d'eau, et l'enfant, voulant chercher sa balle qu'un gamin avait lancée sur le bourbier, avait coulé à pic.

Mon mari ne me demanda pas : « Où étais-tu ?... » Il ne me fit aucun reproche. Tous les gens du pays confient la garde de leurs enfants aux négresses qui sont des nurses de tout repos.

Docilement Nils avala un vomitif et rendit, semblait-il, les immondices absorbées. Il dormit d'un trait toute la nuit et son père respira en constatant l'absence de fièvre. L'accident parut ne comporter aucune suite. L'enfant était turbulent comme d'habitude. Mais, au matin du troisième jour, je m'aperçus en le lavant que tout son petit corps brûlait. Jan en fut profondément inquiet, et je m'affolai. Pourtant, à ses soins assidus, la fièvre cédait ; l'enfant, pour quelques heures, retrouvait sa gaieté. Hélas ! le lendemain, son corps miné dégageait une chaleur de brasier. Nous vivions ainsi dans l'alternative du découragement et de la confiance. On essayait de se distraire de l'atroce anxiété, mais les mots rassurants sonnaient faux et laissaient aux lèvres un goût de cendres. Quand Jan était forcé de se rendre chez un malade lointain, il rentrait les traits crispés d'angoisse, et s'il trouvait son fils souriant, un soupir profond délivrait sa poitrine. Il avait rouvert le piano, endormait Nils en lui jouant des berceuses d'une douceur à faire pleurer.

XII

Un soir, comme je m'approchais de la fenêtre pour tirer les rideaux, j'aperçois l'ombre d'une femme qui cherchait à se dissimuler. Je savais que Nita Hollis rôdait autour de la maison comme une chienne battue. Cette énergumène perdait toute mesure et toute dignité. Mes amies me rapportaient que le docteur la trouvait constamment sur son chemin. Tous les matins, elle guettait son entrée et sa sortie de l'hôpital. Mais le pauvre homme était trop absorbé par sa dure profession et les soucis que lui donnait son fils pour sévir, et se contentait de l'ignorer.

— *Tell the doctor Yvarsen, that my heart is broken*[1], répondit-elle à l'infirmière en chef, qui, l'ayant trouvée assise, dépouillée de toute fierté, sur les marches que le docteur devait franchir pour se rendre à la salle d'opération, l'avait discrètement priée de s'éloigner.

Dans la nursery, les jouets s'accumulaient. Nils, devant le cadeau neuf, poussait un cri de joie, retrouvait pour quelques instants ses élans d'autrefois, et puis ses maigres bras retombaient, il venait vers moi : « Prends-moi, mammy ! », et, se pelotonnant sur mes genoux, s'endormait.

Jan écrivit à deux bactériologistes qui arrivèrent du Natal. Après une longue délibération, ils déclarèrent que l'enfant, en tombant dans la mare, avait dû avaler un microbe difficile à combattre. Il importait de découvrir dans quelle région du corps s'était logé le bacille. L'injection d'un sérum provoqua une amélioration sensible, et, comme le noyé au brin d'herbe, nous nous accrochions à cette lueur d'espoir. Un timide bonheur, un bonheur peureux rentrait dans le logis. Or, le bonheur rend indulgent et Mrs. Hollis dut être surprise de l'accueil affable du

1 Dites au docteur que mon cœur est brisé.

docteur qui, la trouvant devant le portillon du jardin au moment où elle remettait un paquet à Daisy, l'invita à entrer.

— Vous venez dans un bon jour, lui dit-il, le petit va mieux. Quelques visites et je reviens. Vous restez pour le thé ?

La pauvre femme en est encore toute remuée. Ses doigts tremblent en défaisant la ficelle et le papier de soie d'où elle tire un superbe polichinelle revêtu de satin rose pailleté. Le pâle visage de Nils, si adorable dans l'expression de la prière, de la joie, de la crainte, s'épanouit. Il saisit le pantin, l'embrasse et Nita en a les larmes aux yeux. Nous causons cordialement en attendant Jan pour le goûter. Le chèvrefeuille qui grimpe jusqu'aux fenêtres nous envoie son parfum. Sur le piano, trempant dans un vase de cristal, quelques roses rouges, si grandes qu'on les dirait artificielles, laissent choir leurs pétales.

— Vous êtes si bonne, Ide... me dit-elle. Je voudrais vous avouer aujourd'hui qu'entre votre mari et moi, il n'y eut jamais rien que taquineries et badinages... Si vous voulez, un flirt... Pour mon malheur , je me pris au jeu... Quelques compliments me montèrent à la tête... Vous rappelez-vous ce dimanche où j'avais si peur des serpents que votre mari me porta par-dessus l'herbe haute ?... J'avais la sensation que la vie elle-même me chargeait sur ses bras puissants ! Je sais bien que j'aurais dû supplier Harry de m'emmener loin d'ici, mais le poison était en moi.

La jeune femme se tait. Ses yeux de sultane sont tristes et cernés. Elle semble lasse.

— Les médecins sont là pour guérir... reprend-elle d'une voix dolente, et non pour... Aux hommes trop beaux on devrait défendre d'embrasser la carrière médicale... Ne vous fâchez pas, Ide, si vous m'entendez parler ainsi... Aussi étrange que cela puisse vous paraître, j'éprouve quelque bien à vous confier ma misère... Mon mari reprend son poste à Manchester. Nous partons définitivement dans quelques jours.

Ces derniers mots semblent dans un sanglot.

— Pauvre femme... murmurai-je malgré moi.

— Vous l'avez dit, pauvre folle trop lâche pour mettre fin à sa souffrance...

— Ne parlez pas ainsi, fis-je, inquiète.

— Si, articula-t-elle très bas, j'aurais le courage de mourir si je savais que...

— Voici le docteur ! la prévins-je.

Jan entrait. D'habitude, quand il s'exclamait dans sa langue, il était de bonne humeur.

— *Sâ dâr jâ*[1], fit-il, que cela sent bon ici après les odeurs d'hôpital. On s'asseoit entre deux femmes charmantes, on déguste un excellent thé.

Il regarda notre visiteuse. Ses yeux clairs parcoururent le visage meurtri. Il eut ce léger battement des paupières par quoi il refoulait au-dedans de lui une fugitive émotion. Quelques instants il demeura pensif. Nils vint lui montrer son nouveau joujou.

— C'est un cadeau de Mrs. Hollis, dis-je, elle l'a confectionné de ses propres mains.

Jan se tourna vers la jeune femme :

— Je vous remercie pour le petit, Mrs. Hollis... Quels doigts de fée ! ajouta-t-il en examinant le fantoche.

Mais Nils, impatient, réclamait son bien.

Elias vint me prévenir qu'un livreur me demandait. Je sortis Revenant, la main déjà sur le loquet, je m'arrêtai...

— Donnez-moi un remède, docteur, implorait Nita d'une voix plaintive. Un remède, dût-il être amer à m'emporter la bouche, je le boirais pour me guérir de vous !

— Allons donc ! fit Jan d'un ton blagueur, vous m'oublierez au premier pas que vous ferez sur le bateau. Nita ! Croyez-moi, rien de tel pour se débarrasser d'une préoccupation tracassante que d'entrer en plein dans un autre milieu où rien ne vous rappelle votre tourment ! Mr. Hollis m'a dit que vous alliez retourner en Angleterre ?

En me voyant, Nils, qui faisait sauter son pantin, vint courir vers moi.

— *Mammy !* cria-t-il, *aunty* Nita a voulu embrasser la main de *daddy !*

Nous rougîmes tous les trois. Mon mari mit fin à la situation pénible en prenant congé de nous.

— Je vais faire un tour au Club, dit-il.

J'appelai Daisy auprès du petit et sortis à la cuisine pour préparer sa potion. Lorsque je rentrai au living-room, l'aspect de Nita me fit peur. La tête renversée sur le dossier du fauteuil,

1 Ouf !

elle était pâle comme une morte et le blanc de ses yeux semblait strié de sang.

— J'ai mal ! soupira-t-elle.

Je lui pris le pouls. Il battait vite et faiblement. Derrière son dos, la négresse roulait ses prunelles en me faisant des signes avec les doigts.

— La missis a mis beaucoup, beaucoup de poudre blanche dans son thé, me souffla-t-elle, et missis a bu et fait comme ça !

Daisy grimaça en secouant les épaules.

Je courus au téléphone dans le cabinet de mon mari et lorsque je l'eus au bout du fil :

— Nita a pris quelque chose dans son thé, me raconte la noire, du poison peut-être... Dans tous les cas, elle paraît très mal... Peux-tu venir ?

Un juron suédois tonna dans le récepteur :

— *Fôr tusan !* et une main furieuse raccrocha.

Mais il arriva rapidement. J'avais forcé Nita à s'allonger sur le sofa. Elle crispait les doigts et un peu de mousse blanche lui vint aux lèvres.

Le docteur saisit son poignet. Il fronça les sourcils.

— Qu'avez-vous avalé ? fit-il durement. Répondez-moi !

Elle se taisait, roulant à droite et à gauche sa tête sur le coussin que je lui avais glissé sous la nuque.

— Donne-moi sa tasse, Ide, nous avons de la chance qu'elle n'ait pas été enlevée.

En examinant le dépôt resté au fond de la tasse, mon mari respira.

— De l'aspirine ! Pourquoi voulez-vous cacher que vous avez pris de l'aspirine ?

— Ne vous tourmentez pas ! gémit-elle, j'ai tellement mal !

— Bien ! Mais je veux connaître le nombre de cachets que vous avez pris. Combien ?

— Onze... fit-elle, hésitante.

— Pourquoi avez-vous fait cela ? demanda-t-il avec plus de douceur.

Elle ne répondit pas. Pendant plusieurs heures elle fut très malade. Le docteur dut demeurer auprès d'elle et je compris que le geste insensé de cette femme avait eu pour seul but d'être une dernière fois soignée par celui qu'elle devait quitter à jamais.

Myriam Maclean sonna un matin à notre porte. Elle avait les yeux rouges.

— Je viens de Johannesburg. Nos cousins sont partis hier soir. Vous rappelez-vous, Ide, comme Nita était jolie il y a six mois encore ? Elle avait un succès fou aux thés et aux bals qu'elle fréquentait à Johburg... Et aujourd'hui... Moi, *my dear,* j'aime mon gros Charly d'une bonne tendresse tranquille, sans fièvre !

Le jouet préféré de Nils, celui qu'il réclame dès son réveil, c'est le pantin de Nita Hollis. Nils a voulu mettre ses beaux habits et Jan nous a emmenés au lac. En le voyant, tous les petits camarades de l'enfant sont accourus. Mais, depuis sa maladie, il a horreur des jeux turbulents. Il a pourtant essayé d'y prendre part, et puis ses faibles jambes ne purent longtemps le soutenir, je le cueillis dans mes bras. Il eut alors un sourire triste, si triste : « *Mammy,* j'aime mieux aller au dodo avec mon paillasse » Et nous retournâmes chez nous, le cœur déchiré

Pour la deuxième fois, les bactériologistes ont prélevé un bocal de la fange du bourbier où notre enfant pris sa mystérieuse maladie. Le petit a été repris par les fièvres. Le mal sournois défie les tentatives des savants et nous tremblons que le poison ne vienne à bout de la frêle substance. Jan, parfois, se prend la tête à deux mains, plongé dans un morne désespoir. Alors je vais au jardin. Je presse mon front contre la rugueuse écorce d'un arbre, recherchant la douleur physique pour ne pas succomber sous l'angoisse qui m'étouffe. Notre impuissance nous écrase. Pendant que je veille à la nursery, mon mari passe les nuits à compulser ses livres de médecine. Nous nous épuisons, n'avons plus qu'une seule préoccupation : notre petit, le souffle suspendu à son souffle. Lorsqu'il nous sourit, exprime un désir, un élan d'espoir me jette dans les bras de mon mari qui me presse contre lui. Mais il y a des jours où tout espoir nous abandonne, où nous évitons de nous regarder pour ne pas lire la peur dans nos yeux. Au Dieu tout-puissant, je voudrais m'offrir en holocauste, pouvoir donner ma vie en échange de celle de mon enfant. Jan souffrirait moins de ma mort que de celle de son fils.

XIII

Björn, tout à coup, s'est mis à pousser de longs aboiements lugubres. Nous nous sommes regardés et ma terreur s'est reflétée dans les yeux de mon mari. N'arrivant pas à faire taire la bête, son maître l'enferma dans le garage.

— Les chiens pleurent à la lune, Ide, ne te frappe pas !

La nuit était si claire que, sans lampe, nous nous assîmes au chevet du petit malade. Il respirait plus péniblement que d'habitude. La mince poitrine amaigrie luttait. De temps en temps, il bredouillait des mots inintelligibles. J'humectais ses lèvres gercées d'une tisane rafraîchissante et doucement badigeonnais d'eau tiède les membres frêles qui brûlaient. Après minuit, il parut plus calme. La fièvre tomba. La respiration devint moins sifflante. Je suppliai Jan de prendre du repos. Il n'en pouvait plus, ayant eu une opération grave le matin même et beaucoup de clients à sa consultation. Lorsque je me trouvais seule, je regrettais que mon mari ne fût plus là. Sa présence, me semblait-il, tenait en respect le terrifiant fantôme que je croyais voir à l'affût derrière le lit de mon fils. Je regardais mon enfant avec l'atroce sensation qu'il fallait contempler le doux visage, pendant qu'il en était temps encore. Ah ! Dieu juste ! Etait-il possible qu'une si faible créature dût déjà se battre avec les affres de l'insondable mystère ?... Une fois encore la haute température baissa. Nils put reprendre un peu de nourriture, s'intéresser à ses jouets. Nous reçûmes ce répit le cœur gonflé de gratitude. Jan se fit remplacer à l'hôpital et ne quitta plus la maison. Il ne savait qu'inventer pour voir s'éclairer les jolies prunelles neuves que jamais rien d'impur n'avait effleurées. Il rassemblait les poupées, donnait au petit malade une représentation de guignol et quand le rire d'antan, un peu enroué seulement, s'échappait des lèvres de l'enfant, le pauvre homme ne pouvait étouffer un sanglot.

— Que la vie est méchante ! dit-il un soir où nous veillions notre fils, elle ne tolère pas le bonheur et tôt ou tard, arrive à nous frapper au point le plus sensible !

Plus tard seulement, je pesai ces paroles qui en un autre moment m'eussent remplie de joie. N'exprimaient-elles pas que mon mari avait été heureux ?...

— Je souffre avec toi, Ide, dit Jan doucement. Laisse-nous unir nos deux douleurs, nous aurons plus de force à les supporter...

Je me jetai à ses pieds.

— Que veux-tu dire, Jan ?... Tu ne crains pas que...

Les mots terribles expiraient sur ma bouche.

Les cheveux de mon mari touchèrent mon front.

— Aie du courage, ma pauvre femme !

— Du courage ?... Il me faut du courage ? criai-je avec désespoir.

Morne, le regard rivé au tapis, il ne répondit pas et je sentis l'Irrémédiable...

Notre porte était consignée même aux amis les plus intimes. Nos noirs ne marchaient plus que sur la pointe des pieds, roulant des yeux effarés. Nous prenions nos repas à la hâte et jamais ensemble. L'un de nous demeurait près du petit, qui, blanc comme ses oreillers, dépérissait d'heure en heure.

— *Mammy,* fais clair... murmura Nils.

Une expression que je ne saurais décrire déchira les traits de mon mari. Le soleil, à son déclin, jeta sur la couchette un faisceau de flèches pourpres. Alors le petit visage amaigri se détendit dans un sourire et les minces doigts essayèrent de saisir les traits de feu...

— Noël... balbutia-t-il... Noël tout blanc...

Sous le drap le corps léger eut un soubresaut puis se raidit... Un cri rauque, affreux comme celui d'une bête qu'on égorge, frappa mes oreilles et je ne sus lequel des deux l'avait poussé, mon mari ou moi... Ici, une lacune se creuse dans ma mémoire. Je me souviens seulement de mon étonnement en apercevant la chambre paisible, les choses familières sortirent de la pénombre du petit jour. J'avais la sensation que mes veines s'étaient vidées, un grand froid me faisait claquer des dents pendant que je cherchais à me souvenir... A ce moment j'aperçus, arrêtés sur moi, les yeux graves de mon mari qui se tenait assis à mon chevet.

— J'ai voulu être là pour ton réveil... dit-il doucement en me tendant la main.

Je gémis, me sentant couler dans un gouffre sans la plus faible lueur où accrocher mon désespoir. Jan pleura lui aussi.

— Nous sommes bien malheureux ! fit-il dans un sanglot.

Jusqu'au moment où Jan le déposa dans le cercueil, je n'ai pas quitté le corps de mon enfant. Jusqu'à la dernière seconde, j'ai contemplé à travers mes larmes la tendre petite figure qui avait gardé un vague sourire. Quand la douleur atteint son paroxysme, elle peut agir comme un anesthésique. Abrutie par les larmes, je me laissais embrasser par les ladies en noir que je ne pouvais distinguer l'une de l'autre. Tout me paraissait irréel. C'est à peine si je me rendis compte de notre arrivée au cimetière, de la fosse béante que quelqu'un cherchait à me cacher. Je me souviens seulement d'une fatigue inouïe, d'un besoin pressant de m'étendre, d'enfouir ma tête brûlante dans la fraîcheur d'un oreiller. Dormir... Il fallut pourtant reprendre le cours interrompu des obligations quotidiennes. Apporter à notre personne les soins nécessaires. Refaire les gestes de nos habitudes. Comme c'était difficile ! Et que la maison nous paraissait vaste, privée de ce petit être qui y avait pris tant de place ! Et combien silencieuses les chambres dépossédées des tendres babillages, des menus piétinements de deux petites jambes adorables. Instinctivement parfois, je prêtais l'oreille, croyais entendre une menotte frapper contre le bois de la porte, un rire clair, les cris d'oiseau qu'il poussait devant un jouet nouveau ou quand le taquinait son père... Jamais plus !... Je repoussais mon assiette et Jan me grondait doucement :

— Il faut manger, Ide...

Pendant que je mangeais du bout des lèvres, il avait repris, lui, son appétit d'homme sain. Homme d'action avant tout, il gardait aux moments les plus écrasants l'équilibre de ses fonctions et de ses facultés. Mais la perte de son fils augmenta la gravité de son caractère. Il était retourné à son travail plus conscient des défaillances de la science, ce qui le rendait plus humble et plus patient. Pourtant, nous ne souffrions plus de la même façon. Il était repris par son labeur ; ma douleur, à moi, défiait tout adoucissement. Rien ne pouvait m'en détourner. Je m'évanouis le jour où je rangeai ce qui avait été la propriété intégrale de mon fils, tous ses trésors. Jan parvint à me convaincre de les envoyer à l'hôpital d'enfants de Johannesburg. Nous ne gardâmes que quelques reliques, celles que ses petites mains avaient le plus touchées et le paillasse de Nita Hollis, dont le bel habit de soie et de paillettes était à peine défraîchi. Je le couchai dans un tiroir et souvent, le prenant dans mes bras, le baisai pieusement en l'arrosant de larmes. Quand mon mari était appelé le soir, je m'accrochais à lui, le suppliant de m'emmener. Nous roulions des milles et des milles, à travers des friches obscures. En ces heures, nous étions solidaires dans notre détresse, envahis par la pensée déchirante qu'à notre retour nous ne nous pencherions pas comme jadis sur la couchette de notre fils endormi, ses petits poings posés sur la courtepointe.

Chaque après-midi, sa consultation terminée, Jan me déposait au cimetière. Il demeurait un moment avec moi et venait me reprendre après sa tournée de malades. Le cimetière de Krittelwerk n'est pas grand, ses mausolées sont modestes, mais chaque tombe est entretenue. Au-delà des haies ce sont, à perte de vue, les terrains incultes. Il n'y a que moi dans une grande solitude, un grand silence. Seul un oiseau siffle sur trois notes, s'interrompt et recommence indéfiniment. Une plante dégage une essence spéciale, écœurante. Le mal de mon enfant s'amplifie, me remplit de cris sauvages. Je me jette sur le tertre qui le recouvre. J'écarte les fleurs, mes doigts s'enfoncent dans la glèbe, je suis tentée de m'en emplir la bouche pour m'étouffer, mettre fin au supplice.

Jan revenait, posait sur mon épaule sa main volontaire...

— Relève-toi, Ide !

Je tressaillais, lentement remontée d'un abîme de ténèbres, je reprenais contact avec les commandements de la vie.

Son regard empreint de reproche tombait sur ma robe tachée d'herbe et de terre.

— Viens ! disait-il.

Il y avait dans sa voix une nuance de dureté...

Depuis plus d'une année le piano était demeuré fermé.

Ce soir-là, mon mari marcha d'un pas décidé, un peu lourd, vers l'instrument si longtemps muet. En le voyant découvrir le clavier, ce fut plus fort que moi.

— Ne joue pas, je t'en prie ! m'écriai-je, angoissée.

Il posa sur moi ses yeux qui pouvaient être si froids et voyant que je m'apprêtais à quitter la pièce, il m'arrêta.

— Reste ! dit-il sur ce ton d'autorité qui réfutait toute réplique. Il faut te réhabituer à la musique, Ide... Ecoute ce soir les grands maîtres et apprends à puiser en eux la consolation et le courage qui te sont si nécessaires, ma pauvre femme !

Les doigts de Jan s'appesantirent sur le clavier. Ce fut d'abord sombre, orageux, d'une poignante beauté, comme si les touches laissaient tomber des sanglots. Mon mari me révélait que lui aussi portait au cœur une blessure qui n'avait pas cessé de saigner. Et puis, dans ce pathétique déchaînement, perça petit à petit un chuchotis de sonorités cristallines fraîches comme la rosée sur les prairies natales... Des vibrations de clochettes, un bruissement doux, velouté, on eût dit des froissements d'ailes... Ce père communiait avec l'âme de son fils... Où était mon petit enfant blond ? Où ma nostalgie devait-elle le chercher ?... Se trouvait-il parmi les chérubins dans un séjour de délices ?... Ou errait-il dans ces limbes de cendres grises, tout petit, perdu, abandonné ?... Je m'étais laissée glisser à terre, le front pressé contre le cuir froid du divan. Cependant mes larmes, cette fois, étaient sans révolte... Ce n'était pas encore la résignation, mais l'espoir qu'un jour elle habiterait mon âme.

XIV

Agenouillée sur la tombe, je cherchais comme toujours à ressusciter l'image de mon enfant. Mais, sous mes paupières closes, le rayonnement des yeux d'ombre et de lumière, l'angélique sourire se troublaient, s'effaçaient, faisant place à l'expression sévère du visage de mon mari. Une subite angoisse où mon deuil n'était pour rien me redressa. Une dernière fois, je caressai les grandes fleurs blanches que j'imaginais nourries de sucs du petit corps enfoui sous la terre, et me hâtai vers mon logis avec l'appréhension d'un danger obscur. Comme je m'engageais sur le sentier en bordure du cabinet de consultation, je perçus une voix de femme alternant avec le sombre organe de mon mari. Je reconnus la voix de Mrs. Kenett, encore une qui faisait profession d'admirer le docteur ! Que venait-elle chercher à une heure qui n'était pas celle de la consultation ?

— Ide exagère, disait-elle, si encore elle choisissait des étoffes légères, mais ces lourds lainages monastiques sont lugubres !

Dans la seconde à guetter la réponse de Jan, j'avais la sensation que mon cœur s'arrêtait de battre. Contre mon attente, il prononça sèchement :

— Faites-le-lui comprendre !

— Ide demeure sourde et aveugle à tout ce qui ne touche pas son deuil ! Elle s'est enfermée dans une sorte d'hallucination à travers laquelle il est difficile de l'atteindre... Pourtant, les plus violents orages ont leur accalmie, aucune douleur ici-bas n'est éternelle !

— L'émotivité de ma femme la livre sans défense à son excessive douleur, mais comme elle est aussi bonne épouse qu'elle fut bonne mère, je ne désespère pas de la ramener à la raison...

Dissimulée au tournant du mur où je m'appuyais tremblante, je vis la voiture démarrer. Mrs. Kenett s'était assise à côté de mon mari qui, sans doute, lui avait proposé de la déposer chez elle.

Je rentrai dans mon logis, étourdie de ce que je venais d'entendre... J'appelai Daisy pour l'interroger. Elle se rengorgea, la mine importante et roulant le blanc des yeux :

— *Missis doen dat voor die baas. Missis brengen lekker zaaken vor baas !...* me renseigna-t-elle. *Jullie missis, komen zien indie keuken !* (Les mississ ont fait ça pour le *baas !* Les mississ apportent beaucoup de bonnes choses pour *baas.* Vous, venez voir cuisine !)

Je suivis la négresse qui me montra des pancakes, des jattes de crème fraîche, des pastèques imbibées de fine champagne...

— *Die baas wil dat niet en geven alles voor mij en die boys !* (Le *baas* n'en veut pas et donne tout ça à moi et aux boys !) me confia-t-elle satisfaite, tandis que mes yeux s'ouvraient de plus en plus. Je découvrais combien j'avais été maladroite de laisser le champ libre. Il n'était que temps que je reprisse une place qu'on voulait empiéter !

Le même jour, je sonnais à la porte de Mrs. Kenett. Elle me reçut dans son salon spacieux où tout était gai, les rideaux de cretonne fleurie, les meubles de bois clair, les gravures anglaises sur les murs.

— Ide ! quel bon vent vous amène ?... Vous commencez donc à vous souvenir que vous avez des amies ?

— C'est un conseil que je viens vous demander, Ruth...

— Trop flattée, chère amie !

Je rougis.

— Voilà : je voudrais une robe neuve, plus légère, moins monastique !

A son tour, Ruth rougit.

— Vous avez écouté aux portes ? fit-elle en riant.

— Oui... mais pas exprès ?

— Il y a longtemps, ma chère Ide, que je voulais vous crier casse-cou ! On ne néglige pas, en aucune circonstance, un mari comme le vôtre dont tant de femmes, pourquoi vous le cacher, quémandent les faveurs ! Il est même utile que vous soyez mise au courant ! Depuis plus d'une année que vous vous noyez dans des larmes intarissables. Oh ! ne croyez pas que je blâme vos pleurs... Mais votre mari ne vous voit plus qu'avec des vêtements tachés de poussière, le nez et les yeux rouges ! Je vous répète : casse-cou ! Tandis que vous vous abîmez là-bas dans un chagrin qui vous semble sans issue, les petites ladies cherchent à se rendre utiles... On apporte des fleurs, des gâteries, on tricote pull-over et chaussettes de soie, et de tout ça vous ne vous en apercevez même pas !

Je la regardais, bouleversée.

— Allons, dit-elle d'un ton enjoué, il n'est pas trop tard. Il n'est jamais trop tard pour bien faire !

Chez l'Hindou Osman Ladha, Ruth dénicha pour moi une robe de soie mauve avec col et manchettes blancs. Je la mis pour le souper. Jan ouvrit ses yeux tout grands, je reçus en plein visage leur éclair bleu.

— C'est bien ça, Ide ! La jolie robe !

Que trouvais-je en ce moment, sur le visage de mon mari, qui me rappela fugitivement l'expression étonnée et satisfaite de mon petit Nils quand, me voyant dans une nouvelle toilette, il faisait son : ouh !... ouh !... en pointant les lèvres et en caressant de ses doigts fuselés la soie dont il aimait la glissante douceur. Je fondis en larmes, mais essayai de les dissimuler en baissant la tête tant que je pus. Il s'en aperçut.

— Pardonne-moi ! balbutiai-je, comme il me demandait de lui passer un plat.

Il haussa les épaules.

— Je ne te défends pas de pleurer, Ide, mais tu oublies un peu trop que j'existe !

— Pardonne-moi ! répétai-je en lui tendant la main par-dessus la table.

Il la serra, de nouveau je reçus en moi son direct regard bleu.

— Me promets-tu d'être plus raisonnable ?

— Je te le promets ! répondis-je en essuyant mes joues mouillées.

Ruth Kenett avait raison. Depuis la mort de mon enfant,

murée dans mon deuil, je négligeais mes devoirs, ne voyais plus qu'à travers un brouillard de larmes le visage chéri de mon époux. Aujourd'hui, je découvrais que ce beau et fier visage avait gardé tout son pouvoir sur moi... Je retrouvais l'ancienne ivresse à contempler les traits adorés et malgré la nostalgie inguérissable de mon enfant, je me sentais renaître à l'amour, à la vie !

XV

— Cela te ferait-il plaisir de revoir ta mère et tes sœurs ? me demanda Jan.

Une peur me saisit : allait-il me proposer un séjour dans ma famille ? Voulait-il se débarrasser de moi ?... Si toujours je m'étais pliée au moindre de ses désirs, je saurais, cette fois, lui résister. Il parut s'amuser de mon hésitation.

— Eh bien ! tu ne me réponds pas ?

Sans le regarder, pour conserver tout mon courage, je dis d'un ton décidé :

— J'aurais du plaisir à revoir les miens, mais pas au prix d'une séparation. Ne me demande pas cela, Jan, car jamais je ne retournerai en Europe sans toi ?

Il se mit à rire.

— T'ai-je proposé d'y retourner sans moi ?... Il y aura prochainement un important congrès de médecine à Vienne. Mes collègues me pressent d'y assister. Brass me remplacera pour une durée de six mois. J'ai donc décidé ce voyage et t'emmène.

Je lui sautai au cou.

Jan me conduisit à Johburg où nous fîmes les emplettes nécessaires. Je n'emportai que des toilettes sobres. Mon costume de voyage reçut l'approbation des ladies qui se trouvaient à la gare à l'heure du départ. Quoique cette heure tombât au milieu de la nuit, tous nos amis étaient là. J'avais les bras chargés de fleurs.

— Ne dirait-on pas qu'ils partent en voyage de noces ?... plaisanta Mrs. Eckert qui m'enviait de revoir la Hollande.

Alors que je passe inaperçue, mon mari, partout où il se montre et sans qu'il se donne la moindre peine pour cela, attire l'intérêt et la sympathie. Dès les premiers jours de notre embarquement, il fut élu à l'unanimité maître de sport. Il y eut des compétitions et distributions de prix.

Mon deuil me tenait à l'écart. Quand mon mari me surprenait accoudée à la lisse en face d'un coucher de soleil, il savait bien quelle était l'image que j'évoquais, il savait que c'était l'heure anniversaire où de tendres petits doigts avaient essayé de rassembler les rouges rayons de l'astre mourant. Lui-même, les yeux humides, me posait les mains sur l'épaule.

— Courage, Ide ! Nous rapporterons, si Dieu le veut, un autre petit Nils de notre voyage !

Lentement, le paquebot entra dans le port de Rotterdam. Ma et ses quatre filles étaient rangées sur le quai. Que de baisers claquants et de rougeurs, lorsque Jan, à son tour, baisa les joues rondes de ses belles-sœurs. Neeltje, qui avait grandi au point que j'eus peine à la reconnaître, restait suspendue à mon cou.

— Que tu es belle, Ide, une grande dame !

Jan s'égayait à ce bruyant revoir. Pendant qu'il donnait aux porteurs le bulletin de nos bagages, mes sœurs parlaient toutes à la fois, menaient grand tapage et je retrouvai le geste et le ton autoritaire de Ma pour les rappeler à l'ordre.

— Et toi, me dit-elle, l'œil critiqueur, tu portes déjà du gris ? Ton deuil est donc fini ?...

Je pâlis si fort que la rude femme s'effraya.

— Allons, je n'ai rien dit, fit-elle conciliante. Mettons-nous en route, voilà ton mari qui revient.

Nous étions trop nombreux et dûmes prendre deux voitures. Je fus émue en rentrant dans la maison de mon enfance. Vieille maison aux nombreux couloirs, paliers et recoins sombres. Marches usées, chambres dallées de briques rouges. Au jardin, les framboisiers et noisetiers avaient poussé eux aussi et la plate-bande longeant la clôture était rouge de fraises. Ma nous céda sa chambre. Malgré nos protestations, elle nous y poussa sans façon. Il y avait sur la table du milieu, dans un pot de grès, un volumineux bouquet de lilas blanc et mauve. Je ne cessai d'y enfouir mon visage, d'y respirer le printemps de mon adolescence. Je serrai nos effets dans la grande armoire de chêne qui sentait les pommes mûres qu'on y rangeait l'automne. Depuis la mort de Pa, toutes les choses étaient restées à leur place. Devant chaque siège et devant le lit, on voyait toujours ces affreux petits tapis ronds confectionnés avec des restes de tissu où je retrouvais les vestiges de toutes les robes que nous avions portées mes sœurs et moi. Jadis, la commode profonde à grosses serrures de cuivre était le réceptacle de nos poupées que, les dimanches et jours de fête seulement, nous avions le droit de bercer dans nos bras, sagement, sans friper leurs habits. Le lit monumental disparaissait à moitié derrière les rideaux de reps vert et jaune du baldaquin. Pour m'y hisser, il me fallait l'aide de Jan.

Aux murs, des scènes bibliques et les portraits de Pa et Ma dans la force de l'âge.

Mon petit garçon demeurait associé à toutes mes pensées. Je profitais de chaque instant où j'étais seule pour porter à mes lèvres un médaillon où j'avais enfermé son image et une boucle de ses cheveux. Je me disais : « Si Nils vivait, mon bonheur serait trop complet, le cœur humain ne pourrait contenir le poids d'un tel bonheur ! » Je laissais couler mes larmes vite séchées par l'émoi qui m'empourprait les joues dès que j'entendais la voix de mon mari. Revenant d'une promenade matinale, il m'apportait des touffes de menues fleurs des landes.

— Il est beau ton pays, Ide, disait-il. Je suis allé jusqu'aux digues en passant par de grasses prairies où broutaient des vaches aux robes rouges et blanches si propres, que je crois qu'on venait de leur faire leur toilette ! J'ai revu les bateaux bruns glisser sur les canaux qui croisent les chemins comme des bandes de miroirs. Es-tu prête ? Je meurs de faim !

Mes sœurs partaient tôt. Seule Selma, qui m'avait remplacée, s'asseyait avec nous à la table servie devant l'unique corbeille de fleurs de notre jardin. Il faisait délicieux et depuis des années nous n'avions mangé de si bon beurre étalé sur ces petits pains ronds, gonflés et fendus dans le milieu, et quel lait mousseux parfumé de café épais ! On s'attardait. Jan me tendait son étui de cigarettes. Malgré les gros yeux de Ma, je fumais. Elle en était scandalisée, jetant de rapides coups d'œil sur ses filles pour lesquelles elle redoutait le mauvais exemple.

— Regarde, Ide, on dirait que les vitres manquent dans ces fenêtres ; n'est-on pas tenté d'y passer la main ?

Ma remerciait son gendre d'un sourire et lui pardonnait la cendre de ses cigarettes et l'odeur de ses pipes.

Au milieu de mai, mon mari devait se rendre à son congrès. Il nous restait deux semaines pour nos escapades. N'étions-nous jamais allés ainsi bras dessus, bras dessous, comme des amoureux ?... Quelquefois nous prenions un petit train. On longeait les cultures de tulipes dont les tapis diaprés semblaient se dérouler à mesure que nous avancions. Ces fleurs étaient reines. On les voyait partout. Elles étincelaient au rebord des croisées, aux vitrines. Leur moisson multicolore jonchait les chalands qui sortaient lentement du port. Nous descendions n'importe où. L'herbe nous montait aux genoux. Nous marchions parmi les hautes molènes cotonneuses, foulions la menthe frisée. De grands oiseaux aquatiques se levaient des étangs aux reflets d'ardoise. Quand nous arrivions aux dunes toutes bleues de chardons de mer, Jan me prenait le bras. « Ecoute !... » Nous prêtions l'oreille à la rumeur qui montait avec une brise plus fraîche. La dernière dune franchie, nous la voyions avec son immuable attirance, ses changeantes couleurs d'opale, son infini... Assis dans le sable, nous nous attardions à contempler les images fantasmagoriques que créaient les nuages. Nous revenions les bras chargés de fleurs des champs, un peu ébouriffés et brunis par l'air de la mer. Ma et Selma venaient à notre rencontre, les joues cuites au feu du four. Par la porte entrouverte de la cuisine, nous apercevions quelque grand pain au lait tout doré, une tarte aux fruits, et Jan, qui était gourmand se réjouissait comme un gamin.

On fit une visite à tante Antje. Sa grande face au nez potelé n'avait pas changé et, comme jadis, elle portait bonnet ruché et robe de soie lilas. A nouveau elle s'empressa autour de mon mari avec de petits gestes precieux. En notre honneur, on but le punch dans les jolis verres rouges à facettes et, suprême attention, Antje posa devant son neveu une boîte de cigares.

— C'est cela ! bougonnait Ma, fais-toi mettre de la cendre partout ! Si tu voyais chez moi ! Ide ne se gêne plus, elle aussi fume à présent plus que feu son père !

— Des cigares ?... demanda la vieille demoiselle, ahurie.

Ma haussa les épaules avec pitié.

— Non, mais ! Pourquoi pas la pipe ?... Ide fume des cigarettes, il paraît que c'est moderne !

Antje déclara qu'elle n'y voyait aucun mal. Elle nous retint pour le souper, après quoi on prit des liqueurs. Antje était économe. Une lanterne fixée au mur d'en face envoyant sa clarté dans les vitres, elle trouvait inutile de brûler le pétrole et tardait d'allumer la lampe. Lorsqu'elle s'y fut décidée et qu'un large cercle blanc se répandit sur le tapis de la table, la vieille demoiselle le caressa de ses mains ridées.

Voilà donc encore la chère lumière de mes veillées...

Elle ne regrettait pas de nous voir partir, impatiente peut-être de se retrouver seule pour rêver à l'unique aventure de sa vie qui lui était apparue derrière un loup de satin, un soir de carnaval...

Nous trouvons l'asphalte mouillé. Il avait plu, une tiède pluie de printemps. Les toits pointus se détachent sur un ciel lavé où commencent à poindre les premières étoiles. On entend au loin les sons enroués d'un orgue de Barbarie.

— Si on allait en ville ?... propose mon mari. Je vous invite à écouter de la musique en mangeant des *roomijs*[1].

L'invite est accueillie avec enthousiasme. Nous prenons d'assaut un tramway qui passe. Lorsque, dans la brasserie bondée, une servante essaie de nous placer, Jan nous compte en riant :

— Une demi-douzaine... O *jemine !* on doit m'envier ou me plaindre ! acheva-t-il en lançant à Ma un regard malicieux.

Gaiement, nous regagnons le faubourg par un dédale de quais et de ruelles. L'odeur du port nous poursuit tenace et les canaux miroitent dans la clarté bleue de la lune.

Jan est parti pour Vienne et j'erre dans la maison comme une âme en peine... Sans lui, je me sens perdue, livrée aux lancinants regrets de mon fils. Ma passion, atténuée par le deuil qui déchira ma maternité, m'a reprise avec une intensité qui m'effraie !

Nous étions en retard, Jan m'embrassa hâtivement et sauta dans le train. Demeurée sur le quai, je le vis déposer d'un geste vif sa valise dans le filet, jeter gants et journaux sur la banquette. Puis il vint s'appuyer à la fenêtre. Sa hâte joyeuse augmentait ma peine. Il me souriait et c'est en souriant que je lui dis :

— Je vais compter les heures jusqu'à ton retour !

— Non, Ide, fit-il en riant, je sais mieux pour toi que ce calcul ! J'ai laissé sur la commode de quoi vous permettre d'aller vous amuser à Amsterdam. Songe que tu dois cela à tes sœurs !

1. Glace à la vanille.

Déjà les portières claquaient. Nos dernières minutes furent bousculées. Le train se mit en marche sous d'épais panaches de fumée. Mon mari me regardait en souriant, sans un geste, tandis que des doigts je lui envoyais des baisers éperdus. Les dix jours que je devais passer sans lui m'apparurent une éternité ! J'avais bravement retenu mes larmes, maintenant, elles débordaient. Tout me heurtait : la vue des endroits parcourus avec lui, sa place vide à table, et comment affronter notre chambre ! J'enfouis la figure dans l'oreiller qui gardait encore la forme de sa tête chérie et je pleurai comme si jamais je ne devais le revoir !

Ma me regarde de côté avec de petits yeux irrités. Elle ouvre parfois la bouche pour me sermonner, puis, se ravisant, se contente de déplacer un objet avec bruit. Elle désapprouve mon chagrin qui, j'en conviens, dépasse la mesure, mais chez moi tout sentiment ne dépasse-t-il pas la mesure ?... Les sœurs qui partent de grand matin prennent le café à la cuisine. Nous déjeunons plus tard devant la maison. Le lilas et les boules de neige de notre voisin surplombent l'enclos, ajoutant à l'éclat de notre bout de jardin qui, à cette saison, n'est que fleur et verdure. Ma considérait l'herbe luxuriante qui poussait à vue d'œil.

— Il faut la tondre, dit-elle. Veux-tu t'en charger, Ide ? La faux est affûtée.

— Laisse-la encore un peu, suppliai-je, tu sais comme l'herbe est maigre chez nous ! Je me rassasie les yeux à cette exubérance !

— *Och kom !* c'est une excuse de paresseuse ! Avec tes noirs qui te font tout, tu t'es habituée à ne plus rien faire du tout. Et puis ne fume pas, s'il te plaît ! Tant que ton mari sera loin, je ne veux pas voir de cendres sur les assiettes ! Et ce gaspillage de temps à demeurer indéfiniment à table ! Tu en as pris des habitudes ! Allons, ouste ! mes filles, dans vos chambres. Rangez vos affaires et allez aux provisions pendant que les lits s'aèrent.

Et voici qu'en entendant cette voix grondeuse, le poids qui m'oppressait tomba de lui-même. En comparant ma vie à celle de mes sœurs, j'éprouvais honte de mon chagrin pour une séparation de quelques jours ! Avec un sentiment de délivrance, je caressai des yeux les fraîches couleurs du jardinet, aspirant à pleins poumons son multiple parfum.

Jan m'écrivit deux cartes brèves, la dernière pour m'annoncer son retour. Et je n'ai pu le supporter dans la maison, il me fallait de l'espace pour laisser mon bonheur ouvrir ses ailes... Je m'esquivai. Dans le matin bleu et venteux, je marchai jusqu'aux digues couvertes de mousse sombre. Le vent faisait tourner les grandes ailes des moulins. Je courais en appelant le nom de mon mari comme s'il pouvait me répondre. Mes yeux aspiraient, ramassaient autant qu'ils en pouvaient contenir, de ce ciel où glissaient rapides des nuages effilochés, de cette eau où glissaient des bateaux couleur de rouille, de toute la grisante richesse printanière... Et mon cœur s'ouvrait, s'épanouissait comme une grande fleur de sang, mon cœur illimité et sans repos et plus que jamais sans brides battait follement de toutes ses chaudes pulsations dans l'attente du bien-aimé !

QUATRIÈME PARTIE

I

Un matin, une lettre portant l'adresse de Jan en caractères maladroits ou peut-être écrits par des doigts rhumatisants décida de notre voyage en Suède.

— Tante Brita nous invite chez elle. Comme elle m'apprend en même temps que sa fille se trouve quelque part en Ecosse, le champ est donc libre et nous partons pour mon pays, Ide...

Il sourit, me voyant le souffle coupé par la surprise.

— Brouillé avec ma cousine, il m'eût été fort pénible de la rencontrer... D'ailleurs, tante... cousine... c'est une manière de parler. Nous sommes en très lointaine parenté. Le père de Sigrid était mon tuteur...

— Sigrid ?...

— C'est le nom de la fille de tante Brita.

Jan ne m'en dit pas davantage. Qu'importe ! Je ne me possédais plus de joie. Mon vœu le plus cher se réalisait : voir la maison où mon mari était né, où il avait passé son enfance, sa prime jeunesse... Il y avait bien cette cousine avec laquelle il s'était brouillé... Pourquoi ?... Obscurément, je pressentais que cette fille ou cette femme avait joué un rôle dans le passé de mon mari.

Le train a déjà parcouru des milliers et des milliers de kilomètres. De lumineux paysages se jettent dans les fenêtres du wagon : prés semés de boutons d'or. Armées de bouleaux dévalant vers la pâleur d'un lac entouré de sapins. Parfois, un groupe de maisons rouges. De larges rivières encombrées de trains de bois. Nous passons la première nuit dans une petite ville où tout est en briques roses, la chaussée, les trottoirs, les maisons. Pas de grands immeubles. De petites habitations au milieu de jardins soignés, fleuris d'aubépines, de boules de neige, de cytises. Puis, nous roulons encore le long de forêts bleues, de lacs immobiles, de rochers empanachés de pins. Le soir vient sans mélancolie. Une lumière diaphane joue sur toutes choses.

Mon mari regardait défiler les paysages d'un air absent...

Le train s'arrêta en pays perdu. Nous descendîmes dans une auberge dressée au bord d'une eau vive qui faisait vibrer son image. Le décor de la salle à manger était plaisant. Sur les nappes de toile, de grosses chandelles piquées dans des flambeaux de cuivre se dressaient entre les couverts. Aux fenêtres à petits carreaux, des rideaux blanc et rouge s'écartaient sur des pots de jacinthes. La servante blonde portait chemisette empesée à manches bouffantes, cotillon couleur de tabac et tablier bariolé. Le charme de l'endroit déride le visage fermé de mon mari. Il semble se réveiller d'une sombre songerie, ses yeux reprennent leur clarté, sa bouche dure son sourire. Il passe la main sur sa face, geste qui lui est familier :

— Dire qu'il y a sept ans que j'ai quitté mon pays et sept ans que nous sommes mariés, Ide...

Tandis que je demandais du thé, Jan but coup sur coup plusieurs verres de *bränvin*[1].

— Pourquoi as-tu quitté ton beau pays pour émigrer dans une autre partie du monde ?... le questionnai-je, profitant de la mollesse où le mettait une légère ébriété.

— Tu veux le savoir ?... fit-il, la langue un peu lourde. Bon ! Seulement, je te préviens, tu n'entendras rien de beau ! Ah ! *tusan !* Non, rien de beau !

— Raconte quand même ! insistai-je comme il réfléchissait.

— Connais-tu ma vraie nature, Ide ?...

— Je sais que tu es bon, Ian, très bon !

Il secoua la tête :

— Je t'envie pour la richesse de tes sentiments, ma chère femme... L'esprit suédois, vois-tu, est dur et compact comme le roc sur lequel nous construisons nos demeures. Nous avons

1 Brandy

l'âme farouche, il est difficile de nous gagner... Peut-être nous rapprochons-nous le plus de l'être primitif, car, si d'aventure la colère nous prend, nous pouvons être brutaux jusqu'à la folie !

A cet instant, une bande de touristes fit irruption dans la salle. Filles et garçons en sueur et couverts de poussière montraient une peau tannée par le soleil et le vent.

— Allons faire un tour pour nous dégourdir les jambes, proposa Jan.

Le charme était rompu.

On ne voyait plus le soleil, mais le temps demeurait clair. L'air était vif et pur. Nous descendîmes une pente cabossée vers des bicoques à un étage qui, sans les rideaux aux vitres et la fumée montant des toits, eussent paru inhabitées. Au bout de chaque ruelle, on découvrait des collines coiffées de sapins sombres.

Les fumées de l'alcool dissipées, Jan redevenait silencieux.

— Tu sauras tout, ma chère femme. C'est ton droit maintenant, répondit-il à mon timide rappel. Mais laisse-moi un peu de temps encore... Si tu savais à quel point il me répugne de remuer ces choses qui m'écœurent... D'ordinaire, poursuivit-il, je n'entreprends rien à la légère et sans avoir mûrement réfléchi. J'aurais dû demeurer ferme dans ma résolution de ne plus retourner au pays... Mais voilà je crois que ta sentimentalité est contagieuse !

— Il fut un temps où toute cette contrée retentissait des marteaux de forges... m'apprit-il un peu plus tard, comme nous roulions à travers le Vermland. C'est là que Selma Lagerlöf fait vivre les héros de *Gösta Berling*, la riche Majorin, rude et moustachue, entourée de ses cavaliers. La belle Marianne, le pasteur ivrogne et honni !...

Jan a pris le livre dans sa valise et me le tend. Je tourne sans entrain ces pages qui m'enchantaient naguère. Pour le moment, je n'ai de goût que pour mon propre roman. Quand mon mari me croit absorbée dans la lecture ou assoupie, tassée dans un coin, je lis sur les parois de mon âme une histoire merveilleuse, jusqu'au chapitre encadré de noir qui est dédié à mon enfant...

Et c'est Mora étageant ses maisons sur des pentes raides. Un clocher de bois, vieux de cinq siècles, dont le lanterneau ajouré laisse voir des cloches de bronze, est le dernier des témoins qui virent le grand Gustave Erichson dont la statue se dresse sur la terrasse qui domine le lac.

— L'âme de Vasa, dit Jan, et ses yeux s'animent, ne se trouve pas seulement dans ces montagnes, où il faillit périr mille fois, mais dans la demeure même qui fut la sienne... On y montrait, jadis, les marches usées d'un escalier conduisant à la cave où il se cacha pendant que, d'une fenêtre du gynécée, la belle Karine Stenbock surveillait l'arrivée des cavaliers danois lancés à sa poursuite... La légende prévoit qu'un couloir secret mène de cette cave jusqu'aux chutes du Trollhättan. Gamin, j'ai passé des jours entiers à tâter les murs, à desceller des pierres...

Je m'étonnai de voir, à ce souvenir, le front de mon mari se rembrunir... J'avais tant désiré connaître les lieux où avait grandi l'homme que j'idolâtrais... Pourquoi ce vague pressentiment que nous tentions le sort ? Pourquoi l'intuition angoissée que ce voyage, qui commençait comme un jour de fête, pouvait déclencher quelque mystérieux cataclysme ?

II

Le train s'arrêta dans un grand bruit de ferraille. En nous apercevant à une portière, le chef de gare disparut derrière le vitrage d'une porte.

— Comme autrefois ! remarqua Jan en riant. Il attend l'arrivée du train pour endosser son uniforme.

C'était une petite gare rangée et proprette. Les derniers wagons disparus, elle retomba dans le silence. Un landau attelé de deux puissants chevaux noirs nous attendait.

— *God dak,* Jerk, toujours alerte ?...

Jan tapait sur l'épaule d'un vieillard long et sec comme un sarment.

— *Ack doktor,* qu'on est content de vous revoir !

La haute silhouette de mon mari me découvrit et le vieux eut l'air confus :

— *Min kvinna*[1], Jerk !

— C'est donc vrai, vous êtes marié, *doktor !*

1. Ma femme.

Nous roulâmes sur une belle route bordée de seigle vert. Jerk se retourna sur son siège :

— La maîtresse voulait venir à la gare avec moi, mais son mal l'a reprise... Ça ! quand le temps est à l'orage... Le nez levé, il inspectait l'horizon où s'amoncelaient de sombres nuées. Un chariot chargé de fourrage tanguait vers nous. On eût dit un animal géant velu et court sur pattes.

— Arrête, Jerk ! appela mon mari. Il me prit le poignet : écoute !...

On distinguait comme le bruissement lointain d'une forêt agitée par le vent.

— Le Trollhättan, dit le vieux, l'oreille tendue.

— Le Trollhättan !... Le Bonnet du Sorcier... répéta Jan, le regard assombri.

Flairant l'écurie, les chevaux prenaient un dernier élan.

Je n'aperçus ni ville, ni bourg, ni village. Un bout de rue seulement et la voiture stoppa devant une large entrée faite de deux colonnettes en marbre, reliées par une chaîne de cuivre. Un dallage de pierre où l'herbe fine, poussant entre les interstices, traçait de grands carreaux, conduisait à la maison dont le toit de briques semblait s'appuyer contre les arbres. Dans le crépuscule orageux, je vis des deux côtés du passage comme un brouillard de fleurs. Tante Brita se tenait sur le pas de la porte. C'était une femme de haute et large charpente, aux joues pleines et couperosées, aux yeux d'un bleu de faïence. Ses cheveux grisonnants tordus sur la nuque, elle portait une vaste robe cossue ornée de dentelles et s'appuyait sur une canne qui avait le diamètre d'un jeune tronc d'arbre.

— Bonjour, mon cher neveu !

Elle tendait à Jan sa main grasse et blanche, comme si elle l'avait quitté la veille, puis me la tendit :

— Soyez la bienvenue dans ma maison !

Elle ne m'honora pas d'un long regard, nulle curiosité dans l'accueil de celle qui était devenue la compagne de son neveu.

Ane Mette, la servante, se montrait plus émue de revoir le doktor que fru Lindval. La bonne vieille ne cessait de soupirer :

— Pensez que je l'ai connu haut comme ça... elle mettait sa main ridée au niveau de ses genoux ; et maintenant, il est marié !

— Et pas d'hier, Ane Mette, dit Jan en riant. Il y a beau temps que je suis un solide époux, n'est-ce pas, Ide ?...

La servante me regarda, les yeux noyés d'eau :

— Si vous saviez quel gentil sauvageon il était, votre époux, *min fru*... Seulement, pas toujours galant ! Hi, hi, hi... Un jour qu'il s'était mis à pleurer et qu'on lui demandait pourquoi : « Parce qu'Ane Mette est trop laide ! » déclara-t-il. Pas plus haut qu'une botte, il aimait déjà les jolies filles !

— Veux-tu te taire ! gronda Jan en riant.

Et la vieille femme s'esquiva, fermant vivement la porte derrière elle.

Mon mari regardait autour de lui. Je voyais bien qu'il était profondément ému, que le souvenir l'empoignait avec force...

Une chambre spacieuse nous fut affectée. Le plafond à solives, les murs revêtus de bois sombre. Les rideaux en damas jaune s'écartaient sur un lit d'ébène sculpté. Un secrétaire en marqueterie et, autour d'une table massive, quelques sièges confortables, complétaient l'ameublement. A côté, s'ouvrait un cabinet de toilette avec l'eau courante. La rampe du large escalier de pierre, que nous descendions à l'heure du repas, était en fer forgé d'un beau travail. Dans la salle à manger encore, tout était en bois, les murs, le lustre, les flambeaux aux grosses chandelles posées entre les couverts d'argent et les faïences colorées. On sentait que dans cette maison régnait la richesse. Buffets et bahuts ouvragés, tables de mosaïque, hautes vitrines où étincelaient des merveilles d'or et de cristal. Pendant le souper, mes regards demeuraient rivés à l'image d'une jeune femme dont le visage, auréolé d'une vaporeuse blondeur, éblouissait plus que le cadre d'argent ciselé qui l'enchâssait. Etait-ce cette cousine avec laquelle mon mari s'était brouillé ?...

Dès le lendemain, Jan manifesta une hâte presque farouche à parcourir le pays. Prévenue de notre départ matinal, tante Brita nous fit servir un copieux déjeuner dans la chambre. Il y avait eu des averses dans la nuit. Maintenant, le soleil accrochait des diamants sur les gazons rafraîchis.

Equipés pour la marche, nous nous mîmes en route. Les pâtres menaient leurs troupeaux vers les hautes collines d'herbages. Longtemps, on entendait leurs sonnailles tinter dans l'air limpide. Nous vîmes l'herbe des prairies tomber sous la faux des moissonneurs et un grand vol de cygnes sauvages émigrer vers le Nord. Nous nous reposions au bord des sources cristallines et glacées, goûtions dans de vieilles fermes, avec auvent en forme de guérite.

Les jours où nous demeurions à Tjorpa, tante Brita nous faisait servir sur une terrasse dominant une large route qui courait entre des champs de froment, pour se perdre dans les bois de sapins et de hêtres. Un matin, après le café, laissant Jan en conversation avec sa tante, j'entrai au salon, que je n'avais pas vu encore. Ane Mette y commandait rondement des servantes munies de plumeaux et de torchons. Tout de suite, deux grandes taches de clarté attirèrent mon regard : l'une, un paysage de neige d'un peintre suédois, l'autre, le portrait d'une jeune femme en manteau d'hermine. De larges nattes d'or fluide couronnaient la petite tête aux traits fins. Une lumière semblait partir des longs yeux perdus dans un rêve, de la carnation, du pur ovale, de la bouche sinueuse légèrement entrouverte sur la lueur des dents. Fascinée, je demeurais devant ce tableau... Si cette créature était aussi belle en réalité, ne devais-je pas trembler que Jan la revît, si d'aventure elle revenait avant notre départ ? Je ne pus maîtriser ma curiosité.

— Votre jeune maîtresse est bien belle ! dis-je à Ane Mette.

La vieille femme approuva vivement de la tête.

— Où est-elle ? questionnai-je d'un air détaché.

— Ça ! fit-elle. Ses lettres viennent d'Espagne, d'Angleterre, d'Amérique même !... Une ou deux fois l'an, elle vient voir sa maman qui se morfond de chagrin et de solitude...

— Mais pourquoi votre *fröken* voyage-t-elle ainsi par le monde comme...

— Comme le juif errant ?... Allez, vous pouvez le dire, *min fru*, répondit Ane Mette, *min fröken* ne trouve de repos nulle part, elle cherche, cherche ce qu'elle a perdu et qu'elle ne retrouvera jamais plus maintenant... ajouta-t-elle en me coulant un regard presque hostile.

Comme craintive d'en avoir trop dit, elle prit une brosse des mains d'une domestique et se mit à frotter avec entrain le velours d'un fauteuil.

Nous venions de prendre le premier déjeuner sur la terrasse. Jan alluma la cigarette de tante Brita, la mienne, puis bourra sa pipe.

— Voilà le courrier, dit-il, apercevant le facteur qui passait à bicyclette.

Il y avait des lettres de Krittelwerk, une de Ma, une autre de Selma. Tante Brita décacheta une grande enveloppe et, après avoir parcouru un parchemin blanc, chiffré de mauve, le posa à côté de sa tasse. Sa large main pâle et molle tremblait.

— Sigrid revient ! dit-elle.

Une violente rougeur envahit le cou, le visage de mon mari jusqu'à la racine des cheveux.

— Quand revient-elle ?... demanda-t-il.

— Pas avant la fin du mois... Voyons, dans cinq jours... Elle sera bien surprise de te voir, Jan.

— Malheureusement, nous ne pouvons attendre son retour, tante Brita. Nous partons après-demain pour rejoindre le vapeur norvégien. Ide est impatiente de voir les fjords, le soleil de minuit.

— C'est dommage, dit tante Brita avec ce visage sans rides et sans expression. Je comptais vous garder plus longtemps.

Il y eut un froid. Mon mari reprit ses lettres.

— Il faut vraiment te louer pour ta discrétion, Ide, me dit-il un peu plus tard dans notre chambre. Avoue pourtant que tu meurs d'envie de connaître l'histoire que je t'ai promise ?

— Il s'agit de ta cousine, Jan ?

— Oui, si tu veux, appelle-la ma cousine...

— J'ai vu son portrait, elle est bien belle, si belle que je voudrais que tu m'emmènes dès ce soir, puisqu'elle va venir ! dis-je sur un ton plaisant pour cacher mon alerte.

— Tu crois donc que la beauté a tant d'attrait pour moi ?

— N'est-ce pas ce que prétend Ane Mette ?

— *Ack,* Ide, je n'ai pas envie de rire, remarqua-t-il, en posant sur moi ses yeux, ce matin d'un bleu très dur.

— Ane Mette m'a parlé de Sigrid, Jan...

— Que t'a-t-elle dit ?...

Le regard de mon mari devenait aigu.

— La maîtresse voudrait que sa fille se marie, m'a-t-elle confié. Mais celle-ci refuse tous les partis... Depuis des années, elle vagabonde d'un pays à l'autre, comme le juif errant... a dit Ane Mette.

— Et quoi encore ?... Que t'a-t-elle dit encore, la vieille ?

Un pli d'anxiété crispait les belles lèvres de Jan. J'hésitai. Fallait-il répéter les paroles de la servante : que Sigrid parcourait le monde pour chercher sans repos ni trêve ce qu'elle avait perdu ?

III

Nous l'entendîmes longtemps avant de l'atteindre... Je crois encore sentir l'odeur de mousse humide des sous-bois où nos chaussures glissaient sur les aiguilles des pins. Nous entrions dans une région sauvage où nous découvrions, perdions et retrouvions le fil d'un sentier. Par moments, nous marchions sur un terrain dur où des débris de rocher affleuraient comme des os mis à nu. Apre et dramatique domaine du torrent vers lequel allaient nos pas. Des frondaisons le dissimulaient aux regards, mais son rugissement croissait à mesure que nous avancions. Et soudain, à travers les troncs des pins, apparut le Bonnet du Sorcier ! Jan jouit de ma surprise tout en demeurant lui-même saisi... Sous leur manteau d'écume où le soleil accrochait des arcs-en-ciel, les eaux millénaires bondissaient dans un gouffre de granit, avec un fracas étourdissant. Mieux encore que dans l'incommensurable Veld, nous pénétrait dans ce fabuleux décor le sentiment de la petitesse et de la fragilité de l'être humain ! Des abords de la cataracte, le sol rocheux montait en pente clairsemée de bruyères et de bouleaux nains.

— Viens ! me cria Jan à travers le vacarme des cascades.

Il me précédait à grandes enjambées. Quand la montée devenait raide, il retournait sur ses pas et, me tendant la main, m'attirait sur une des saillies de roc qui nous servait de point d'appui. A mesure que nous grimpions, le tumulte des eaux diminuait d'intensité. Nous atteignîmes ainsi un plateau, assez nu, à part quelques arbres au maigre feuillage. Posée sur des fragments de rochers, une pierre plate nous invitait au repos. Une vieille pierre dévalée par les neiges et les pluies. Jan m'y montra, à peine visibles, de mystérieux signes runiques.

— Asseyons-nous ! dit-il.

Et ce fut dans cette nature âpre, chargée d'inquiétude et de mystère, dans ce silence scandé par le bruissement amorti des chutes d'eau, que Jan parla...

— J'ai été élevé moins durement que toi, Ide, dans la maison qui appartient aujourd'hui à tante Brita et qui est celle de mes parents. Pourtant un nuage assombrissait mon enfance, la maladie de ma mère. Tu sais que ma naissance lui coûta la santé.

Je me souviens d'elle comme d'un être précieux qu'il fallait traiter avec mille précautions. Tante Brita et son mari étaient les meilleurs amis de mes parents. Leur amitié devint plus étroite lorsqu'ils découvrirent qu'il existait entre eux une lointaine parenté. Aussi, lorsque après ma naissance, ma pauvre maman dut renoncer à mener la vie normale d'une femme, mon père pria ses amis de venir habiter avec nous. Leur fille Sigrid avait presque mon âge. Nous grandîmes ensemble et, chaque matin, nous faisions ensemble route jusqu'au presbytère de Troelle, où le pasteur nous donnait nos leçons. Sigrid était garçonnière. Elle aimait les jeux bruyants, les bourrades, les courses épuisantes. Parfois, il lui prenait fantaisie de travailler avec les domestiques et de soigner les bêtes. Plus d'une fois, quand on la croyait dans son lit, elle avait filé aux champs et s'était endormie à la belle étoile, la tête appuyée sur le cou d'une vache. C'était une rude gamine qui n'avait peur de rien ! Je veux te raconter un fait qui te prouvera la nature complexe de cette fille. Le jardin a toujours été tel que tu le vois aujourd'hui, un peu cérémonieux comme un salon de réception. On nous y avait aménagé deux carrés que nous devions bêcher et planter nous-mêmes. Entre Sigrid et moi, c'était une constante émulation ; chacun voulait montrer la plus belle floraison, si bien que les enfants des propriétés voisines imitèrent notre exemple. Au cœur de l'été, le pasteur de Troelle eut l'idée d'organiser un concours. Un prix devait récompenser le jardinet le mieux cultivé. Il y eut une douzaine de concurrents. Une brunette, Inge Goldstrœm, remporta le prix. Le dépit de Sigrid fut violent. Pendant le goûter, j'étais assis entre ma cousine et la gagnante. Chaque fois que j'effleurais du doigt les belles boucles lustrées de cette dernière, Sigrid me pinçait le bras. Elle demeurait boudeuse et, derrière son front têtu, je sentais bien qu'elle manigançait quelque mauvais tour. En effet, je devais, le lendemain, trouver mon petit jardin si frais, si brillant, dans un lamentable désordre de fleurs arrachées, tandis que les pierres blanches en bordure gisaient pêle-mêle sur les petits sentiers ! Ahuri, je considérais le désastre, quand un gamin, qui m'observait à travers les barreaux de l'enceinte, me cria : « *Hallâ*, Jan ! c'est ta cousine qui a fait le coup ! Je l'ai vue !... » Juge de ma colère, Ide ! Comme nous partions pour Troelle de bonne heure, on nous servait le café à la cuisine avant les maîtres. Tapi derrière la porte, j'attendis, et, lorsque Sigrid parut, je me précipttai ; clic, clac ! J'avoue que ce me fut une volupté de marquer ses joues de mes doigts énergiques ! Elle voulut à son tour se jeter sur moi, mais je lui tordis les poignets en la forçant à ployer les genoux, la maintins ainsi jusqu'à ce qu'elle criât grâce ! Bien entendu, Ane Mette avait ameuté la maison. Tante Brita et mon père m'accablèrent de reproches. Je leur déclarai : « Elle m'a fait une lâcheté, je l'ai punie, nous sommes quittes ! » Mais mon père ne l'entendit pas de cette oreille : « On ne bat jamais une fille ! me dit-il sévèrement. J'exige que tu lui fasses des excuses ! » Je me refusai à toute avance. Aujourd'hui, je ne puis comprendre comment mon père, si équitable, put s'entêter dans son idée jusqu'à me battre ! Meurtri, les dents serrées, je me taisais. Il comprit enfin que je me ferais tuer plutôt que de prononcer un mot de regret et me laissa tranquille. Un fracas épouvantable me réveilla au milieu de cette nuit-là... Par les fenêtres ouvertes, je voyais les nuages courir sur le ciel et les éclairs se succéder sans interruption. Dans ma chambre, il faisait clair comme en plein jour. Je vis alors le bouton de ma porte tourner lentement et Sigrid, en longue chemise de nuit, s'avancer vers mon lit. Je fermai vivement les yeux. Elle soupira : « Jan... » Je fis semblant de dormir... Alors, environnée d'éclairs, Sigrid fit sa confession d'une voix entrecoupée de petits sanglots : « Je suis la plus mauvaise des filles. Je t'ai fait une saleté, et c'est toi qu'on a puni ! Tu as été battu à cause de moi ! Jan... J'ai du chagrin ! Pourquoi as-tu embrassé Inge !... Je la déteste parce que tu trouves si beaux ses cheveux ! Ils ne sont pas beaux, tu sais, ils sont noirs et dégoûtants et elle a un nez en trompette et des doigts comme des pattes d'araignée !... J'ai voulu lui démolir le jardin, mais le dogue était là... Il montrait les dents... J'ai pas osé... Mais j'étais trop furieuse parce que tu as embrassé cette fille ! Il fallait que je fasse quelque chose de mal, voilà !... » Ma cousine avait débité tout ça d'une voix peureuse, tressautant à chaque coup de tonnerre ! A travers mes cils, je la vis approcher plus près : « Comme tu dors ! » murmura-t-elle en se penchant sur moi, puis hésitante : « Je te demande pardon, puisque tu dors ! Si tu étais réveillé, je ne le pourrais pas ! Je ne peux pas demander... à personne... ni à maman, ni à papa, ni au pasteur... » Un fou rire me gagnait... A ce moment, la foudre tomba si près que la pièce parut remplie de soufre et un paquet d'eau entra par les fenêtres. Avec un cri, Sigrid se jeta sur moi. Sa chemise mouillée collait à son corps maigre, elle grelottait et je la pris sous ma couverture. Pelotonnée contre moi, elle claquait des dents. Au matin, on nous trouva endormis joue contre joue. Les meubles étaient trempés et des flaques de pluie séchaient sur le plancher. Ce fut un beau scandale ! Pendant quelque temps, nous fûmes étroitement surveillés. J'en compris la cause lorsque j'entendis mon père tranquilliser tante Brita : « Ces enfants s'aiment en toute innocence, laissons le temps décider de leur avenir ! » « Leur avenir ! » répéta Jan, et un sourire amer baissa les coins de ses lèvres. La tête penchée en avant, il écoutait la rumeur assourdie des formidables cascades...

Il se souvient de la blonde Sigrid poursuivant un papillon ; elle dévalait la pente rocheuse, sautait de saillie en saillie, et, avec une imprudence folle, se tenait au bord du précipice vertigineux... Mais ne sait-elle pas que, tout près, derrière un buisson, son camarade attentif la surveille ? L'enfant tend vers l'insecte ses bras éclaboussés d'écume... Les oreilles tintantes du vacarme des chutes, elle se penche sur les nappes mouvantes qui l'appellent, l'attirent... Son pied glisse dans la terre mouillée :

— Jan ! cria-t-elle.

Il bondit. Ils sont tombés en arrière, la fille et le garçon. Il la tient autour de la taille, serrée contre lui :

— Sigrid ! murmura-t-il...

Le visage couvert de gouttelettes qui brillent au soleil, ils se regardent haletants, et fiers de leur courage ! Et subitement, pour la première fois leurs bouches s'unissent, le Trollhättan engloutit leurs aveux d'amour ! Ils n'entendent pas leurs propres paroles, mais les comprennent au mouvement de leurs lèvres... tandis que le Bonnet du Sorcier, avec un mugissement, emporte leurs serments !

— A nous deux, nous avions à peine dépassé trente ans, poursuivit mon mari. Pourtant, à partir de ce jour, je considérais Sigrid comme ma fiancée. Peu après, je perdis mon père, comme tu sais, fauché en pleine force par une épidémie qui sévit surtout parmi les hommes à fleur d'âge, puisque le père de ma cousine mourut presque à la même époque. Ce double deuil resserra notre tendresse. Une année plus tard, le pasteur de Troelle, nommé mon tuteur, m'expédia à Stockholm où je commençai les études préliminaires de médecine. La séparation nous fut un grand chagrin, mais tante Brita venait me voir avec sa fille, et il y avait les vacances. Quatre années s'écoulèrent. Avant de partir pour Amsterdam, où je comptais passer mon doctorat, je me fiançai officiellement avec Sigrid. Maïki avait raison, quand il te dit qu'il n'y avait pas d'étudiant plus sérieux que moi, tant il me tardait d'obtenir mes diplômes. Le mariage devait avoir lieu quelques semaines plus tard...

Jan se recueillit un instant. Lorsqu'il releva la tête, une expression presque tragique altérait son beau visage et ses yeux avaient pris cette teinte glacée de l'eau bleue des lacs du Nord.

— Je rougis d'aborder le récit de ce qui fit bifurquer mon destin, dit-il d'une voix rauque.

Lorsque nous descendîmes les talus boisés poursuivis par les clameurs de la cataracte, je savais... Je savais quelle vision, au début de notre union, abaissait subitement dans une expression d'indicible mépris la bouche de mon mari. Quelle colère conduisait son bras quand, avec une ardeur presque sauvage, il maniait la hache et que les éclats de bois volaient autour de lui ! Souvent, je m'étais demandé pourquoi ce docteur, jeune et beau, m'avait choisie, moi, fille sans argent et sans beauté !... Comment aurais-je pu deviner qu'entre l'irrésistible charme d'une femme et la crainte de sa propre faiblesse, son orgueil avait voulu mettre des continents ?...

Nanti de ses diplômes de médecin-chirurgien, Jan Yvarsen fêta sa promotion en joyeuse compagnie. On avait beaucoup bu, chanté, festoyé toute la nuit. Au matin, le jeune docteur prit le train, impatient d'annoncer la bonne nouvelle. Laissant ses bagages à la gare, il se mit allégrement en route. Mais, arrivé à Tjorpa, Ane Mette lui apprit que la *fröken* s'était rendue à Trollhättan. Le Trollhättan ! rendez-vous de leurs meilleurs souvenirs ! Avec quelle hâte il rebroussa chemin, et de quel exultant *Hallã !* il salua le grondement familier du Bonnet du Sorcier ! N'était-ce pas là-haut, sur le bord de ses eaux allègres et fougueuses comme leur jeunesse, que leurs yeux, tout à coup, s'étaient dessillés ! Malédiction ! Sur ces mêmes rives où ils avaient échangé leurs premières promesses, il surprit sa fiancée, corps contre corps, bouche contre bouche, avec son meilleur ami Sven Lundell. Sven Lundell, assis à ses côtés sur les bancs de l'école et travaillant avec lui à l'amphithéâtre de Stockholm !

Il bondit sur le couple, releva la fille et la jeta à terre avec une telle force que le sang jaillit de ses lèvres.

— A nous deux maintenant ! avait-il crié d'une voix presque joyeuse, heureux de pouvoir, sur-le-champ, satisfaire sa haine...

Paralysée d'effroi, incapable de bouger, Sigrid perçoit, malgré le mugissement des cascades, les souffles bruyants, le halètement des deux forcenés agrippés l'un à l'autre comme deux bêtes en furie. Mais, quand elle les voit approcher du plateau étroit surplombant l'abîme, sa terreur la galvanise. Sous l'empire d'une rage démente, aveugle, ils se battent sans desserrer les lèvres et elle sent qu'il y va de la vie ou de la mort ! Egarée, les cheveux dans le dos, le visage barbouillé de sang, Sigrid se jette devant eux sur le bord du gouffre :

— Grâce ! grâce ! crie-t-elle.

Le premier, Sven revient à lui. Avec la dernière énergie, il parvient à faire reculer son adversaire dont la fureur décuple la force.

— Tue-moi ! hurle-t-il en levant les bras.

Sigrid rampait, se déchirant les genoux aux pierrailles. Enlaçant les jambes de son fiancé :

— Pitié ! pitié ! gémissait-elle.

Il eut ce sourire amer, qui souvent, désormais, devait abaisser les coins de ses lèvres :

— Tu trembles pour sa vie ! railla-t-il en se dégageant.

Elle cria :

— Non, non ! pour la tienne... pour la tienne !

— Allons, je l'ai assez corrigé et te le rends ! Vous êtes dignes l'un de l'autre !

Il était redevenu maître de lui, frottait ses mains comme pour les purifier d'un contact ignoble. Elle demeurait affalée entre les deux hommes dont la poitrine haletait toujours. Ils avaient les vêtements déchirés, les cheveux en broussaille. La sueur leur coulait dans les yeux et tous deux passaient un mouchoir sur leurs faces tuméfiées. Enfin, Jan releva la tête :

— Va-t'en !

Il regardait son ami d'hier comme s'il allait encore foncer sur lui. Mais ses yeux ne rencontrèrent qu'un regard empreint de tristesse et, tête baissée, le jeune homme s'éloigna.

Tant bien que mal, Jan rajustait le désordre de ses habits. Peureusement, Sigrid l'observait :

— Ecoute-moi, implora-t-elle, nous ne sommes pas si coupables que tu l'imagines !

Cette voix redoubla la colère de l'homme trahi. Il prit brusquement la jeune fille aux épaules, et, sans prononcer une parole, lui cracha en plein visage ; puis, honteux de ce geste, dévala les rochers. Le même soir, il prenait le train pour Amsterdam.

En évoquant cette scène atroce, mon mari crispait les poings, de grosses veines saillaient sur ses tempes. La haine qui, après sept années, avivait encore ses yeux pâles, ne ressemblait-elle pas étrangement à l'amour ? On dit que, souvent, ces deux sentiments se confondent ! L'avait-il assez punie, la perfide, en mettant l'océan entre elle et lui ?... Ou, en s'exilant, ne montrait-il pas, plutôt, qu'il redoutait les défaillances de sa volonté, de son orgueil ? Elle dut souffrir... Ses cris de désespoir, lorsqu'elle s'était traînée à ses pieds, avaient été sincères, douleur aiguë et rapide comme celle qu'il provoquait en tranchant un membre ! Elle ne suffisait pas à sa vengeance. L'évocation du passé ranimait sa rancune demeurée vive, puisque inassouvie, car, ayant coupé tous les liens qui l'attachaient à son pays, il n'avait pu juger des effets de son départ. S'en était-elle consolée, résignée ? Avait-elle épousé l'ami félon ?... Depuis la rupture tragique de leurs fiançailles, aucune nouvelle, aucun signe de vie de sa cousine ne lui était parvenu. Et voici qu'Ane Mette prétendait que sa *fröken* parcourait le monde pour retrouver ce qu'elle avait perdu !

Le coude au genou, la tête appuyée sur son poing, Jan réfléchissait :

— Le crois-tu, Ide ?... me demanda-t-il.

Je haussai les épaules :

— Ne serait-ce pas possible ?...

Il me regarda attentivement :

— Es-tu déçue de moi, Ide ?... Me blâmes-tu d'avoir craché au visage d'une femme ?... Ah ! jamais je ne lui pardonnerai d'avoir poussé ma colère à ce paroxysme !

— J'admets tout ce que tu fais, tout ce que tu pourrais faire, tu le sais bien, répondis-je. Ton geste n'a été que la preuve de l'amour que tu portais à ta fiancée. Tu avais mis en elle tout l'idéal du monde, ta déception fut trop cruelle !

— Oui, dit-il, je l'avais placée plus haut que ma vie ! (Il eut un méchant sourire) Je l'appelais ma rose du Trollhättan! murmura-t-il, et sa voix flancha...

Je sentais bien qu'il n'était pas guéri et Sigrid allait venir! Mes pieds, d'habitude franchement d'aplomb, glissaient sur les cailloux et Jan dut m'aider.

— Tes mains brûlent! Ma romanesque Ide, je crois que j'ai eu tort de te raconter cette histoire!

Je secouai la tête, essayant de sourire, mais, brusquement, je jetai les bras au cou de mon mari :

— Partons! suppliai-je. Allons-nous-en! Je ne veux pas la connaître.

Jan pressa ses lèvres sur mon front :

— Chère Ide, dit-il, comme tu m'aimes! Jamais tu n'interpréterais mal une seule de mes actions.

Puis :

— Tout ça, c'est du passé, tu n'as rien à craindre de ma cousine!... Cette fille qui me fit tant souffrir, continua-t-il sur un ton badin, ne serait-il pas juste qu'on lui fasse voir que j'ai une femme gentille qui me rend heureux?

Heureux?... Pourquoi alors, depuis que nous étions à Tjorpa, ses joues se creusaient-elles? Pourquoi cette hâte de se lever de table? Il semblait fuir tante Brita dans la peur qu'elle pût lui parler de sa fille! Et il n'était plus question de départ! Je m'appuyais sur son bras pour longer des ravins remplis d'ombre. Sortis des bois, on atteignit la grand-route. Des troupeaux de moutons rentraient. De loin en loin pointait un mât où séchait une couronne de verdure : mâts de *midsommar*, fête de la mi-été où les paysans dansent toute la nuit au soleil de minuit. Chaque fois que nous approchions de Tjorpa, Jan ralentissait le pas. Peut-être y avait-il, dans la passion qu'il montrait à monter au Trollhättan, quelque chose d'analogue à l'attirance bizarre qui pousse le criminel au lieu de son forfait... Nous emportions un pique-nique, des livres, et nous y demeurions jusqu'au soir. C'était la saison des nuits claires. Après les besognes du jour, les gens s'asseyaient devant leur maison. On entendait les sons grêles d'un violon, des chants et des rires. Sur les prairies d'herbe grasse, le beuglement des vaches appelait la trayeuse. Le ciel semblait fleuri de roses blanches. Et ce fut en revenant dans ce décor d'une ineffable douceur qu'elle nous apparut... Elle était loin encore quand mon mari la reconnut. Elle venait vers nous, nous allions nécessairement vers elle... Elle venait, ne regardant que mon mari ; lui continuait d'avancer, comme s'il ne la voyait pas... Et, tandis que mon cœur battait lourdement, j'eus le pressentiment net qu'à cette heure seulement approchait mon destin, mon inéluctable destin !...

— Allons, Ide, du cran ! me dit Jan qui sent mon bras trembler sur le sien.

Sigrid est devant nous. Une seconde, les anciens fiancés demeurent immobiles, leurs regards s'affrontent. Dans les yeux de la jeune femme il y a du défi et de la peur. Elle semble m'ignorer. Moi, je la regarde, fascinée, le cœur étreint d'angoisse de la trouver si belle... Grande, mince, dans un léger manteau de voyage gris, sans chapeau. Ses cheveux nattés enroulent sa tête, attachés par de grosses épingles d'écaille. Son visage régulier est blanc comme la neige et cette blancheur souligne le pur dessin de la bouche qui aspire comme si l'air la fuyait...

Rompant le pénible silence, Jan, d'un geste naturel, tend la main à sa cousine :

— *Bästa,* Sigrid [1] ! Tu es venue plus tôt qu'on ne t'attendait !

— Comme tu le vois ! fit-elle avec une pointe d'ironie.

— Ma femme ! fit-il alors en me poussant vers elle.

Puis il me la présenta :

— La fille de tante Brita...

— Oui, rien que cela ! releva-t-elle d'un ton moqueur.

D'un rapide coup d'œil, elle me jugeait des pieds à la tête.

— Je continue ma promenade, dit-elle. On se verra au souper... *ädjô sä länge* [2] !

— Que vas-tu mettre pour le souper ? me demanda Jan en inspectant ma garde-robe avec intérêt.

Comme toujours, je me fiai à son goût :

— Fais-toi belle !

Il me posait sur les bras une robe de surah noir. Mais, dans le miroir à pied, je considérais avec hostilité une Ide qui ne payait pas de mine avec ses traits trop marqués, son front trop haut, ses cheveux neutres. Mon grand corps de Hollandaise était assis bien d'aplomb sur des jambes construites selon le canon de la

1. Salut, Sigrid.
2 Au revoir.

figure romaine, disait Jan. Il disait aussi : « Tes mains ont une forme parfaite ! » C'étaient certainement les seuls avantages qu'il me concédait en lui-même. Non, j'étais loin d'être satisfaite de l'image que me renvoyait le grand miroir ; mais, eussé-je été jolie, s'il me comparait à l'éclatante Sigrid, je rentrais dans le néant. J'observais mon mari... Il était sorti frais et dispos de la salle de bains, allait, venait, hésitant entre deux complets, l'un clair, l'autre sombre. Il mit plus de temps qu'à l'ordinaire pour peigner ses cheveux encore pâlis par le soleil, s'interrompant parfois, pour venir d'un doigt relever dans ma chevelure une mèche rebelle. Une joie secrète brillait sur le fond de ses prunelles plus sombres.

— Comme tu es silencieuse, remarqua-t-il. Ma cousine te déplaît ? Ne prends pas garde à ses façons hautaines, elle ne s'en rend pas compte !

Elégant comme un jeune lord, Jan entra dans la salle à manger. Son visage ne dévoilait rien de l'orage qui peut-être ravageait son âme.

Tous les flambeaux étaient allumés, les fenêtres ouvertes sur le jardin baigné de clarté polaire. Debout à la croisée, Sigrid se retourna à notre entrée. Elle était en blanc, sans bijou. Deux taches seulement sur son vêtement de neige : le rouge d'une touffe de roses à l'échancrure du corsage et à la ceinture. Jan était d'un naturel effrayant. Rien, dans sa physionomie, ni dans sa voix, non plus dans ses gestes précis, ne trahissait le moindre trouble. Rien ne rappelait qu'il aima jadis la pâle fille assise en face de lui.

— J'espère qu'on va les garder un peu plus à la maison, maintenant que tu es là, Sigrid, dit tante Brita en nous désignant. Avec cela, ils n'ont pas encore fait une seule visite !

— J'ai d'abord voulu montrer le pays à Ide, remarqua Jan.

— A présent, mon garçon, je te retiens ; tu vas nous raconter un peu de la vie que vous menez là-bas...

Jan ne se fit pas prier pour parler du lointain pays où il s'était établi. De cette magnifique solitude où nous avions vécu, nous deux seulement, de nos longues chevauchées. Le temps nous appartenait, on n'avait pas besoin de craindre l'intrusion d'un importun ! Malheureusement, sa profession l'obligeait d'habiter le bourg voisin. Et Jan évoqua la société de Krittelwerk, nos relations charmantes, pleines de bonhomie. Il évoqua aussi nos soirées musicales.

Sigrid avait écouté, sans qu'un muscle de son visage bougeât, sans qu'une question montât à ses lèvres. Mais ce silence, on le sentait lourd de mystère... Que contenait-il ?... Amour, regret, souffrance ?... La tête renversée contre le dossier de son fauteuil, Jan observait sa cousine... Cendriers et soucoupes se remplissaient jusqu'aux bords et cette première soirée se termina dans la fumée des cigarettes qui estompait nos visages...

IV

Quand finirait ce jeu où l'une cherchait à découvrir, à raviver une flamme peut-être morte, l'autre à punir encore et toujours l'ancienne trahison ! Il lui meurtrissait le cœur à plaisir, tandis qu'elle, subissant son courroux avec une humble douceur, guettait vainement un regard plus clément. Sourd à ses objurgations, il opposait à ses avances sa force tranquille et dédaigneuse. Pourtant, quand, à bout d'humiliations, elle lui adressait un sourire qui demandait grâce, il se détournait comme honteux de lui-même.

Ane Mette débarrassait la table. Au tintement de la vaisselle, tante Brita, somnolente, sursautait et prenait son tricot. On n'entendait que le cliquetis de ses aiguilles et le grésillement des insectes qui venaient cueillir la mort aux flammes bleues des bougies. Le silence devenait intolérable.

— Pourquoi ne parlez-vous pas ? demanda tante Brita. Savez-vous ce qu'on dit en Allemagne quand un silence prolongé tombe dans la conversation ? Un lieutenant paie ses dettes !

— Je prendrais volontiers de l'eau glacée avec du *bränvin*[1], et toi ? proposa Sigrid à son cousin.

— La même chose, si tu veux, Sigrid. Mais ma femme ne boit pas d'alcool.

— Dans ce cas, je trouverai bien un citron.

Pour la première fois, elle m'adressait un sourire aimable.

— Les domestiques sont couchés, dit-elle, en revenant avec

le plateau. Je n'ai pu trouver le citron, mais je t'apporte des fruits, Ide. Toi, *mœder,* tu vas prendre tes gouttes !

Remarqua-t-elle que les yeux de Jan suivaient les mouvements de ses longues mains pâles ? Elle parut troublée :

— Si tu nous jouais un nocturne, Jan ? (Et, comme mon mari secouait la tête) Non ?... tu ne veux pas ?... (Elle jeta un regard à la pendule) Minuit !... Il est vrai que rien n'évoque les fantômes comme la musique !

Une fine rougeur monta aux joues de mon mari :

— Ne travailles-tu plus ton violon ? demanda-t-il d'un ton dégagé.

— Mon violon ?... fit-elle, comme revenant de loin. Non !

Il y avait de la rancœur dans la voix de la jeune femme.

Elle ajouta au bout d'un moment :

— A Paris, à Vienne, à Berlin, j'ai entendu de si grands artistes que mon jeu me dégoûte !

— Dommage !

— Je ne demanderais pas mieux que de me dérouiller les doigts pendant que tu es là encore. Si tu voulais m'accompagner ?...

Il eut son regard dur et aigu :

— Je n'en ai nulle envie ! Si tu n'as joué de si longtemps, tu dois jouer joliment mal !

— Es-tu musicienne ? me demanda Sigrid.

— Malheureusement non ! soupirai-je.

Jan intervint :

— Ma femme ne joue pas, mais possède un sens musical qui s'est formé à mon jeu... Je peux me fier à sa critique !

Je n'en crus pas mes oreilles ! De telles appréciations m'étaient pénibles. Ne savais-je pas qu'il les émettait pour mortifier la coupable ? Pour la satisfaction que lui procurait ce genre de représailles, notre départ était sans cesse ajourné.

Cependant, Sigrid employait toutes les ruses pour se ménager des tête-à-tête avec son cousin. Que lui disait-elle ? Ses paroles semblaient se heurter à une résolution inébranlable...

— Ce sujet est épuisé, laissons-le pour une et toutes fois !

Je surpris cette phrase au moment où j'entrais au salon.

Jan compulsait des partitions. Il avait parlé sèchement, comme si tout ce qu'elle pouvait lui représenter n'était pas son affaire.

— Peux-tu t'imaginer ce que sont mes retours solitaires aux endroits de nos promesses ?... lui avait-elle demandé assez haut pour que je pusse le comprendre.

Il ricana.

— Tu veux dire de la trahison !

Et sa bouche se serrait, prenait son expression dédaigneuse.

Les attitudes vaincues de la jeune femme ne semblaient point émouvoir son ancien fiancé et pourtant, quand elle paraissait au petit déjeuner, ses traits délicats battus par une veille misérable, les paupières rougies de larmes récentes, je constatais chez mon mari un mouvement d'alarme, peut-être imperceptible pour tout autre, mais qui ne pouvait échapper à mon investigation d'amoureuse. La tension nerveuse chez ces deux êtres était manifeste. Sigrid avait des revirements inattendus, montrait brusquement une gaieté qui ne pouvait donner le change. Parfois, elle se révoltait contre la souffrance, semblait se rendre compte qu'elle gâchait sa vie, gaspillait sa jeunesse. Elle n'acceptait plus sa défaite, tentait de se reprendre. Attentif, son adversaire la guettait. Avec un entêtement tenace, il refusait de toucher le piano. Craignait-il que son jeu ne lui livrât ses sentiments secrets ? Il lui appartenait de faire cesser entre eux ces luttes épuisantes, mais, encore une fois, il avait laissé passer la date fixée pour notre retour, se complaisant indéfiniment à exercer sa puissance sur elle, à se délecter à l'assouvissement de sa vieille rancune. Un soir, après le souper, alors que nous étions encore à table et que tante Brita m'entretenait de ses petits tracas domestiques, Sigrid, dédaignant ma présence, fit des reproches à son cousin :

— J'ai accepté le traitement odieux que tu m'imposes depuis notre revoir. Tu ne diras pas que je manque de patience ! Mais je suis à bout, oui, à bout ! Je n'en peux plus !

— Mais qu'est-ce que je fais donc ? demanda Jan de son air le plus innocent.

— Tu ne veux pas que je t'explique, tu ne veux pas m'écouter.

— Non ! fit-il durement.

— Eh bien ! sais-tu pourquoi tu ne veux pas m'entendre ? Parce que tu as peur de me comprendre et qu'on ne peut plus haïr l'être qu'on a compris !

Il ne répondit pas.

V

Il faisait chaud. Notre toilette du soir terminée, nous demeurions à la fenêtre. Les alentours se découpaient dans la nuit claire. Un abreuvoir reflétait quelques pâles étoiles : on eût dit une broderie d'argent posée au ras de l'eau. L'atmosphère translucide sentait les fenaisons. Le bruit d'un sanglot remua soudainement l'accalmie nocturne. Jan se pencha sur l'appui de la fenêtre.

— Cela vient de la chambre de Sigrid... chuchota-t-il.

Ses cheveux paraissaient blancs dans la clarté lunaire et une joie, une joie désespérée, pouvait-on dire, rayonnait sur sa face tendue. Nous ne bougions pas. La nuit était calme, indifférente ; en été, les nuits scandinaves ne dispensent pas les bienfaisantes ténèbres.

— Dieu soit loué ! soupira Jan, lorsque tout fut rentré dans le silence. (Il paraissait pris d'un accès de gaieté.) Qu'a donc cette fille à pleurer ainsi ? dit-il. Serait-il arrivé malheur à son Sven bien-aimé ?...

Sigrid, ce matin, avait un teint d'hostie et des cernes profonds soulignaient ses yeux. Depuis qu'elle était venue, mon amour se pénétrait d'angoisse. Je ne mangeais plus que du bout des lèvres. Jan me grondait.

— Laisse-la ! disait Sigrid, moi aussi je mange peu... pour garder ma ligne ! avait-elle ajouté sur un ton moqueur.

Nous finissons le petit déjeuner. Ane Mette apporte un plateau rempli de lettres et journaux. Je crus m'apercevoir que, tout en ouvrant les siennes, Jan cherchait à distinguer l'écriture des lettres que sa cousine retirait des enveloppes et parcourait rapidement. Puis son attention se porta sur un paquet carré dont elle coupa les ficelles. Une aquarelle vint au jour. Elle la considéra longuement...

— Montre ! lui dit Jan. Montre ! répéta-t-il d'une voix autoritaire comme elle ne réagissait pas.

Elle tressaillit. Un sourire victorieux écarta ses lèvres sur ses dents éclatantes :

— Tu permettras que je lise d'abord ?... Il y a là une légende... répliqua-t-elle ironique.

Et tandis qu'elle parcourait les lignes tracées à l'encre d'or, son visage se couvrit d'une rougeur légère.

— Eh bien ?... fit Jan avec l'impatience qui lui était restée de leurs familiarités enfantines.

— Non ! dit-elle en pressant le tableau contre elle. De quel droit te mêles-tu des envois qu'on me fait ? Je suis libre de te les montrer ou non !

Déjà, Jan s'était dominé :

— Tu as raison, fit-il froidement, tes affaires ne me regardent pas. Je voyais une peinture, et tout ce qui est peinture m'intéresse !

— Ide, trouves-tu que cette tête me ressemble ?

Sigrid poussa l'image vers moi.

C'était une mince tête de femme aux longs yeux énigmatiques, le menton appuyé sur deux mains pâles aux doigts croisés... *Sphinx*... disait la légende.

— Oui, dis-je, ce sont tes yeux, ta bouche...

Elle haussa les épaules, reprit le tableautin et, du manche d'argent de son couteau, en brisa le verre ; puis subtilement, pour ne pas se blesser aux fragments, elle en retira l'aquarelle qu'elle déchira en morceaux :

— Enlève-moi ce fatras ! dit-elle à Ane Mette qui chargeait son plateau de la vaisselle du petit déjeuner.

Au bruit du verre cassé, Jan, plongé dans une revue médicale, n'avait pas levé la tête. Il ne parut pas non plus entendre l'ordre que sa cousine donnait à la servante.

VI

Nous étions invités pour le repas de midi chez le pasteur de Troelle. Sigrid rangeait dans une boîte des caramels qu'elle avait confectionnés la veille pour la femme du pasteur.

— Je vais aller couper quelques roses pour les ajouter à la bonbonnière, dit-elle.

— Elle va encore me dépouiller le jardin ! soupira tante Brita.

Se voyant seule avec nous, ce qui était rare, elle se dépêcha de nous faire des confidences.

— Savez-vous que cette fille mène une existence de nomade ?... Ah ! j'avais rêvé pour elle d'une autre destinée.

Chaque fois qu'elle revient à Tjorpa, elle a acquis de nouvelles répulsions pour les habitudes de notre pays. Elle m'expose des théories dépourvues de tout bon sens ! Des insanités ! Par exemple, elle met le bien et le mal dans le même sac et elle trouve que tous les moyens sont bons quand il s'agit d'atteindre un but qui résume pour vous la seule raison de vivre ! Ce qu'il faudrait à cette folle, c'est un époux ferme, un peu sévère ! Mais allez donc la prêcher !

— Ne devait-elle pas épouser Sven Lundell ?... jeta Jan qui avait vidé sa pipe et la bourrait à nouveau.

— Ah ! celui-là ! dit *fru* Lindval, levant sur Jan ses yeux limpides comme ceux d'un enfant. Pour entêté, il l'est, ce garçon-là ! Elle n'en voulait pas, et Dieu sait combien de fois il est revenu à la charge !

Le regard de mon mari ne fut plus qu'un trait d'acier entre ses cils sombres.

— Lundell a fait ses études avec moi... Sais-tu ce qu'il est devenu ?

— Je sais qu'il a épousé une fille de Stockholm où il est établi, fit-elle.

On voyait par la porte-fenêtre Sigrid couper les roses qu'elle déposait à mesure dans un panier que lui tendait Ane Mette.

— Je savais qu'elle me dépouillerait le jardin ! Et elle me prend les plus belles ! gémit *fru* Lindval. En faut-il donc tant que cela ?...

— *Hallâ* les bavards ! appela Sigrid, vous avez l'air d'oublier que nous dînons à Troelle ! Vous n'êtes pas prêts, et Jerk est déjà en train d'atteler ! Moi, je n'ai plus qu'à passer ma robe.

Jan cligna des yeux comme ébloui en voyant sa cousine debout à côté des chevaux. Elle portait une vaporeuse robe mauve tendre, garnie de dentelles fines. Une capeline blanche ombrait légèrement son visage de lumière. Et, de nouveau, sa beauté m'effara, l'angoisse me serra le cœur. Elle semblait bien la *sommar älva*[1], radieuse comme ce jour qui n'était qu'une féerie de clarté et de parfums. Les châtaigniers de la route avaient allumé toutes leurs bougies qui mettaient des lueurs d'aurore sous l'ombre verte des branches. La voiture roulait sur un tapis de pétales roses, les oiseaux chantaient éperdument.

1. Fée de l'éte.

Nous avancions entre des champs d'épis mûrs. Sigrid fit arrêter les chevaux et courut en plein dans une fauchée, malgré les gros yeux d'un paysan. Avec une vivacité joyeuse, ses mains ramassèrent une brassée de bleuets, coquelicots, marguerites, et quelques hautes chandelles épargnées par la faux. Elle se mit à souffler ces dernières, tandis que ses yeux humides enveloppaient son cousin :

— Te souviens-tu ?... C'était à qui les éteindrait le premier ?...

Et lui, amolli par la beauté du jour et la grâce de cette lumineuse fille, de répondre d'une voix qui chavire dans une émotion mal contenue :

— Oui, Sigrid, je me souviens.

Nous étions assises, tante Brita et moi, au fond du landau. Jan et Sigrid en face de nous. Cette dernière tressa les fleurs éparses sur ses genoux, puis posa la couronne tricolore sur la capeline si seyante à son beau visage détendu. Sur ce chemin qu'ils avaient si souvent parcouru ensemble, le vol des souvenirs se levait... Ils écoutaient de lointains appels... Et de les sentir unis dans le retour d'un passé où je n'avais pris aucune part, je souffrais atrocement.

Le presbytère est une vieille bâtisse trapue au bout d'une allée de bouleaux. Le pasteur Lindstrôm et son épouse nous reçoivent sur le porche peint et sculpté. Lui, en redingote à haut collet cerclé de blanc, face rasée sous de longs cheveux plats. Lèvres souriantes de bon vivant. Elle, grande, un peu cérémonieuse, habillée d'une robe de laine sévère. On échange les saluts sans effusion, bien que le couple n'ait pas revu Sigrid depuis plus d'une année.

— *God dag ! God dag !*

Ici aussi, les planchers bien cirés sont nus. Une profusion de broderies domestiques recouvrent les meubles. Chaque plaque du monumental poêle de faïence représente un sujet de chasse. Dans la grande pièce sereine, ferrures et serrures des bahuts et vaisseliers étincellent comme de l'or sur le bois sombre.

Dès qu'on se fut attablé, un courant de bonne humeur s'établit entre les convives. On se faisait « *Skäl* » avant chaque gorgée du verre de snaps qui accompagnait les tartines d'anchois. Le pasteur avait une façon de me regarder qui m'intimidait. J'étais embarrassée de ma personne, me disant que ces gens devaient s'étonner du choix de Jan, d'autant plus que Sigrid, dans l'intention sans doute que je lui servisse de repoussoir, avait voulu se placer à mon côté. Au cours de la conversation, elle dut relater ses impressions de Paris.

— C'est la ville d'Europe qui m'a le plus captivée, dit-elle. On y a le sentiment de côtoyer la vie la plus intense, les plus violentes passions, les vices les plus secrets...

A ces mots, tante Brita et la femme du pasteur regardèrent la jeune fille avec des yeux où pointait de l'effroi.

Elle se mit à rire :

— Mes amis français, reprit-elle, me trouvent glaciale et renfermée. Ils me reprochent ma réserve...

— Oui, remarqua le pasteur en souriant, nous aimons mieux passer pour des personnages insignifiants, afin que personne ne puisse rire de nous et dire : voilà des gens qui n'ont pas assez de pudeur pour cacher le meilleur d'eux-mêmes !

Jan et Sigrid étaient silencieux. Par moments, leurs regards se rencontraient. Dans celui de la fille, il y avait une humble douceur; une émotion mal refrénée voilait celui de l'homme. Tristes et heureux, ils l'étaient tous les deux... Et lucide, j'assistais à une résurrection qui me déchirait.

Par les fenêtres, on apercevait l'église blanche coiffée d'un toit noir en aiguille. Le clocher de bois, large à la base, était très ancien, nous apprit le pasteur. Il datait du temps où le roi du Nord, passant dans un village, se faisait servir par la fille du bourgmestre le breuvage du pays ; la coupe où, au goût des baies mûries au soleil du soir, se mêlait l'amertume du houblon.

Après avoir prononcé l'action de grâces, le pasteur se retira, tandis que tante Brita et son amie se préparaient à la sieste.

— Faisons un tour en canot ! demanda Sigrid en levant sur Jan des yeux qui priaient.

Il accueillit la proposition avec une joie évidente.

Pour atteindre le lac, nous traversons une forêt de conte de fées, plongée dans un demi-jour verdâtre. Les fûts des pins, élancés et lisses comme les colonnes d'une cathédrale, semblent se resserrer à mesure que nous avançons, vouloir nous barrer l'entrée de leur domaine. Sur un sol spongieux, pullulent des champignons rouges mouchetés de blanc, comme s'il avait neigé sur eux. Au sortir de la verte pénombre, le grand jour nous blesse les yeux, mais toute verte aussi s'étend la nappe d'eau devant nous. Notre embarcation glissant à travers les algues réveilla un long chuchotis... Sigrid regardait mon mari avec une intensité presque maladive. Moi-même, je tremblais de le trouver si beau ! Il avait laissé sa veste sur la berge. Son cou bronzé émergeait de l'échancrure de la chemise molle. Son nez ferme, très légèrement busqué, sa bouche dure, son menton volontaire, son front qui semblait taillé pour le heaume, lui donnaient le profil des seigneurs d'autrefois. Nous étions assises en face de lui. Ses yeux avaient pris un éclat métallique, mais en s'attardant sur sa cousine, ils dévoilaient une douceur inaccoutumée qui la troublait.

— Qu'as-tu ?... demanda-t-il surpris, tandis que la jeune femme cachait son visage dans ses mains.

Des larmes coulaient à travers ses doigts.

— Qu'as-tu ? voyons, répéta-t-il avec une émotion qui contractait sa voix.

Elle secoua la tête en s'essuyant les yeux. Un parfum indéfinissable se dégageait de son mouchoir. Quel rappel traversa l'esprit de Jan ? Ses traits se figèrent. Le charme était rompu.

VII

On attendait Sigrid pour le petit déjeuner.

— Elle est sortie de grand matin avec je ne sais quel air de fête ou de folie ! nous dit tante Brita ; aussi je ne suis pas tranquille !...

Nous étions assis sur la terrasse, au-dessus du jardin où les fleurs étincelaient. Au-delà des grilles basses, la route baignée de soleil allait se perdre à l'orée du bois qui obstruait l'horizon. Ane Mette avait apporté le plateau chargé, mais Jan insista pour qu'il fût remporté. Il serait malséant de déjeuner sans Sigrid, observa-t-il. Il rassurait tante Brita :

— Ne crains rien pour Sigrid, c'est une écuyère clouée à sa monture ! D'ailleurs, la voici !

Au loin, un point grossissait rapidement. Arrivé à notre hauteur, l'amazone s'arrêta. D'un brusque port de rênes, elle fit tourner la jument et, droite en selle, consciente du tableau magnifique qu'elle présentait, elle demeura quelques instants immobile, nous montrant son fin profil, ses lourdes nattes coiffées d'un feutre coquet où flottait un long voile de gaze. Elle nous salua de la main. Avant l'arrivée de Jerk, mon mari s'était porté au-devant d'elle. Légère, elle sauta du cheval qu'elle remit au serviteur.

Jan et Sigrid revinrent côte à côte. Hautes silhouettes, elle à peine plus haute que lui. Si les cheveux de son cousin paraissaient d'or fluide, ses cheveux, à elle, semblaient tantôt baignés de soleil, tantôt baignés de lune. Elle portait une amazone de drap fin. La taille, à col montant et très ajustée, accusait la protection du buste. Des bottes vernies dépassaient la robe dont elle avait jeté la traîne sur son bras gauche. De sa main droite, elle tenait gants et cravache et marchait lentement, appuyée contre son compagnon. Les joues animées, les dents et les yeux brillants, elle paraissait enivrée de lumière et d'espoir !

Jan m'avait dit, quelques heures plus tôt, en posant les mains sur mes épaules :

— Je t'admire, ma chère Ide, ne proteste pas ! Jamais je n'aurais cru que tu pourrais te dominer si vaillamment ! Mais ta sérénité ne me trompe pas ! Je sais combien ta situation dans cette maison doit être pénible... Rassure-toi ! J'ai définitivement fixé notre départ !

— Nous partons ?... Quand partons-nous ? fis-je dans une explosion d'allégresse.

Il sourit.

— Après-demain avec le train de huit heures quarante-cinq du matin.

Je contins la joie qui m'étouffait, voulant demeurer raisonnable jusqu'au bout. Bientôt, nous voguerions vers un pays où les femmes étaient moins dangereuses. Jan retrouverait son activité, son cercle, son piano, et moi, je retrouverais mon bonheur ! Mon bonheur de le servir, de l'adorer sans contrainte, de l'admirer dans son labeur... J'oublierais mes alertes... Qu'avais-je à craindre ? Ma part était belle et je pouvais avoir pitié de celle qui me l'enviait avec des larmes de sang ! Je décidai d'être généreuse en ces heures qui leur étaient comptées et d'alléguer des prétextes pour lui permettre de voir Jan, seule à seul.

Il venait de me quitter, quand des accords énergiques montèrent du salon. Elle avait donc vaincu sa résistance et il s'était mis au piano ! On entendit le rire de Sigrid, la basse de

Jan murmurant quelque chose, un silence, et puis des sons de violon... Etait-ce là le talent de Sigrid, ces coups d'archet malhabiles, saccadés ?... On eût dit le jeu d'un enfant qui débute et s'applique à éviter les fausses notes... Subitement, je compris... C'était encore le passé qu'ils évoquaient ainsi dans ce petit duo sage : une fillette tenant son instrument contre sa poitrine frêle ; sur le clavier, deux mains fortes de garçon volontaire disciplinant les mesures... Ah ! ce passé qui avait à son actif leur enfance, leur adolescence communes, ce passé où ils avaient joué le jeu terrible de l'amour et de la haine, ne serait-il pas le plus fort ? Chaque objet, dans cette maison, chaque pas dans ce jardin et sur ces routes, ne relevaient-ils pas les traces d'un autrefois qui n'appartenait qu'à eux ?... Un autrefois rempli de gentillesses puériles, de puériles méchancetés... En feuilletant les albums de famille, je tombais, presque à chaque page, sur deux silhouettes enfantines ou à la fleur de la jeunesse. Elles avaient huit, quinze, vingt ans. Une fillette mince, à l'allure sauvageonne, deux longues nattes dans le dos ; un garçon robuste au regard bien planté. Deux jeunes gens à cheval, elle, en amazone, le même visage qu'aujourd'hui, plus hautain seulement, la mousse d'or des cheveux débordant du chapeau. Et puis, ils sont trois, en équipée de montagne, le sac au dos, l'alpenstock à la main, quelque part sur un fond de roc blanc de neige, ce troisième qui les avait séparés... Dans ces tête-à-tête que leur procurait mon imprudente complaisance, était-elle parvenue à le persuader que sa trahison ancienne avait des circonstances atténuantes ?... Lui avait-il pardonné ?

Après le repas de midi, nous sommes montés dans notre chambre et Jan s'est jeté sur le lit :

— Je voudrais me reposer un peu, me dit-il. Sigrid est sous la tonnelle. Va lui tenir compagnie, puisque nous allons la quitter pour toujours !

Dans une légère robe bleu de ciel, ma rivale était assise contre un fond de feuillage sombre. Devant elle, sur la table rustique, s'éparpillaient des photos, des lettres, de petits objets hétéroclites : cailloux de quartz rose, des dents d'élan serties d'or, un dé minuscule et, dans un écrin ouvert, un rang d'escarboucles.

— Pour mes dix-huit ans, dit-elle, celui-ci pour remplacer celui-là ! Elle me montrait de minuscules coquilles d'escargots montées en collier. Que mal il dut avoir, le cher garçon, à nettoyer ces petites horreurs, à les polir, les trouer, leur donner ce reflet de nacre ! Viens t'asseoir près de moi, poursuivit-elle et ne prends pas cet air malheureux ! Cela te peine que ces choses me viennent d'un Jan que tu n'as pas connu ? Un Jan fougueux, impulsif, rebelle à tout frein ! Et toujours prêt à quelque blague extraordinaire s'il y avait chance de se démolir les os ! Aujourd'hui, Jan est taciturne, sévère, son sourire est rare... On dirait que les meilleurs ressorts en lui sont brisés !

Je protestai :

— Jan n'est pas un boute-en-train, c'est vrai. Mais songe que, dans sa profession, il coudoie journellement la plus grande misère de l'humanité : la maladie. Cela rend grave et attentif ! Tu ne sais pas comme il peut être enjoué et gai avec ses malades. Beaucoup guérissent parce qu'ils ont confiance en lui et qu'il leur suggère la volonté de guérir... L'infirmière en chef de notre hôpital raconte qu'un frisson de déférence et de joie parcourt les lits quand le docteur Yvarsen traverse la salle ! La gratitude fait joindre des mains sur son passage ! J'admets, Sigrid, que tu as eu le meilleur de lui, mais tu ne l'as pas vu comme moi, en plein champ d'action ! Tu n'as pas vu, devant la salle de chirurgie, de pauvres êtres attendre de lui le miracle et, quand il paraissait en blouse blanche, les cheveux emprisonnés dans la coiffe de toile, ayant à peine eu le temps d'enlever ses gants sanglants, rassurer, détendre un visage décomposé d'angoisse, et cela sans condescendance, simplement, presque avec familiarité ! Et toujours gêné lorsqu'il devait se défendre de trop chaleureux remerciements !

Sigrid m'avait écouté, les yeux dilatés d'attention passionnée, les joues colorées. Je me tus. Alors, elle prit sa tête entre ses mains :

— Comme tu es heureuse, Ide, de vivre auprès de lui !

Elle articula quelques mots encore, inintelligibles ; je crus pourtant les comprendre : « Et comme je te hais », disaient les lèvres et les yeux de Sigrid.

Elle rangea dans la jolie cassette les objets étalés sur la table et la ferma à clef :

— Voilà tout ce qui me reste de lui ! fit-elle, la bouche crispée d'amertume. Je devrais me contenter de ces choses inertes quand mon cœur, mon sang crient après lui ! Elle s'emportait ! Je ne peux pas ! Je ne peux pas !

Et ses deux poings s'abattirent sur le couvercle, s'écorchèrent aux angles.

— Tu saignes, m'écriai-je, effrayée.

Dans un geste de rage, elle frotta ses mains contre la jolie robe d'azur où des taches rouges parurent.

Je reculai devant l'égarement de son regard :

— Je ne peux pas vivre sans lui, Ide, gémit-elle. Maintenant que je l'ai revu, je ne peux plus ! Je ne peux plus ! répéta-t-elle avec désespoir. Rends-le-moi, Ide ! Tu ne sais pas quels fils nous lient l'un à l'autre ! Tu ignores de quelle passion il est capable ! De quelle immensité son amour était pour moi ! Et il ne m'aimerait plus ? Ah ! non... Je me défendrai, lui expliquerai ! Il faudra bien qu'il m'écoute, qu'il comprenne qu'il y a des défaillances où tout se concerte pour perdre une créature... Les circonstances, le ciel, l'atmosphère, que sais-je ! Il me croira ! Depuis toujours, j'étais sa chose. Ide ! Il régnait sur moi ! Par la douceur ou par la force il savait plier mes résistances. Ah ! comme il aimait la lutte, comme il aimait la conquête ! Et il ne peut l'exercer sur toi, ma pauvre Ide, ta nuque est de celles qui se plient ! La mienne est plus ferme ! Ecoute ! Je n'ai jamais craint personne. Jamais non plus, on n'a pu me forcer de faire des excuses quand j'avais été méchante. Je me serais plutôt laissé rouer de coups. Eh bien ! veux-tu savoir ?... Je provoquais les colères de Jan pour le seul plaisir de me montrer câline ensuite et me faire pardonner ! Je provoquais ses menaces et défaillais de peur et de délices, et je crois que c'est la peur que j'avais de lui qui m'a rendue si folle de mon cousin ! Et puis, nos goûts semblables pour la musique et les légendes de notre pays nous mettaient à part des autres enfants du bourg. Nous nous suffisions et nos jours coulaient riches de fantaisie, de féerie, d'amour ! Oui, Ide, d'amour ! A dix ans, nous nous aimions et mes joues pâlissaient quand Jan, qui avait douze ans, se dressait subitement devant moi ! Et lui ?... Il me plaçait plus haut que sa vie ! m'a-t-il dit hier encore, hélas ! sans vouloir admettre ma démence d'un instant ! Mais il m'aime, Ide, je l'ai senti, il n'a jamais cessé de m'aimer et il est malheureux, crois-moi ! Rends-lui une liberté qu'il ne te demandera pas, mais pour laquelle il te bénirait, Ide... Ton renoncement serait la preuve d'un amour surhumain et te grandirait plus à ses yeux que moi, qui suis incapable de me résigner ! Tu l'adores cela se voit ! Jan te saurait gré de ton sacrifice, il ne t'oublierait jamais !

J'étais à bout. Je voyais étinceler les yeux verts de l'impertinente créature. Je devais lui paraître une rivale facile à éclipser ! N'avait-elle pas pour elle sa beauté, son orgueil qui rendaient si pathétiques ses gestes d'imploration, ses yeux pleins de prière, son ton de mendiante ?... Comment, se souvenant de l'enfant indépendante, de l'impérieuse jeune fille plus tard, mon mari n'eût-il pas été touché d'une Sigrid régénérée dans la souffrance, éperdue d'humilité et de repentir ?...

C'est d'une voix ferme que je répondis :

— Tu n'arriveras pas à me subjuguer, Sigrid. Jamais je ne laisserai mon mari, jamais, je te le jure ! A moins qu'il ne me demande sa liberté lui-même... Dans ce cas, mais dans ce cas seulement, je m'inclinerai...

Instantanément, son visage s'était apaisé, ses yeux avaient repris leur belle expression un peu triste. Avait-elle perçu le pas de Jan qui parut dans l'entrée de la tonnelle ? Elle enveloppa son cousin d'un regard si ardent de supplication et d'amour, que je détournai la tête. Marchant vers lui, elle tendit ses mains... Sa robe tachée de sang lui donnait un air tragique. Comme si je n'existais pas, sans vergogne, Sigrid questionna mon mari :

— As-tu lu ma lettre, Jan ?... T'ai-je convaincu ou vas-tu partir sans que nous ayons fait la paix ?

Les yeux de Jan n'avaient jamais eu cette douceur, sa voix, cet accent ému, douloureux, lorsqu'il répondit :

— Je ne t'en veux plus, Sigrid...

L'émotion fit chanceler la jeune fille. Il la reçut dans ses bras.

— Je ne veux pas vivre sans toi ! gémit-elle. Je ne demande rien, rien que vivre où tu vis ! Aie pitié de moi... Emmène-moi... Ayez pitié tous les deux, emmenez-moi avec vous !

Elle s'était dégagée, malgré les efforts de Jan pour la retenir. Glissée à ses pieds, elle pressait la tête contre ses genoux, répétant ses folles objurgations. Il la releva, la serra contre lui. Oubliant ma présence il la regardait passionnément. Elle avait les yeux fermés, ses longs cils ombraient la transparence de ses joues et si proche des lèvres pâles était la bouche de mon mari, que je sortis furtivement pour ne pas voir ce qui m'eût déchirée.

Je montai dans notre chambre. J'étais si bouleversée de la scène dont je venais d'être témoin que, les jambes molles, je me laissai choir sur le lit défait où Jan avait fait la sieste. Une colère folle s'emparait de moi. J'aurais voulu crier, me livrer à une vengeance immédiate. Mais j'entendis le pas et la voix de Jan... Alors, me cramponnant au lit, j'eus la sensation de glisser dans un gouffre.

VIII

— Ide ! appela d'en bas la voix de Sigrid.

Je me penchai à la fenêtre.

— Permets-tu à ton époux une chevauchée en ma compagnie ?

Qu'eussé-je répondu, Jan ne venant pas à mon aide ?

Un peu plus tard, je les vis partir.

Je les vis disparaître sous les sapins au bout de la route. Combien de fois, pendant les deux heures que dura leur absence, je regardai ma montre. Jamais les aiguilles ne m'avaient paru avancer si lentement. A la cuisine, je regardai Ane Mette pétrir de ses mains sèches et brunes la pâte d'un gâteau qui devait accompagner le café de quatre heures. J'écoutai ensuite les doléances de tante Brita se plaignant de l'abandon de sa fille qui n'allait pas tarder à reprendre ses vagabondages dès que nous serions partis. Et elle répétait sa rengaine : « Il faudrait qu'elle se marie. Je mourrai sans avoir eu des petits-enfants ! »

Ils sont rentrés pour le repas de midi, un peu sombres tous les deux. Sigrid touche à peine aux plats. Deux fois, un long soupir qu'elle ne peut réprimer lui monte de la poitrine aux lèvres. Sa mère la regarde avec inquiétude. Jan, par contre, parle plus qu'à l'habitude. Un rose presque imperceptible paraît sous le hâle de ses pommettes. On dirait qu'il a maigri en quelques jours. Quand je rencontre les yeux de Sigrid, j'y lis je ne sais quelle détermination. En sortant de table, je me sens allégée. Encore une heure de passée qui nous rapproche du départ !

— Nous partons demain matin, me dit Jan, dès que nous nous trouvons seuls.

Il a un air sérieux qui m'intimide.

— Il te reste tout l'après-midi pour emballer nos affaires, ajoute-t-il.

Me suis-je jamais mise à une besogne avec plus d'entrain ?

J'avais peine à calmer mon cœur qui sautait dans ma poitrine à me faire mal. Il ne me restait plus qu'à plier mes robes lorsque sonna le gong pour le goûter. Au même moment, Jan rentrait à cheval d'une visite d'adieu qu'il avait faite au pasteur. Après le café pris sur la terrasse, nous descendîmes au jardin. Journée merveilleuse, imprégnée de résine chaude et du parfum des fleurs. Prenant le bras de son cousin, Sigrid l'entraîna vers la tonnelle. Je ne m'en offusquai point. Bonne fille, je lui accordais volontiers cet aparté avec mon mari. Le dernier ! Il me fallait exprimer la joie, qui, à cette pensée, trépidait en moi et je me mis à jouer avec le puissant chien danois dont j'avais, dès le premier jour, gagné la sympathie. Il courait à mes côtés comme un fou, cherchant à happer ma main sans me faire mal. Nous arrivâmes ainsi derrière la paroi feuillue de la gloriette, où, à travers une trouée, j'aperçus Jan et Sigrid. Elle le tenait autour de la taille, le front appuyé contre lui.

— Ne pars pas !... Ne pars pas... suppliait-elle.

Je ne pus entendre la réponse. Avec des jappements impatients, Karo m'excitait à poursuivre le jeu jusqu'à ce que, épuisée, je me laissai tomber sur l'herbe. L'animal se coucha près de moi, haletant, la langue pendante. Les quelques mots que j'avais surpris me remplissaient d'inquiétude. « Ne pars pas. » Si Jan cédait ?... J'étais maintenant loin de la tonnelle.

Dans le silence qui suivit, j'entendis la voix de Jan, une voix alarmée qui me fit accourir. Sa cousine était étendue sur le banc de la gloriette, pâle comme une agonisante. Mon mari lui tapait les paumes, prononçait son nom avec angoisse.

— Une syncope... murmura-t-il, en me regardant d'un air malheureux.

Il la chargea sur ses bras, me priant de le précéder pour avertir tante Brita.

Une odeur d'ammoniaque et de valériane se répandait dans la maison. La porte de la chambre de Sigrid demeurait ouverte. Inquiète, je restais penchée sur la rampe d'escalier. Enfin, la vieille dame reparut, suivie de Jan qui ferma doucement la porte. Sigrid dormait.

Après cette alerte, où je crus notre départ menacé, ce me fut un soulagement de voir Jan prendre la route.

— Une bonne marche avant le souper ! me cria-t-il, en m'envoyant un signe amical.

J'étais assise à la fenêtre de notre chambre. Mes yeux caressaient deux valises et une malle dont Jan avait déjà bouclé les courroies ; pourtant je n'arrivais pas à réaliser que notre départ fût imminent. Il s'agissait de regarder la situation bien en face, telle que les circonstances la présentaient et de ne point m'affoler, non plus de me leurrer... Jan aimait sa fiancée d'antan avec la même force qu'autrefois. Il ne m'était plus permis d'en douter. L'ardent désir de cette créature agissait invinciblement sur lui. Mais je connaissais aussi sa probité dans les sentiments. Je savais que, pas un instant, il ne renierait son idéal de loyauté. M'ayant librement choisie et sachant à quel point j'étais sa chose, jamais il ne me répudierait de lui-même. Hélas ! je savais bien que la pensée de sa souffrance secrète me serait intolérable et qu'en fin de compte, j'en arriverais à lui rendre sa liberté, fût-ce au sacrifice de ma vie ! A me monter l'imagination, mes larmes, sans que je m'en rendisse compte, coulaient brûlantes sur mes mains jointes. Jan me trouva dans cet état. Une expression soucieuse assombrit ses traits.

— Chère Ide, dit-il, tes joues commencent à pâlir ! Ne te tourmente donc pas de la sorte ! Tu n'as aucune raison de te tourmenter, crois-moi !

— Je sais que tu détestes les larmes, dis-je, la gorge remplie de soupirs sanglotants.

Il fronça les sourcils.

— Si tu savais, Ide, comme tu me navres en t'excusant toujours ! Ma conduite envers toi justifie-t-elle ta crainte constante de me déplaire ?

Je fis signe que non, incapable de répondre.

— C'est moi, chère femme, continua-t-il, qui te demande pardon de toutes ces histoires auxquelles je t'ai si délibérément exposée. Mais je ne pouvais prévoir... Poussé par le désir de revoir ma patrie, j'avais écrit à tante Brita avec l'espoir qu'elle m'apprendrait que sa fille s'était mariée. Elle ne m'en dit rien dans sa réponse, mais me faisait savoir que Sigrid resterait jusqu'à l'automne quelque part dans le Nord de l'Angleterre. J'étais donc rassuré. Comment supposer que cette fille s'était obstinée dans un souvenir qui ne pouvait être que pénible pour elle... Mais te voilà au bout de tes émois, Ide. Bientôt, nous regagnerons notre tranquille bourgade, nous reprendrons nos bonnes vieilles habitudes ! Tout y est ?... demanda-t-il en désignant les mallettes. Il ouvrit une boîte : Ah ! oui, fit-il, Sigrid m'a donné ce portefeuille... Il m'a attendu sept années, m'a-t-elle dit.

J'admirai l'objet en cuir fin :

— Sept années... murmurai-je.

En train de ranger quelques livres, mon mari leva la tête :

— Oui, Ide, et bien que, dans ce pays, ce ne soit pas chose rare, cette fidélité me laisse surpris et touché. Elle a vraiment quelque chose dans le sang, cette fille-là ! Vois-tu, je ne connaissais pas les femmes, poursuivit-il en allumant une cigarette. Sigrid me confond... Je la croyais heureuse et... A son amour douloureux et contrit j'ai opposé mon mépris, ma rancœur ! En la voyant par terre, j'ai concédé au pardon magnanime et distant ! Il y a vraiment de quoi rire de moi, d'un être aussi présomptueux ! J'ai anéanti sa vie et fait la mienne ! Que puis-je pour elle aujourd'hui ?

Dans sa secrète misère, il s'oubliait, ne se rendait plus compte du mal qu'il me faisait. Il posa ses mains sur mes épaules :

— Ma chère femme, tu es le repos !... La douce lampe qui, le soir, brûle derrière un rideau blanc...

Par la fenêtre, je voyais Jerk, la mine renfrognée, aller et venir par les allées du jardin. Ce soir, ce n'était pas sa *fröken* qui coupait les roses pour la table du souper. Ane Mette vint nous prévenir que Madame était servie, avec la voix que l'on prend dans les maisons où il y a un malade. Le regard inquiet fit le tour de la salle :

— Comment va ta fille ? demanda-t-il.

— Mieux, répondit tante Brita en soupirant. Elle a voulu se lever et venir...

En aucune circonstance, Sigrid ne perdait le souci de sa toilette. Elle parut, ce soir-là, dans une robe de satin blanc qui moulait son corps magnifique et dont le décolleté laissait libres la gorge et les épaules. Ses larges nattes lumineuses la paraient d'un somptueux diadème. Telle qu'elle se tenait là, dans l'encadrement de la porte, ses longs yeux brillants, la fièvre fardant de rose ses joues délicates, elle était divinement belle...

— Il ne fallait pas quitter ta chambre ! dit Jan en la guidant à table.

— Le dernier soir !... murmura-t-elle en essayant de sourire, un pauvre sourire d'une suave tristesse.

Leurs regards se prirent, se fondirent. Les yeux de Jan se troublèrent de désir tandis qu'elle lui abandonnait les siens embués de larmes. Ils m'avaient oubliée.

Tante Brita se plaignit d'élancements dans les jambes.

— Nous aurons de l'orage, lui murmura Ane Mette qui desservait la table.

En effet, de gros nuages obstruaient l'horizon. Mais le jardin était encore clair. Jan offrit le bras à Sigrid pour passer au salon. Il la comblait de prévenances, la traitait comme une condamnée à laquelle on doit les dernières douceurs.

Tante Brita emporta son tricot et prit place à la porte-fenêtre. Je m'assis auprès d'elle pour lui ramasser les mailles qu'elle avait laissées glisser jusqu'au bas de son ouvrage.

— Joue-moi quelque chose, Jan...

Sigrid se laissait tomber sur un fauteuil.

Mon mari s'assit au piano.

Des touches à peine effleurées jaillit un flux de notes perlées comme une vague joueuse qui bondit, retombe, se dissout en écume... Un sourire, un caprice, une bulle colorée qui éclate, s'évanouit... Introduction brillante évoquant peut-être les printemps fugitifs, les promesses fragiles... Puis, peu à peu, d'un tumulte d'arpèges, se dégagent en notes plus accusées, des thèmes populaires et familiers... Claires images de l'enfance aux chastes caresses. Ivresse de courir dans l'air matinal. Espoirs et désirs de l'inquiète adolescence impatiente de vivre... Et cet air assourdi, velouté, où résonnent des sonnailles argentines, ne devait-il pas leur rappeler le traîneau où, blottis l'un contre l'autre, ils glissaient rapides dans l'atmosphère de givre ? Et c'est la sombre rumeur des pins géants, le rugissement des torrents et des cascades... Les notes ruissellent, s'amplifient, se perdent dans une rafale d'octaves. Le piano gronde et palpite : colloques entre le vent hurlant, les arbres tordus, les fleurs terrifiées... Brusquement, un accord sec, une dissonance si déchirante qu'il semble que toutes les cordes de l'instrument se sont rompues d'un seul coup !

Sigrid a sursauté et se penche vers le musicien. Elle était restée adossée à son fauteuil, inerte, les paupières closes. On eût pu la croire morte sans la houle de son sein et si, par moments, sa bouche entrouverte n'avait bu une larme qui, toujours par le même sillon, descendait jusqu'à ses lèvres.

— Joue encore ! supplie-t-elle.

Et le jeu bizarre reprend, haché, saccadé, crispant les nerfs. On eût dit qu'un chef d'orchestre invisible battait la mesure, mêlait les rythmes dans un tourbillon endiablé, créait une musique jamais entendue, faite de sarcasme, de fureur, de tourments inextinguibles... Mais, brusquement, l'oreille épouvantée se rassure. C'est l'accalmie après la tourmente. Les notes ralentissent, s'espacent comme les dernières gouttes de pluie ou les dernières larmes d'un cœur qui s'apaise... Le musicien, maintenant, improvise et c'est une cantilène imprégnée de pardon et de tendresse... A la femme qui l'écoute et dont on distingue à peine encore le visage, Jan avoue son âme par le langage de l'inexprimable... Confidences mélodiques, auxquelles je demeurais étrangère et qui me suppliciaient. J'avais beau me cramponner à l'idée de notre imminent départ, l'angoisse de l'avenir m'étreignait la gorge. Une nuée s'était étendue sur la maison, obscurcissant la pièce. Jan, depuis un moment, laissait parler à sa place le plus mélancolique des grands maîtres, jouait comme jamais il ne l'avait joué le *Deuxième Prélude* de Chopin, chargeait cette musique douloureuse de sa propre détresse, songeait peut-être aux mers lointaines qui allaient les séparer, aux mers désertes où l'un et l'autre chercheraient vainement le pavillon de l'espérance !... Voilà ce qu'exprimaient les touches d'ivoire et d'ébène, et j'avais l'impression qu'elles étaient inondées de larmes.

Un éclair jaune et rouge, suivi du fracas de la foudre, tira des ténèbres une vieille femme endormie sur son tricot, et trois êtres dans les affres d'un irrémédiable conflit.

Souvent, je m'interromps, la tête dans les mains, prise d'un insurmontable découragement. Pendant des jours, il m'est impossible d'écrire. Les fermiers me regardent non sans inquiétude. Je dois leur paraître indifférente, bizarre. J'aide aux travaux, mais sans entrain. Pour ne pas chagriner mes bienfaiteurs, je m'assois avec eux à table et m'efforce de manger. Vers le soir, je pars dans le Veld désertique. Je pourrais marcher des heures et des heures sans rencontrer une seule manifestation de vie. L'air est immobile, le silence opaque. Je remâche ma révolte, mon désespoir, décidée à abandonner mes cahiers, tremblant d'évoquer un passé où tout m'est déchirures. Et puis, un matin, à mon réveil, je sens l'envie d'écrire revenue en moi. J'éprouve alors autant de bien que de mal à ramasser mes souvenirs l'un après l'autre. Dès que je me suis installée devant ma table, la main posée sur une nouvelle feuille blanche, ma mémoire, comme aiguisée par un si long repos, me rend les faits, les personnages, l'aspect du ciel et jusqu'à l'état de l'atmosphère, avec une prodigieuse clarté, une réalité qui, parfois, me fait tendre les mains comme si je pouvais toucher les images qui peuplent mon étroit cabinet...

Ainsi me sont présents les moindres détails de cette nuit tragique. Après avoir conduit Sigrid jusqu'au seuil de sa chambre, nous étions montés dans la nôtre. Je me penchai à la fenêtre. Les grillons chantaient dans l'éteule et, quand le vent passait dans les branches, on entendait le bruit mou d'un fruit mûr tombant dans l'herbe.

Jan avait le front soucieux que je lui voyais à la veille d'une opération compliquée. Je l'entendis s'ébrouer dans le cabinet de toilette alors que j'étais déjà couchée. Lorsqu'il vint me rejoindre :

— Tout y est ? me demanda-t-il en désignant nos bagages.

Il ne restait qu'une mallette entrouverte pour recevoir le lendemain nos objets de toilette. Longtemps, je demeurai les yeux ouverts sur le ciel orageux. Mon mari dormait-il ?... Sous le drap, son grand corps demeurait immobile.

Un fracas effroyable nous fit tous deux sursauter. Des glaives phosphorescents sabraient la chambre.

— La foudre est tombée près d'ici ! s'écria Jan.

Nous nous précipitâmes à la fenêtre. Là-bas, des meules brûlaient en lançant des gerbes d'étincelles ; on eût pu les prendre pour des feux de joie... A cet instant même, on frappa à la porte :

— Jan ! appela la voix essoufflée de tante Brita, vite vite ! Sigrid...

Elle bredouilla quelques mots que nous ne pûmes comprendre.

A la hâte, mon mari endossa sa robe de chambre et descendit.

Que se passait-il ?... Entre les détonations du tonnerre, j'entendis un va-et-vient affairé.

Ane Mette entrebâilla la porte :

— *Fru* Yvarsen, le docteur vous prie de me remettre sa trousse qui se trouve dans la valise bleue.

La vieille femme tremblait.

— Votre *fröken* est-elle malade, Ane Mette ? la questionnai-je, en lui remettant l'objet demandé.

Elle me regarda de côté :

— Le docteur vous l'dira... fit-elle évasivement.

Je m'agitais, sûre que l'incident, que j'ignorais encore, empêcherait notre départ et, en voyant nos préparatifs dans l'ombre, les larmes me montaient aux yeux. Je ne tenais plus en place. Passant un peignoir sur mon vêtement de nuit, je descendis au jardin. La pluie avait cessé. Les lueurs polaires glissaient au ras du ciel. Les arbres et les fleurs s'étiraient voluptueusement dans l'air rafraîchi. Fraîcheur délicieuse où dominait le parfum des roses. A une fenêtre de Sigrid, une faible clarté témoigne qu'on a voilé la lampe. L'autre croisée est ouverte. Je m'en approche et surprends la voix dolente de ma rivale :

— ... c'était une nuit d'orage aussi... Je me tenais devant ton lit, environnée d'éclairs... Souviens-toi ! Tu me pris dans ton lit, contre toi !...

— Nous étions des enfants, dit la voix grave de mon mari.

— Nous nous aimions ! Ah ! comme nous nous aimions ! gémit-elle.

— A quoi bon remuer ces souvenirs qui te font mal ?

— Que ne puis-je inventer des mots nouveaux, des mots qui éveilleraient ta pitié, te feraient pleurer !

— Il suffit que tu pleures, Sigrid...

— Je recommencerai ! cria-t-elle en sanglotant.

Alors, sur ce ton impérieux que Jan savait prendre avec un malade récalcitrant :

— N'es-tu pas honteuse ? Dans notre pays, on meurt par devoir et jamais par amour !

Elle continuait de pleurer en murmurant quelque chose et il répondit :

— Je te le promets, mais bois !

A ce moment, la salle à manger s'éclaira. Tante Brita parut à la porte-fenêtre et regarda dehors :

— Est-ce toi, Ide ? Viens prendre une tasse de café avec moi, ma fille ! Comme tu es pâle ! fit-elle en me voyant sous la lampe. Ah ! cette Sigrid, elle m'en aura fait voir de toutes les couleurs ! Et cette nuit, elle nous a tourné les sangs à tous.

— Qu'a-t-elle fait, tante Brita ?

La vieille dame croisa sur la table ses grandes mains molles.

— Je me réveille en sursaut de ce coup de tonnerre qui dut vous réveiller aussi... La foudre est tombée sur des meules. Et voilà que j'entends un cri, un cri qui me transperce de part en part ! Peut-on s'effrayer ainsi, me dis-je en courant si vite que me le permettent mes pauvres jambes, dans la chambre de Sigrid. Quel spectacle, mon Dieu ! J'en tremble encore ! Sa chemise de nuit est rouge de sang et le sang gicle autour d'elle, éclabousse le lit où elle est assise. Je crois qu'on l'a assassinée, mais elle se lamente : « Je veux mourir, je veux mourir ! » et continue d'agiter son poignet tailladé qui ruisselle comme un robinet ouvert. J'attrape une serviette, la noue sur la blessure serrant tant que je peux et cours appeler ton mari.

« On ne crie pas et on ne laisse pas la porte ouverte quand on veut se donner la mort ! » pensai-je.

Jan entra.

— Cela sent bon le café ici ! Est-ce qu'on m'invite ?

Lui aussi était très pâle, avec un air triste et las. Tante Brita s'empressa autour de lui, versa le breuvage bouillant, posa à côté la bouteille d'arack.

— Comment va ta cousine ? demanda-t-elle.

— Elle dort, nous aurons du repos pendant quelques heures. Je crois que nous en avons rudement besoin, n'est-ce pas, Ide ?

Dans notre chambre, il repoussa du pied les colis.

— Conclusion : nous ne partirons pas demain, ou plutôt pas aujourd'hui... Te voilà bien déçue, ma pauvre femme ?

Je le regardais sans trouver un mot à répondre. Il eut un sourire contraint :

— Oui, reprit-il, j'ai fait la bêtise de promettre... J'ai eu peur... Elle s'est évanouie deux fois... Après, sourit-il, j'ai remarqué qu'elle avait plus peur que moi ! D'ailleurs elle n'a fait que s'érafler les veines, mais elle a beaucoup saigné. (Il demeura songeur.) N'empêche, poursuivit-il au bout d'un moment, elle souffre beaucoup, la surexcitation de ses nerfs est inquiétante. Je lui ai fait prendre un calmant. Elle s'est mis dans la tête qu'elle ne pourrait désormais vivre loin de moi... Oui, Ide, autant te parler franchement de cette complication où mon imprudence nous a jetés tous les trois ! Mais, rassure-toi, notre voyage n'est remis que de quelques jours. Je t'appartiens, tu n'as rien à redouter ! Il ajouta très bas : Il y a entre nous une chère petite ombre...

Je ne pus plus longtemps retenir les larmes qui m'étouffaient. Il m'attira dans ses bras et je laissai aller ma tête contre sa poitrine.

— Ma pauvre femme, si tu savais comme je regrette d'être revenu dans cette maison.

— Tu n'y peux rien, protestai-je ; ne croyais-tu pas que ta cousine t'avait oublié, s'était mariée ?... Mais quand on t'a aimé, comment pourrait-on t'oublier ?... Il n'existe personne sur la terre comme toi !

— Mon indulgente femme... murmura Jan en fronçant les sourcils.

IX

C'était la première fois que j'entrais dans la chambre de Sigrid. Comme dans les autres pièces, les murs étaient revêtus de bois, mais ici, d'un beau bois de rose lisse comme du satin. De riches reliures brillaient derrière les grillages de cuivre d'une bibliothèque basse. Le lit de repos qui occupait la moitié d'une paroi était recouvert d'une admirable peau de loutre ; deux peaux d'ours blancs étaient jetées sur le parquet de marqueterie. Le secrétaire ouvert laissait voir sur la tablette retenue par des chaînes de cuivre une écritoire de cristal et un cadre d'émail bleu de vitrail à enluminures d'or, dont deux petites portes finement ouvragées celaient l'image... Il semblait, ce cadre, un précieux objet d'église, un tabernacle recélant l'effigie de l'idole...

— C'est beau chez toi, Sigrid, lui dis-je.

Pâle et alanguie, elle appuyait la tête sur ses oreillers. Les stores de soie écrue étaient baissés sur les fenêtres ouvertes, tamisant la lumière éblouissante de la journée délavée par les orages de la nuit. Je n'osais aborder l'incident. Ce fut elle qui me montra son poignet gauche bandé jusqu'au coude et soutenu par un rouleau.

— Souffres-tu, Sigrid ?

Elle secoua la tête :

— Assieds-toi, Ide, et reste un peu avec moi... Nous causons si rarement ensemble.

Elle me fit un sourire, puis, après un silence, très bas :

— Je suis lâche, dit-elle, quand j'ai vu gicler le sang, je n'ai plus osé... J'aurais dû couper sans regarder !

— Pourquoi voulais-tu faire cela, Sigrid ? Tu aurais brisé le cœur de ta mère et...

— Je ne te répondrai pas, m'interrompit-elle, car tu ne saurais comprendre ! Jan, poursuivit-elle, m'a fait promettre de ne plus recommencer, mais il dépend de toi, Ide, que je tienne ma promesse...

— De moi ?...

— Ecoute-moi et ne t'agite pas ! reprit-elle. Il faut que l'amour croisse avec les années ou qu'il meure. Le mien est demeuré vivace comme au premier jour ! Le temps n'a pu altérer ma tendresse pour mon ancien fiancé. Sais-tu que l'on peut vivre séparé sans que l'amour perde quoi que ce soit de sa profondeur, de sa douceur ?...

Elle se tut comme épuisée et, dans son visage fiévreux, les pupilles dilatées paraissaient plus étincelantes que jamais.

J'étais prise d'effroi devant cette passion qu'elle me dévoilait si impudemment et dont j'étais jalouse à crier.

— Oui, Ide, continua-t-elle toujours plus animée, pendant sept années j'ai porté son image en moi comme une blessure ouverte et saignante et tu voudrais qu'à jamais je renonce à le voir, maintenant que je l'ai retrouvé après l'avoir cherché sans répit ? Qu'est-ce que je te demande ? D'habiter le bourg que vous habitez... Serait-ce donc si terrible pour toi ?

— Tu exiges une chose impossible ! balbutiai-je.

— Eh ! pourquoi donc impossible ?... Je ne vivrais pas chez vous, bien entendu... Quelque part d'où je pourrais vous atteindre. Après tout, il y a entre nous un degré de parenté et c'est en ma qualité de parente que vous voudrez bien quelquefois m'inviter à votre table ? Je ne demanderai jamais davantage !

Pendant qu'elle parlait avec véhémence, un soupçon me pénétrait.

— As-tu convenu cela avec mon mari ? prononçai-je avec effort.

— Que penses-tu là, Ide ? Non ! en aucun moment je n'ai parlé de mon sujet à Jan. Tu es seule à le connaître, et, si j'ai jugé bon de t'en faire part, c'est que je suis sûre que tu m'approuveras quand je t'aurai dit que si je devais renoncer à voir Jan, la vie n'aurait plus aucun intérêt pour moi et... Oui, admets que je meure... Tu me comprends ! C'est alors que tu perdrais ton mari ! Dans sa scrupuleuse honnêteté, le cher garçon trouve aujourd'hui le courage de fuir ce qu'il aime... Mais le spectre d'une morte par amour ne se laisse pas chasser aisément, Ide !... Mon spectre serait là, entre vous, toujours ! Toujours !... appuya-t-elle.

Elle renversa la tête, m'observant à travers ses cils baissés. Je sentais la lueur verte de ses yeux fouiller mes traits, chercher à me fasciner, à me soumettre à son sauvage désir.

La colère me gagnait.

— Tu veux prendre le même bateau que nous ? demandai-je sombrement.

— Mais non ! fit-elle légèrement, de ce même sourire angélique qui me crispait les nerfs. Je viendrai plus tard... En attendant, la perspective de vous rejoindre me suffit !

Dans la chaleur du débat, nous n'avions pas pris garde au bruit des sabots du cheval de Jan et nous tressaillîmes toutes deux en percevant la voix sombre héler le domestique.

Il entrait peu après, un télégramme à la main, et paraissait ému :

— Ta mère est malade, Ide... dit-il doucement. Selma nous demande... Nous prendrons le train à la première heure demain...

J'étais consternée. Ma devait être bien mal pour que ma sœur nous rappelât par une dépêche. Toutes sortes de souvenirs affluaient en moi. Petits faits, petites scènes de mon enfance. Depuis longtemps je n'en voulais plus à Ma de sa rudesse, ayant compris que la lourde tâche de subvenir seule, sans aucune aide, aux besoins de sa nichée, n'avait pu éclairer son visage naturellement maussade. Je la revoyais à l'église le jour de mon mariage, écrasant à la dérobée, comme honteuse de sa faiblesse, les larmes qui coulaient sur ses joues. Nous la croyions froide et vaillante, mais son regard attaché à moi, à l'ultime instant de nos adieux, je ne devais l'oublier...

Dans mon chagrin, ce fut très doux d'éprouver les marques d'affection de mon mari et, malgré l'angoisse de l'heure présente, un sentiment de délivrance me dénouait la poitrine à l'idée de laisser derrière nous ma redoutable rivale. J'eusse voulu mettre Jan au courant des projets de sa cousine, mais, au dernier moment, j'hésitai, de peur de voir s'éclairer son visage depuis quelques jours si tourmenté.

Je ne descendis pas pour le souper. Ane Mette m'apporta une collation dans ma chambre. Jan et Sigrid devaient se sentir heureux de passer cette dernière soirée sans ma compagnie. Je demeurai assise à la fenêtre. Une blancheur nacrée se répandait sur le paysage. Soirs scandinaves, longs soirs clairs d'un charme indéfinissable. Une tiède odeur de foin venait des granges bondées. La poulie d'un puits grinça, le seau heurta la margelle de pierres. Que Jan et Sigrid prolongeassent très tard leur dernier tête-à-tête, cela me laissait indifférente, si grande était mon angoisse de ne plus trouver ma pauvre Ma vivante.

Appuyée sur sa grosse canne, du seuil de son jardin, tante Brita assista à notre départ. Quelles promesses Jan et Sigrid avaient-ils échangées ?... Au moment où Jerk ramassa les rênes, je surpris entre ces deux êtres un regard éperdu...

CINQUIÈME PARTIE

I

— Ma, ma pauvre Ma !

Je la baisais au front, sur ses cheveux gris.

— Elle n'a pas encore retrouvé la parole, nous dit Selma venue à la gare. Le mal l'avait terrassée subitement. En vue de notre retour, elle avait voulu que la maison fût nettoyée de fond en comble. Les meubles éloignés des murs, les tableaux descendus, toute la literie battue et brossée au grand air. Elle n'eut qu'un léger vertige et, en polissant un miroir, s'était aperçue qu'elle avait la bouche de travers. Elle n'y prit pas garde, continua de manier torchon et plumeau jusqu'à ce qu'une congestion plus sérieuse que ce premier avertissement l'immobilisât pour de bon.

Selma, qui récurait à l'étage supérieur, la trouva à terre, bredouillant des mots où l'on crut distinguer mon nom. Le médecin qu'on avait fait venir jugeait le cas grave. Comme sa pauvre figure contractée s'était éclairée à ma vue ! Elle avait essayé d'articuler quelque chose sans y parvenir, mais comme ses yeux me parlaient, qu'ils étaient devenus grands et vivants ! Après avoir examiné Ma, mon mari me laissa peu d'espoir. Le cœur était trop usé pour aller loin encore.

Nous rivalisions toutes les cinq à lui témoigner notre respect et à l'entourer de nos soins les plus affectueux. En lui parlant, chacune de nous avait dans la voix une inflexion tendre. Jan l'encourageait :

— Allons, *mœder,* ne vous tourmentez pas ! On vous tirera de là !

Dans l'espoir que notre mère se remettrait assez pour que nous puissions prendre le paquebot ensemble, Jan avait câblé au docteur Braas, qui le suppléait à Krittelwerk, de bien vouloir prolonger son remplacement de quelques semaines. Un télégramme venait d'arriver et je cherchais mon mari pour le lui remettre. Je l'aperçus au jardin. Un livre ouvert reposait sur ses genoux. Il ne lisait pas. Plongé dans des pensées qui paraissaient soucieuses, il ne m'entendit pas venir. J'hésitai à interrompre ses réflexions, et, l'observant en silence, je m'effrayai de ses traits creusés en quelques jours.

— Jan ! appelai-je doucement.

Il tressaillit et tourna la tête de mon côté. Je réprimai la question que j'avais sur la langue. La devinant peut-être, il rougit et cela me fut pénible. Il me prit le papier des mains. Je redoutais son contenu, tremblant si fort que je dus m'appuyer au banc où il était assis.

— Braas me communique que ma clientèle s'impatiente et me réclame ; lui-même se trouve trop chargé et attend mon retour avec impatience. Je suis donc forcé de prendre le prochain bateau.

Il y avait en lui une détente :

— Il est temps que je reprenne mon travail, continua-t-il, que je retrouve ma *surgery* et tous ceux qui ont besoin de moi là-bas !

Comment n'eussé-je pas compris que, pour le remettre d'aplomb, retremper ses nerfs mis à si rudes épreuves, il lui fallait son terrain d'action, les entretiens professionnels avec ses collègues, les problèmes d'opérations difficiles. Oui, comment ne l'eussé-je pas compris ? Mais il y avait Sigrid ! Son infernal projet de s'introduire dans l'intimité de notre foyer. Ne s'empresserait-elle pas de rejoindre son ancien fiancé ?... Cette perspective me fit perdre toute mesure. Je me jetai à genoux :

— Ne t'en va pas sans moi ! m'écriai-je, ne me laisse pas, par pitié ! Veux-tu donc que je souhaite la mort de Ma pour pouvoir partir avec toi ?

Il me releva rudement et, m'asseyant à son côté :

— Je n'aime pas un amour qui donne des pensées criminelles ! fit-il, irrité.

Ah ! comme ces paroles cruelles avaient porté ! Anéantie, sûre qu'il me méprisait, je n'osais plus relever la tête.

Il se radoucit :

— Ta tendresse m'est chère, reprit-il, mais il faut apprendre à l'assagir, à discipliner tes sentiments si tu ne veux pas qu'ils me fatiguent.

Je le regardai. Il avait l'air excédé, malade. Ses beaux traits portaient la marque de ses luttes intimes.

— Je te répète une dernière fois, ma chère femme, poursuivit-il au bout d'un moment, que tu n'as rien à craindre pour la paix de notre foyer.

Comme j'eusse été heureuse et rassurée si, au lieu du mot « paix » qui exclut chaleur et passion, il avait prononcé le doux mot de bonheur !

Jan est parti. Tout, ici, garde encore un peu de sa présence, fait partie des jours inoubliables qu'il partagea avec moi, et j'erre d'une chambre à l'autre en quête d'une lueur qui trouerait les ténèbres qui m'environnent. Je sais bien que mon chagrin est exagéré, sans excuse, puisque je possède la certitude de reprendre, tôt ou tard, la vie commune avec mon bien-aimé. Les dernières nuits furent pour moi comparables à celles du condamné qui attend d'être conduit au supplice. Devant mon apathie, Jan fronçait les sourcils. Lui, qui détestait toute manifestation sentimentale, ne pouvait admettre une si totale défaillance de ma volonté. Je m'étais pourtant contrainte à me familiariser avec l'idée de son départ, mais le moment approchant, je pressais mon mouchoir en boule et mouillé de larmes sur ma bouche pour étouffer les cris qui montaient de mon cœur.

— Ide, veux-tu me passer mes objets de toilette ?

Je levai la tête, effrayée du ton froid dont il m'interpellait, et reçus en plein ce regard glacé qui avait fait rougir les plus cyniques quand ils sortaient quelque grossièreté devant le docteur. Méritais-je ce regard ? Ma confusion l'apaisa.

— Si j'étais une femme, je ne voudrais pas montrer à mon mari une face bouffie et un nez rouge !... Veux-tu que j'emporte de toi cette image, Ide ?...

Je courus devant le miroir et me mis de la poudre.

— Alors, c'est fini ce déluge ? demanda-t-il sans sourire.

Il avait usé du plus sûr moyen pour me ramener à la raison. Il demeurait distant. Songeait-il à Sigrid qui, devant l'adieu irrémédiable, avait montré une dignité d'autant plus émouvante que son cousin pouvait s'imaginer les efforts surhumains qu'elle lui coûtait ?

— Elle savait bien qu'elle te reverrait à Krittelwerk ! jetai-je, poursuivant ma pensée.

— Que veux-tu dire ?

Jan me lançait un regard aigu.

— Sigrid m'a prévenue qu'elle viendrait nous rejoindre au Transvaal, qu'aucune puissance au monde ne saurait l'en empêcher !

— Elle t'a dit cela et tu l'as cru ?... demanda mon mari, la langue un peu lourde, comme si une émotion trop forte ralentissait les pulsations de son cœur. Allons donc, ajouta-t-il, subitement badin. Sigrid, te voyant jalouse, a voulu te taquiner.

— Nous verrons bien. En attendant, tu dois comprendre mon inquiétude !

— Je comprends, ma pauvre femme, que le doute t'empoisonne ! Ne le nie pas ! Du reste, tes incertitudes sont justifiées et je te dois une explication que j'ai toujours remise, parce que tout ce qui touche à tes sentiments pour moi te bouleverse maladivement. Il s'agit aujourd'hui de te tranquilliser. Tu ne me feras pas l'injure, j'espère, de douter de mes paroles ? Depuis que tu connais ce qui me força à construire ma vie sur un autre plan que celui que je m'étais cru destiné, tu dois te dire que je t'ai épousée jadis pour servir mes projets ?... N'eût été mon désir loyal de rendre heureuse la compagne qui voulait bien me suivre, j'aurais été un grand coupable, ma chère Ide. Crois-moi, mon choix ne m'était pas indifférent, j'y apportais le plus vif intérêt. Etranger dans le pays, l'idée d'une annonce dans un journal me tenta. A ma surprise, j'obtins un grand nombre de réponses. Celle de ta mère était catégorique, me faisait savoir, en termes concis, qu'elle exigeait, avant tout, les preuves d'une personnalité intègre et pouvant assurer l'existence de sa fille. Une fille élevée dans les principes de l'ordre et de l'économie, ne connaissant que le côté pratique de la vie, car, écrivait Ma, je suis d'avis qu'il faut combattre la sentimentalité comme une ennemie du bon sens !

Jan rit finement et ajouta :

— Cette lettre me plut... Ne rougis pas, Ide, beaucoup de mariages se sont faits ainsi et ont été des plus heureux ! Sois convaincue que j'éprouvai, en te voyant, une bien agréable surprise. Malgré ton évidente timidité, tu ouvrais sur moi des yeux étonnés, tout grands et un peu effrayés. Ils paraissaient si neufs tes yeux bruns, Ide, et je sentais que, d'emblée, ils m'acceptaient ! En t'épousant, je t'apportais, il est vrai, un cœur désabusé mais aussi une affection solide sur laquelle tu pouvais compter ! T'ai-je jamais donné lieu de te plaindre de moi, Ide ?...

Dans ses grandes mains, j'enfouis mes joues brûlantes et baisai leurs paumes.

J'avais pleuré la moitié de la nuit et n'arrivais pas à ouvrir mes paupières gonflées. Je ne m'étais endormie que vers le matin. Jan était habillé, prêt.

— Eh bien ! la paresseuse ! fit-il, souriant. Nous avons juste le temps de déjeuner.

Devant le miroir, j'essayais de réparer les marbrures que mes larmes, versées en cachette, avaient laissées sur mes joues.

Jan s'impatientait devant sa tasse fumante :

— Et mes tartines ?

J'accourus :

— Qui te les fera désormais ? plaisantai-je.

Trompé par mon calme, Jan ne celait pas sa belle humeur.

— Ton porridge est onctueux, Ide, tu sais doser juste ce qu'il faut de beurre, de sucre et de crème.

Il mangeait avec appétit. Lorsqu'il eut terminé, il se leva, se montra inquiet de l'heure, et, voyant qu'il avait le temps, allait, venait, s'étirait longuement comme quelqu'un qui délie l'un après l'autre ses membres longtemps entravés.

On entendit un chuchotement devant la porte.

— Mes petites sœurs viennent me dire adieu ! s'écria Jan.

Elles étaient là, prêtes à partir pour leur travail, sentant le savon, les joues luisantes, et leur beau-frère les embrassa.

— La voiture est en bas, dit Selma.

Nous longeons l'eau bleue du Leuhaven et l'eau glauque du Achterhaven qui reflète un beau moulin classique. Des bouffées d'air frais, où se mêle l'odeur du port, montent des pavés, se dégagent des ponts, des quais, des bassins.

Tout de suite, en entrant dans le port, le *Resolute* frappa mes yeux. Déjà, les passagers s'engageaient sur la passerelle. Le cœur me faisait mal à crier, mais je gardais bonne contenance. Un peu plus tard, comme je déballais dans sa cabine les objets de première nécessité :

— Tu vas me manquer, ma chère Ide, me dit-il. Dieu veuille que tu puisses me rejoindre bientôt !

Ces paroles, peut-être prononcées du bout des lèvres dans la hâte du départ, me réconfortèrent. Sur la petite table, j'avais posé le portrait de Nils à côté d'un verre où je trempai quelques roses rouges de notre jardin. Une cloche sonnait le départ de ceux qui ne partaient pas. L'instant du baiser d'adieu était arrivé, l'instant où, pitoyablement, on appelle toutes les illusions à son secours ! où l'on se crie tout bas : « Je le reverrai !... » Mon mari pressa ses lèvres sur les miennes :

— Courage, Ide, et à bientôt !

Avidement, mes yeux saisirent une dernière fois sa belle tête mâle, son clair regard. Au seuil de la passerelle, il m'embrassa encore, et puis je me sauvai sans me retourner de peur de m'évanouir

II

— Nous ne sommes pas infaillibles dans nos pronostics, m'avait dit Jan. Une amélioration pourrait se produire dans l'état de ta mère.

En effet, depuis qu'elle savait que je ne la quitterais pas, un mieux sensible s'était déclaré.

J'ai fait dresser mon lit dans sa chambre. Après deux jours, la malade peut remuer un peu le côté droit et l'infirmière qui vient chaque matin lui donner ses soins s'est étonnée de ce progrès inattendu. Pour satisfaire la manie de nettoyages de Ma, j'ai engagé une domestique. On couvre Ma d'un grand voile de gaze pour la protéger de la poussière, et je souris du contentement qui se peint sur sa figure au bruit des éponges trempées dans l'eau. Le mois de septembre est tiède. Les fenêtres demeurent ouvertes sur le jardin où les tournesols commencent à s'ouvrir. Les journées s'écoulent dans une sorte de sérénité mélancolique qui n'est pas sans douceur.

Un matin, en ouvrant les yeux, je vis la tête de Ma tournée de mon côté. Elle souriait en me faisant voir qu'elle pouvait remuer les doigts de sa main droite. A partir de ce jour, les progrès se firent de plus en plus sensibles et le médecin, auquel Jan avait recommandé sa belle-mère avant son départ, jugea que, contre toute attente, la malade pouvait recouvrer l'usage partiel de ses membres. Je fis apporter un bon fauteuil roulant, ce que j'avais pu trouver de plus confortable. Avec une joie enfantine, Ma voulut tout de suite s'y asseoir. Dans son honnête visage, le sourire reprit sa place, effaçant la grimace d'une joue paralysée. On pouvait désormais la sortir au jardin où elle jouissait de l'air très doux. Pour éviter les escaliers, j'avais fait descendre nos lits dans une pièce du bas.

Le premier message de mon mari arriva de Las Palmas, une carte laconique que toute la nuit j'ai gardée sur le cœur. Il m'avait prévenue : « La correspondance n'est pas mon fort ! » Selma se moquait de moi quand le facteur me remettait une missive :

— Tu t'en saisis comme le voleur de son butin ! disait-elle.

L'heureuse attente d'un revoir certain remplissait maintenant mes journées. Ma reprenait des forces. Son état ne réclamait plus que de petites prévenances. Comme je revenais avec une brassée de dahlias, elle me dit distinctement : « Bonjour, Ide ! », avec un sourire espiègle, jouissant de ma surprise. Bientôt, elle put se faire comprendre à mots un peu déformés. Elle put lire et, au bras de l'une de nous, appuyée sur une canne, faire quelques pas jusqu'au jardin, où nous l'installions dans un fauteuil roulant. Quand tante Antje venait lui tenir compagnie, j'en profitais pour prendre la clef des champs. Je sautais dans le train de Scheweningen et prenais mon thé à la terrasse du grand restaurant. Je choisissais la place où je m'étais assise avec Jan. L'orchestre jouait les mêmes valses lentes. Etait-ce l'action de la musique ? Un sentiment de « jamais plus » m'étreignait le cœur. Je laissais mon goûter et m'en allais vers la campagne, recherchant les endroits où je m'étais arrêtée avec lui. Je prenais la direction des dunes fleuries de bruyères. Il me semblait que je devais encore retrouver le creux que nos deux corps avaient laissé dans le sable en ce dimanche matin si bleu, rempli de cloches et de bourdonnements d'abeilles.

Je revenais à la maison, malade de nostalgie.

Le foin était depuis longtemps rentré, la campagne était

déserte. Un oiseau montait dans l'air, volait tantôt haut, tantôt bas, comme s'il franchissait les obstacles. Les punaises d'eau couraient sur la surface des canaux, et quand descendait le crépuscule, l'air devenait plus sonore. La bécassine jetait des hauteurs ses « gjearp ! gjearp ! ». Près des marécages d'un petit bois, s'élevaient les jappements de jeunes renards : « raëff ! raëff ! ». Et comme de mauvais plaisants, les échos de la vallée multipliaient ces cris. Je me hâtais, craignant l'obscurité où, un soir, j'avais vu surgir des feux follets. Je rapportais à Ma de grands chardons bleus des marais. Elle les aimait parce qu'ils duraient indéfiniment.

III

Une nuit à Tjorpa, Jan dormait si profondément que je pus, sans qu'il le sentît, effleurer de mes lèvres ses mains abandonnées sur la couverture. J'aspirais la chaleur de son grand corps et, enhardie par son sommeil, j'appuyai ma bouche sur sa chair, à l'endroit où battait son cœur... Mais il se réveilla : « Ma grande folle ! » dit-il en riant, et ses bras se fermèrent sur moi... Est-ce cette nuit-là que le germe béni se greffa dans mes flancs ?... Depuis quelques jours, un vertigineux espoir me hante... Possibilité éblouissante à laquelle je n'ose croire encore, car la déception serait trop écrasante et je me défends de croire à ce qui n'est peut-être qu'une illusion... Jan m'avait dit : « Toute correspondance d'un continent à un autre ne supporte, pour ainsi dire, que le rapport de menus faits commmuns. A celui qui habite outre-mer, il ne faut pas relater ses humeurs, ses tristesses... Pourquoi communiquer nos malaises, nos tourments, à une autre partie du monde, éveiller inquiétude et soucis, alors que, chez nous, tout peut-être aplani et rentré dans l'ordre... » Ne devons-nous pas apporter la même prudence pour annoncer une bonne nouvelle peut-être prématurée ? Je n'écrivis rien à mon mari bien-aimé de la présomption heureuse qui me tenait en suspens. Et puis, ce que j'attendais comme un miracle s'accomplit. Je ne pouvais plus douter ! Le doux secret me remplissait d'une émotion dont aucune parole, aucune musique n'eût pu exprimer la profondeur. Mes soupçons, mes tourments, j'osais en rire ! La peur confuse qui, par moments m'enlevait le souffle s'était évanouie ! Sigrid ne prendrait jamais ma place ! Deux petites mains fragiles l'écarteraient. Sa partie était perdue, la mienne était belle. Son esprit dément pouvait ourdir quelque noir dessein, je ne la craignais plus, ne serions-nous pas deux pour nous défendre ? C'étaient des jours de grâce. Je vibrais d'exultation, elle rayonnait par mes yeux, par les pores de ma peau, et Ma et mes sœurs, intriguées, me questionnaient. Mais une vague superstition m'empêchait de toucher à mon doux secret tant que je n'en aurais pas fait part à mon bien-aimé.

Enfin, n'y tenant plus je lui écrivis :

Mon cher mari, je n'ai pas voulu, avant d'en être tout à fait sûre, t'annoncer l'espoir qui me tenait en haleine depuis des jours et qui est devenu aveuglante réalité ! Tu ne peux pas me voir rougir... écoute : nous aurons un autre petit Nils et je voudrais pouvoir tirer sur le fil des heures, t'apporter déjà notre petit enfant. Que l'avenir maintenant me semble beau !

Cette lettre interrompue ne partit ni ce jour-là ni les suivants. Subitement, Ma, assise dans son fauteuil, avait eu une syncope. Le docteur, appelé en hâte, la jugea au plus mal. Avec son aide, nous arrivâmes à la porter sur le lit. Déjà, elle entrait en agonie. Toutes les cinq rassemblées autour d'elle, nous contemplions, à travers nos larmes, ce visage qui nous était le plus familier de tous. Les paupières et les lèvres restaient mi-closes. A intervalles réguliers, une plainte rauque montait de la poitrine qui semblait lutter sous un poids immense. Je fis sortir mes sœurs qui pleuraient trop fort. Lorsque je me trouvai seule avec ma pauvre mère, je m'agenouillai à son chevet : « C'est une méchante crise qui va passer, lui soufflai-je à l'oreille, nous t'en tirerons encore... » M'entendit-elle ? Sa main, que je tenais dans la mienne, n'eut pas un tressaillement. Déchirée par ses râles, je priais du plus profond de mon âme, ne quittais pas des yeux le pâle visage où perlait la sueur. Le médecin, revenu dans la soirée, nous fit comprendre que toute tentative serait inutile.

Après avoir forcé nos sœurs à se coucher, Selma et moi nous veillons la mourante. Nuit lente, douloureuse, où entre nos prières, nous parlons à voix basses de son existence lourde de besogne et de soucis, déplorant que Dieu abrégeât son souffle alors que le soir de sa vie eût été paisible et sans tracas. Selma s'endormit. Il me semblait que la respiration bruyante de Ma ralentissait, devenait moins pénible. Je pris la chandelle et l'approchai de sa figure. Le bruit de sa poitrine s'éteignit. Ma joignit les lèvres, souffla... Je retenais l'haleine, la regardant fixement. Encore une fois, elle souffla, un souffle plus léger que le premier et qui emporta ce qui lui restait de vie. Ma était morte. Ses traits sévères se figèrent dans une expression de satisfaction, presque de contentement. Toutes ses rides semblaient effacées, je ne l'avais jamais connue si belle.

Chaque matin, nous nous rendions toutes les cinq au cimetière, animées d'une sorte de repentir de n'avoir pas donné à notre mère ce que nous eussions pu lui donner. Moi surtout, qui, malgré mon chagrin, me laissais visiter par l'idée fulgurante que plus rien maintenant n'entravait mon départ. Quoique lancinée de remords, je ne pouvais empêcher mon cœur de tressauter de joie à la perspective de revoir mon mari, de lui annoncer la grande nouvelle et de reprendre auprès de lui l'existence de naguère.

Je m'apercevais qu'à mes sœurs non plus, la perte de Ma n'était aussi sensible qu'il eût convenu à leur tendresse filiale. La délivrance d'un joug souvent injuste atténuait leur peine. Je ne laissais pas de m'inquiéter à leur sujet. Qu'allaient-elles devenir livrées à elles-mêmes ? Il y avait bien Selma qui semblait avoir hérité de l'énergie de Ma, mais arriverait-elle à imposer son autorité à ses sœurs ? J'en étais là à délibérer avec tante Antje, quand je reçus, en réponse à mon câble, un télégramme cordial et encourageant de mon mari.

Après que toutes les formalités de la succession furent accomplies et qu'on eut nommé tuteur de mes sœurs mineures le notaire de tante Antje, je pus fixer enfin le jour de mon embarquement. Ce fut à ce moment que m'atteignit une lettre de Jan. Je faillis me trouver mal en la lisant, pourtant elle ne contenait que de bonnes paroles...

*J'ai été très malheureux, ma chère Ide, en apprenant la mort de ta mère. Je regrette sincèrement la femme qui a élevé mon Ide. L'*Ariella *quitte Rotterdam le 4 novembre. D'ici là, tu auras eu le temps d'ordonner la vie future de tes sœurs. Je désire que tu disposes entièrement de la somme que je t'avais laissée à la banque ; j'y ai fait ajouter un petit capital, de sorte que tu pourras les quitter en toute tranquillité.*

Il me reste, ma chère Ide, à te faire un aveu qui me coûte, parce que je sais que tu en seras bouleversée. Néanmoins, je juge de mon devoir de te faire part d'un fait qui prendrait plus d'importance, si je te le cachais. Tu vois, j'use de préambules, connaissant la susceptibilité de ton amour pour moi. Eh bien ! voilà : un beau matin, Sigrid est tombée dans Krittelwerk sans crier gare ! Elle n'est pas venue seule, mais remanchée derrière un groupe d'amis qu'elle a connus pendant la traversée. Ils habitent Johannesburg et elle demeure chez eux. Après avoir dîné au Royal, nous avons terminé la soirée au Club. De temps en temps, ils reviennent, klaxonnent devant ma porte. Je ne les reçois pas et Sigrid m'a lancé que ses amis me jugeaient le monsieur le plus mal élevé qui soit. Elle ne manque jamais de parler de ton retour avec impatience. Il m'est facile d'imaginer tes alertes ! Rassure-toi, Sigrid n'a pas encore mis les pieds chez nous ; à toi d'aviser quand tu reviendras. Donc, ne te forge pas de craintes inutiles, Ide, ma folle écolière, toujours en exultation extrême ou en extrême détresse, ne suis-je pas à toi ?

Je calcule que ma lettre te parviendra presque à la veille de ton départ. Je t'attendrai au bateau à Capetown ; ainsi, nous nous reverrons plus tôt ! Es-tu contente ?

Ces pages me jetèrent dans le plus profond désarroi. Toutes les bonnes paroles qu'elles contenaient s'effaçaient devant le cri d'alarme qui, d'entre les lignes, montait vers moi... Il me semblait que les semaines qui me séparaient encore de mon mari contenaient une éternité, étaient remplies de menaces et d'embûches...

Si Jan avait pu me voir pendant la traversée ! Je me fuyais moi-même, assistant, malgré mon deuil, à tous les concerts, à tous les divertissements du bord, me liant avec plusieurs passagères. Mais je ne pouvais rester longtemps en place. Tard le soir, je faisais encore le tour des ponts pour me fatiguer jusqu'à l'épuisement et plonger dans un sommeil sans rêve.

Chaque matin, je suivais sur une carte immense, appendue dans le hall, la marche des minuscules drapeaux indiquant la route déjà parcourue. Enfin, le commissaire m'affirma que nous approchions du Cap. Le moment n'était plus loin maintenant et je me torturais à me demander comment mon mari accueillerait la nouvelle qui était encore mon secret ? Se réjouirait-il du message que je lui apportais, ou n'y verrait-il qu'une entrave de plus si, au plus profond de son être, il nourrissait l'espoir de se libérer un jour ?

Jan fut un des premiers à monter sur le bateau. A le voir devant moi, je perdis mes dernières forces. J'avais peine à me soutenir sur mes jambes. Il parut saisi en m'apercevant dans mes vêtements de deuil, puis m'embrassa tendrement.

— Ma pauvre femme, tu es à faire peur ! dit-il, en me considérant de l'œil du médecin.

Je baissai les yeux.

Dès que nous fûmes installés dans le train qui devait nous mener du Cap à Johannesburg en quarante-huit heures, il ne cessa de m'interroger. Il voulait tout savoir, s'enquit de la maladie de Ma, de ses derniers moments et des dispositions d'esprit dans lesquelles j'avais laissé nos petites sœurs. Plein de prévenances, il me borda dans ma couchette le soir venu. Et lorsque, dans la clarté des étoiles du ciel d'Afrique, je le vis lui-même étendu sur la sienne, près, tout près de moi, le bonheur me revint aussi violent que l'avaient été mes angoisses. Une quiétude délicieuse m'enveloppa, me berça dans un sommeil réparateur. Et cette quiétude, je la retrouvai à mon réveil, dans toute sa plénitude, lorsque, à travers mes cils, j'aperçus mon mari. Je voyais de profil son masque énergique, ses blonds cheveux ébouriffés. Il regardait dehors, l'air songeur et soucieux. Je ne m'en alarmai point. Le moment était venu de me délivrer de mon secret.

Que ce me fut doux d'entendre le clapotement de l'eau de sa toilette, de respirer le parfum familier de ses cheveux ! J'avais des tressaillements dans tout mon être à penser qu'il me serait à nouveau donné de le voir journellement, de dormir contre lui, de toucher et ranger ses objets personnels. Je guetterai à nouveau le vrombissement particulier de son moteur, quand sa voiture s'approchera de la grille, j'écouterai encore le cher bruit de ses pas.

Le nom de Sigrid n'avait pas encore été prononcé entre nous. Peut-être l'évitions-nous, guidés par une tacite prudence. Cependant, depuis que je possédais la réelle présence de l'homme aimé, la dangereuse créature reculait à l'arrière-plan.

C'était le deuxième jour de notre voyage. Paresseuse, les yeux fermés, je savourais la perspective de ces longues heures à passer avec lui en tête à tête dans l'étroit coupé de chemin de fer.

Je l'entendis tout à coup :

— Bonjour, Ide !

Jan me souriait.

— Je vais faire renouveler la provision d'eau. Je ne t'en ai pas laissé...

Il paraissait de bonne humeur. Je sautai de ma couchette.

Le ciel bleuissait. De-ci de-là, un îlot d'arbres ou une ferme isolée faisaient tache. Que de place, que d'espace pour l'envolée des rêves et des espoirs !

Assis dans l'angle en face de moi, Jan parcourait des journaux.

— Tu ne lis pas ? me demanda-t-il en me tendant une revue.

Ses yeux, qui m'avaient effleurée à peine, revinrent sur moi avec une expression étonnée.

— Qu'est-ce qui se passe, Ide ? Pourquoi as-tu l'air si épanouie ?

Alors, je me blottis à son côté et lui glissai dans la main la lettre interrompue par la syncope de ma pauvre *mœder*. Quand, après avoir parcouru quelques lignes, il releva la tête, ses yeux étaient remplis d'une telle clarté qu'un sanglot monta de mon être comblé.

— Est-ce bien vrai, Ide ?... Ne t'es-tu pas trompée ?

D'un mouvement spontané, il m'attira contre lui.

Qu'il me parut solennel, ce soir-là, le coucher de soleil qui éclaboussait le ciel de ses feux. Notre compartiment flambait dans la pourpre et l'or.

IV

A la descente de train, une élégante silhouette vint vers nous, la main tendue.

— Je suis bien aise de ton retour, ma chère Ide... me dit Sigrid. Peut-être ton mari sera-t-il moins ours maintenant ?

Tandis que Jan s'occupait des bagages, je m'acheminai avec elle vers la sortie. Il était trois heures du matin. Dans les ténèbres de la petite place, devant la gare, j'aperçus une auto aux phares allumés :

— L'auto de Jan est en réparation. Il a dû prendre le train pour venir à Johburg. Alors, nous sommes convenus qu'à ton arrivée, vous vous serviriez de ma voiture, m'expliqua Sigrid en ouvrant une portière. Je vous accompagne à Krittelwerk... Oh ! n'aie crainte ! ajouta-t-elle en voyant ma mine déconfite, je n'y resterai que quelques heures. Le temps de me reposer un peu et je reprends la route !

Une expression moqueuse jouait sur ses lèvres. Jan avait négligé de me prévenir de la déconvenue qui m'attendait à voir Sigrid pénétrer en même temps que moi dans la chère maison retrouvée. Mon mari n'avait certes pas pensé si loin. Un homme n'éprouve pas les choses de la même façon qu'une femme. Il se mit au volant à côté de moi, tandis que sa cousine se pelotonnait au fond de la voiture.

— Le jour, la chaleur est insupportable, mais les nuits sont toujours fraîches, remarqua-t-elle.

Nous roulions dans l'obscurité. Les phares montraient la route défoncée et striée d'ornières. L'auto tanguait et cahotait. Je me sentais bien en terre africaine et en éprouvais un âpre plaisir.

L'aube pointait lorsque la voiture stoppa devant le portillon du jardin. Daisy et les boys accoururent.

— Du thé ! commanda Jan en se frottant les mains.

Appuyée à mon bras, mon ennemie passa le seuil avec moi. Je regardai l'heure. Il était six heures. A cet instant, un léger déclic se fit entendre. Le verre de ma montre venait de se fendre en deux.

— Superstitieuse ?... railla Sigrid s'apercevant de mon trouble :

Jan sourit :

— Tu l'auras heurtée à la boucle de ton manteau, dit-il.

— Non, fit sa cousine amusée, le verre s'est effectivement brisé comme nous y jetions les yeux toutes les deux.

Elle enlevait sa jaquette et son feutre. De nouveau, je demeurai frappée de stupeur devant la beauté de cette femme. Il me semblait voir pour la première fois ses longs yeux s'effilant vers les tempes, le chatoiement des larges prunelles vertes où jouaient des points d'or. Et de quel pur dessin était la bouche un peu grande. Avec désespoir, je la détaillais sans rien trouver qui pût heurter le regard.

— Vous permettez ? Mes nattes me serrent les tempes...

Ce disant, elle retirait les épingles d'écaille et les tresses défaites et secouées s'ouvrirent, croulèrent sur son dos comme une cape de soie parfilée d'or et d'argent. Jan la considérait, l'air mécontent :

— Tu en prends à ton aise avec nous ! bougonna-t-il.

— *Vad nu dâ*[1] ? s'écria-t-elle, il n'y a que les esprits mal tournés pour se choquer d'une chevelure défaite !

Avec désinvolture, elle alla de pièce en pièce, s'arrêtant devant les tableaux, les livres. En voyant au-dessus du piano *Les Chutes du Trollhättan,* il y eut une lueur dans ses yeux :

— Je ne l'avais pas remarqué, dit-elle, c'est que je ne suis venue ici qu'une seule fois, il y a quelques jours, et monsieur, qui devait me faire les honneurs du logis, me bousculait avec une telle hâte de me voir dehors que toutes ces jolies choses m'ont échappé !

Ses yeux railleurs cherchaient ceux de Jan dans lesquels parut je ne sais quel trouble souvenir...

Comment n'eussé-je pas compris que les luttes et intrigues de Tjorpa se poursuivraient ici. Mais, forte de mon double droit, celui du mariage et de la maternité, j'étais bien décidée à tenir tête à l'intruse. Elle voulait la guerre ? Soit ! Une guerre sourde, tenace, pourvu que cela se passât à l'insu de mon bien-aimé. Hélas ! je ne tardai pas à reconnaître qu'il avait pour elle d'indéniables faiblesses. Pendant mon absence, il l'avait introduite chez tous nos amis, la rencontrait aux fermes, aux soirées de bridge, au cinéma... Quand elle était à Krittelwerk, ils prenaient leur petit déjeuner au salon de thé de Mrs. Franceyn et l'apéritif au Club. Presque chaque jour, par l'une ou l'autre amie, j'apprenais de ces petits faits qui, à leurs yeux, ne pouvaient avoir l'importance qu'ils revêtaient aux miens. Sigrid n'était-elle pas notre parente ? La cousine du docteur Yvarsen fut accueillie à bras ouverts. Sa beauté révolutionna le clan masculin. Mais à l'admiration à peine déguisée des hommes, elle opposait cette camaraderie bonne enfant qui, dans son pays, met la femme sur le même plan que son compagnon. Quant aux dames, sur lesquelles elle exerçait une étrange impression, elles lui savaient gré d'apporter par son originalité, ses manières libres même, une animation et une variété qui n'existaient pas

1. Hé bien quoi ?

dans leur vie. Au reste, elle pratiquait largement le proverbe : « Les petits cadeaux entretiennent l'amitié ! »

Jan semblait fier du succès de sa cousine. Sous l'immuable ciel d'Afrique, il goûtait mieux peut-être la beauté de celle qui, comme lui, venait du pays des neiges et des cygnes. Sigrid me comblait, moi aussi, de cadeaux et de gentillesses que j'étais forcée d'accepter quoique je fusse loin de croire à sa sincérité. Quand Jan s'apercevait de ma répulsion, il s'impatientait :

— Il ne faut pas avoir un parti pris contre Sigrid. Ne remarques-tu pas qu'elle devient raisonnable ?... D'ailleurs, mon jeune collègue lui fait une cour carabinée et cela n'a pas l'air de déplaire à ma cousine. Qu'en penses-tu ?...

Je n'ai pas voulu lui répondre : « Elle tolère tout juste ses assiduités, mais toi, mon ami, malgré ta belle maîtrise, quel désarroi je devine en ton intérieur, dès que le docteur Kohrsen s'approche de ton ancienne fiancée ! »

Depuis quelque temps, Jan désirait la voir souvent à notre table. Il était pourtant loin d'être aimable à son égard. J'avais l'impression qu'en la traitant avec indifférence ou en lui lançant quelque pointe méchante qui la faisait pâlir, il voulait simplement éprouver si elle l'aimait toujours. Mais Sigrid était bien trop fine pour ne pas se rendre compte que son cousin était jaloux et souvent je surprenais dans ses yeux allongés un éclair de triomphe. L'allure naturellement cordiale qu'elle avait adoptée envers lui ne me trompait pas. Sa passion la tenait toujours.

On ne nous invitait plus sans Sigrid qui faisait des séjours de plus en plus fréquents à Krittelwerk. Elle habitait alors le Royal-Hôtel, où elle recevait, donnait des dîners et des soirées de bridge. Où prenait-elle cette vigueur pour faire ainsi la navette entre la ville et le bourg ? Près de quatre heures de route cabossée, sous un ciel ardent, pour reprendre l'auto vingt-quatre heures plus tard. Mais la main fine qui tenait le volant avait toute l'énergie désirable. Sigrid était beaucoup plus sportive que ne le laissaient croire ses joues sans hâle et sa coiffure toujours impeccable. Elle revenait de ses randonnées pareillement fraîche et rose. Même sur les courts, ses belles nattes, retenues par de grosses épingles d'écaille blonde, ne bougeaient pas.

V

Quand je me réveillais au milieu de la nuit, je restais longtemps les yeux ouverts, attentive au lent travail qui se faisait en moi… Souvent, maintenant mon petit enfant manifestait sa présence et chaque fois me submergeait une onde de bonheur et d'espoir.

La majoresse donnait sa grande réception annuelle. Les boulangers du bourg étaient sur les dents, surchargés de commandes, et toutes les rues fleuraient la pâtisserie. Dans la maison spacieuse et confortable du major, l'hospitalité était large et facile. Pour cette cérémonie, les invités venaient de loin. On était plus de quatre-vingts personnes.

Toutes les portes avaient été enlevées et des niches de verdure abritaient les petites tables dressées jusque dans l'antichambre. A l'entrée, une journaliste à grosses lunettes sténographiait noms et qualités des hôtes, ajoutant pour les dames la description de leurs toilettes. Les jeunes filles aidaient à servir, versaient le thé et les liqueurs, passaient les plats. Toute cette jeunesse vouait à Sigrid une passion enthousiaste. C'était à qui lui offrirait, le feu aux joues, de naïfs et symboliques cadeaux : signet brodé d'un cœur ou d'une devise : « Je meurs où je m'attache ! » Gerbes de roses rouges accompagnées de billets où débordait un juvénile et tourmentant besoin d'aimer… Hommages ingénus qui flattaient Sigrid aujourd'hui en crêpe ivoire, une rivière de rubis au cou. Elle portait une ravissante capeline de paille de riz garnie de cerises pourpres, des cerises appliquées de chaque côté, sous le large bord, lui retombaient sur les oreilles. La même angoisse me tordit le cœur en voyant Jan la regarder longuement, avec un étonnement mêlé d'admiration.

La maîtresse de maison appela notre attention, nous faisant savoir qu'elle nous avait ménagé une surprise. Un fakir, en visite chez les Moossa qui tenaient boutique de tissus d'Inde dans la Market Street, avait promis de venir après le thé. Il s'appelait Hajra Ayob. Sa renommée était mondiale, prétendait-il. On lui prêtait une science occulte extraordinaire.

Sur les pas du serviteur nègre, qui n'avait pas eu le temps de l'annoncer, parut un homme de taille moyenne, légèrement voûté. Un turban volumineux ceignait sa tête. Les yeux d'un noir éclatant illuminaient sa face basanée. D'un regard circulaire, il salua l'assistance en portant les doigts à son front. Ces dames eurent un frisson d'attente un peu peureuse.

— A laquelle de ces ladies ?... demanda-t-il, après que la majoresse l'eut présenté.

Les plus curieuses tendirent les mains. Mains lourdes, mains aux épaisses phalanges, mains fines, toutes très soignées.

— Ne vous impatientez pas, chères amies, remarqua la maîtresse de maison. Master Ayob procédera par ordre...

J'étais assise derrière le piano avec Mrs. Gowan, fille du pasteur de Murrbank. Mon caractère s'accordait bien avec le sien, doux et soumis. Comme moi, elle préférait à son initiative celle des autres. Romanesque et pieuse, elle avait eu quelque peine à s'accommoder avec les réalités du mariage, me confiait-elle. D'abord, elle n'avait pas du tout aimé son Boer de mari à l'esprit terre à terre. Mais, du jour où naquit sa petite fille, elle lui avait été reconnaissante de ce bonheur qu'il lui avait donné. Elle s'était attachéee à lui malgré sa face sanguine et ses manières frustes.

— Je me refuse à montrer ma main à ce sorcier, dit-elle, puisque je suis heureuse, pourquoi risquer que ce bonhomme me parle de la Némésis ?...

On entendit la voix de la majoresse :

— Dieu merci ! jusqu'ici, aucune de nous ne porte dans sa main un signe fatal ! nous apprit-elle. Il paraît que nous sommes nées sous une bonne étoile !

— Oui, renchérit l'Hindou qui s'était approché, ces charmantes ladies détiennent dans leurs charmantes mains santé, richesse, vie longue !...

— C'est magnifique ! s'écria Sigrid. Pas long à débiter et tout le monde est content ! ajouta-t-elle plus bas. C'est notre tour, Ide... Ne faisons pas exception... Allons nous faire tirer notre horoscope !

Elle m'entraînait vers le fakir. Debout au milieu de la salle, il nous regarda venir, l'œil curieux. Lorsque nous fûmes devant lui, son intérêt parut subitement piqué au vif. Il me fixait et j'avais peine à soutenir l'éclat de ses prunelles qui essayaient d'accrocher les miennes. Un malaise indéfinissable me gagnait et, comme obéissant à une suggestion magnétique, je lui tendis spontanément mes paumes. Il les prit dans ses mains petites et potelées, longtemps, il demeura penché, semblant se concentrer, tandis que Sigrid, debout derrière moi, s'appuyait des deux mains au dossier de ma chaise.

— Vous avez été très heureuse... commença-t-il après une hésitation. Oui, très... Mais il y a là une interruption dans la ligne. Vous avez beaucoup souffert de la mort d'un enfant... et vous n'en aurez jamais d'autre !...

Il avait baissé la voix.

Je ne pus m'empêcher de sourire : quel charlatan ! me dis-je. Lut-il ma pensée ?... Ses yeux presque phosphorescents se vrillèrent dans les miens :

— Un conseil, milady, prononça-t-il avec force. Tenez-vous sur vos gardes !... Soyez prudente, très prudente !...

Le ton fatidique de ces paroles m'impressionna. Le magicien s'en aperçut :

— Ne vous inquiétez pas, milady, reprit-il. La marque funeste que je découvre dans votre main n'est peut-être qu'un avertissement ! Votre destin n'est pas méchant, puisqu'il m'appela dans cette maison à seule fin, qui sait ? de vous prévenir et de conjurer le péril qui vous menace !

Il se leva, se tournant vers Sigrid qui lui abandonna sa main. A peine y eut-il jeté les yeux qu'il tressaillit et enveloppa la jeune femme d'un regard inquisiteur :

— Votre ligne de cœur est un sillon profond qui traverse vos paumes de part en part...

— Ce qui veut dire ?... demanda-t-elle attentive.

— La passion a sur vous une emprise terrible... poursuivit-il lentement. Vous ne connaissez pas de frein et obéissez aveuglément à vos instincts... A vous aussi je dirai : prenez garde !

Mes sens étaient si tendus que je ne puis me rappeler si mon ouïe avait saisi ces mots ou si je les avais lus sur les lèvres de l'homme au turban. Brusquement, cet homme et la lumineuse Sigrid reculèrent, glissèrent sur le fond de la pièce. Je voulus saisir un appui et autour de moi ce ne fut plus que du noir.

Lorsque je rouvris les yeux, je me trouvais dans la chambre et sur le lit de la maîtresse de maison. Mrs. Gowan me passait un flacon de sels sous les narines. Au pied du lit, j'aperçus Sigrid. Elle était très pâle et ses yeux verts pailletés d'or fixaient durement ma taille proéminente sous le tissu de ma robe tendue par ma position allongée.

— Voilà le docteur ! dit une voix venant de la porte où se pressaient quelques dames.

Jan, qui revenait de son tour à l'hopital, entra sans montrer la moindre inquiétude. Tout en me tâtant le pouls il remercia la majoresse des soins qu'elle m'avait prodigués.

— Rien de grave, je vais te ramener chez nous, Ide...

Comme sa cousine fit mine de vouloir nous suivre, la maîtresse de maison la retint :

— Puisque vous voilà tranquillisée au sujet de votre parente, restez avec nous, Sigrid. Mes gamines, qui vous adorent, se sont tant réjouies pour danser devant vous leur petit numéro !

— Je ne puis rester avec toi, ayant encore quelques visites à faire... me dit mon mari, lorsqu'il m'eut reconduite.

Sur le point de partir, il revint sur ses pas :

— On n'a rien convenu avec Sigrid, je crois ?... Veux-tu téléphoner que nous l'attendrons pour le souper ?...

A mon appel téléphonique, Sigrid répondit qu'on voulait la garder chez le major. Qu'il y aurait danse ; mais qu'elle préférait, bien entendu, passer la soirée avec Jan et moi.

La chaleur était tombée. Il faisait bon. Allongée sur le sofa de cuir de la salle à manger, je réfléchissais à l'augure plutôt troublant du devin. Avec quelle insistance il m'avait enjoint de me tenir sur mes gardes ! Pouvait-il réellement présager l'avenir ? « Vous avez perdu un enfant... » m'avait-il dit, mais il avait ajouté ce mensonge : « Vous n'en aurez jamais d'autre... » De quelle nature pouvait être le danger signalé par le magicien ?... Qui devais-je redouter, sinon ma rivale, qui de jour en jour, prenait l'avantage, s'implantait à mon foyer... Pourtant, elle aussi, il l'avait avertie sur un ton presque menaçant : « Prenez garde !... » Je me perdais en conjectures quand Daisy vint mettre la table. Dans son sarong bariolé et sa coiffe jaune, cette jeune négresse était décorative. Elle m'était fort dévouée. Fine et intelligente, elle comprenait les choses, tirait ses déductions... Lorsque je lui dis d'ajouter un couvert, son sourire s'effaça, elle parut mécontente :

— *Vork en lepel voor missis Sigitt ?...* (Un couvert pour miss Sigitt) me demanda-t-elle.

— Pourquoi cette question, Daisy ?...

La noire se dandina sur ses longues jambes, ce qui dénotait son embarras.

— *De baas heeft gezegt dit ik mœst zwijgen... Maar ik wil te missis zeggen wat miss Sigitt gedann hebbe, al mijn missis is wesen bij haar mamma...* (Le *baas* m'a défendu de dire ce que miss Sigitt a fait pendant que ma missis était chez sa maman, mais je veux quand même le dire à ma missis), me confia-t-elle.

Avec force roulement de ses grosses prunelles, en tortillant la ceinture de son sarong, Daisy m'apprit :

— Les boys étaient partis rejoindre leurs camarades. Le *baas* avait fini de souper et prenait justement son journal quand miss Sigitt était entrée par le portillon du jardin... « Pousse le verrou ! » avait commandé le *baas* en mettant un doigt sur la bouche. La miss frappa à la porte, la cribla de coups de poing... Le *baas* et Daisy entendirent la miss pleurer fort, fort ! Et puis, elle se mit en colère, cria des mots que Daisy ne pouvait comprendre. A la fin, elle s'en fut en battant la porte de l'antichambre.

— Et que faisait le *baas* pendant ce tapage, Daisy ?...

— Il lisait son *Daily Mail,* missis...

Je n'eus pas le temps de m'expliquer cette scène, Sigrid survint. Son grand chapeau garni de cerises jetait une ombre sur son visage. Il me semblait pourtant qu'elle n'avait pas une goutte de sang aux joues.

— Quelle cachottière !... dit-elle.

J'avais devant moi une femme vindicative qui haletait de rage contenue.

— Tu es enceinte ?... souffla-t-elle entre les dents.

— Ne t'en étais-tu pas aperçue ? répondis-je innocemment.

— Depuis combien de temps ?...

Elle paraissait exaspérée.

— Voilà Jan qui rentre... remarquai-je.

Le pas de mon mari grinçait sur le gravier. Il était à peine entré que Sigrid marcha vers lui, toute dressée, la bouche railleuse :

— Tous mes compliments, mon cher cousin. Il paraît que tu vas être père ?...

Un rose presque imperceptible monta aux pommettes de Jan.

— Ce ne sera pas encore pour demain... fit-il évasivement.

Il vint m'embrasser :

— Comment te sens-tu, Ide ?

Un lourd malaise pesa sur notre souper à trois. Sigrid déguisait à peine l'agitation où l'avait mise la nouvelle de ma grossesse. Cependant, malgré mon appréhension confuse, j'étais loin de me douter que cette nouvelle avait signé ma perte !

VI

« Sigrid m'a donné sa parole qu'elle habiterait Johburg... » m'avait dit mon mari à mon retour d'Europe. Elle habitait soi-disant Johannesburg, ce qui ne l'empêchait pas de résider le plus clair de son temps dans nos parages, voire dans notre maison. Il était évident que ma grossesse poussait au paroxysme sa haine pour moi. J'en eus la preuve à quelque temps de là, sur le court. Une belle société s'était assemblée autour du rectangle de sable rose. Sigrid était une joueuse habile, d'une extraordinaire souplesse, alerte et précise. Elle gagnait la manche contre les meilleurs joueurs. Jan avait été mon maître et j'en étais arrivée à pouvoir me mesurer avec n'importe quel partenaire. Quand le jeu nous opposait devant Jan demeuré spectateur, ma rivale cherchait à m'imposer sa supériorité. Moins vive, mais tout aussi résistante qu'elle, je faisais mon possible pour mener la partie jusqu'au bout et mon mari s'amusait à ce match âpre et violent, dont il aurait pu se croire l'enjeu !

Ce jour-là, Sigrid me proposa une partie simple.

— Accepte, c'est la dernière que je te permets ! me dit Jan, me rappelant que ma taille commençait à s'épaissir.

Lui-même se rendit sur un autre court.

— N'aie crainte, dit Sigrid en frôlant des yeux ma ceinture, je jouerai avec les égards dus à ton état !

— Je ne me suis jamais sentie en meilleure forme ! protestai-je.

Nous prîmes nos positions. Sigrid ne tarda pas à lancer la balle de service hors des limites.

— Ton jeu est antisportif et insolent ! lui criai-je, impatientée.

Au même moment, elle me décocha le projectile à bout portant, sans que, dans ma surprise, j'eusse le temps de le parer.

Je sais aujourd'hui quel endroit de mon corps elle avait voulu viser. Instinctivement, je m'étais baissée et reçus le coup en plein front. Le choc me fit lâcher la raquette. Je titubai, étourdie. Elle accourut. Sa confusion parut si sincère que je crus devoir la rassurer. Un peu plus tard, elle s'excusa auprès de Jan qui m'appliquait une compresse d'eau blanche :

— Je n'ai pas joué comme d'habitude, voulant ménager cette pauvre Ide.

— Drôle de ménagement ! l'interrompit-il, chaud de colère. Ta maladresse m'est inexplicable !

Que lui dit-il, lorsqu'il la vit seul à seule ? Le même jour, elle retournait à Johburg. On ne la vit plus pendant deux semaines et je ne sais quel fol espoir m'agitait...

Elle revint pour un grand souper que donnaient les Braas. Elle portait une toilette qui n'était que scintillements. Etroitement moulée dans cette robe à paillettes rouges, Sigrid se détachait comme une flamme sur la boiserie sombre du fumoir. Elle était assise les jambes croisées, entourant son genou de ses bras lumineux. En apparence attentive à la discussion des quatre médecins de Krittelwerk, elle ne quittait pas mon mari des yeux, elle le buvait, l'aspirait, et lui, distrait et troublé par ce regard goulu, eut un mouvement de soulagement lorsque le serviteur hindou en livrée blanche vint annoncer que le repas était servi.

Tous les regards convergèrent vers la cousine du docteur Yvarsen, que conduisait le maître de la maison. Il émanait d'elle comme un parfum d'une époque où la femme était reine. Et pourtant, dans la vie stagnante de cette petite ville lointaine, elle avait introduit un courant de modernisme, avait fait accepter aux plus bourgeoises des idées moins étroites, une conception plus indulgente pour tout ce qui sortait de l'ordinaire. Et l'on n'élevait aucune critique quand on la voyait paraître dans des toilettes osées... C'était elle qui donnait le ton, sachant se rendre indispensable aux candidates à l'élégance qui prenaient modèle sur elle. On n'achetait plus une épingle sans la consulter. Encore qu'elle les éclipsât toutes, les ladies ne lui en voulaient pas et se l'arrachaient. Ses idées originales, ses reparties adroites, faisaient de Sigrid une convive enviée.

Parmi les invités des Braas, se trouvait, ce soir-là, une jeune étudiante en droit. Au dessert, on en vint à discuter sur le féminisme, sujet qui laissait les hommes indifférents. Ceux-ci se retirèrent au fumoir, tandis que Mrs. Braas nous faisait servir le café sur la terrasse. Mrs. Roerade parla d'une œuvre philanthropique, espèce de loge maçonnique féminine qu'une grande dame venait de fonder à Pretoria.

— J'ai été parmi les premières à donner mon adhésion. Il faut, bien entendu, y aller de son temps et de son argent de poche. Nous venons d'attacher à notre association une jeune avocate de réel talent. Elle se tiendra au service de chacune, riche ou pauvre. Notre but est d'assister et de défendre la femme contre l'injustice des lois !

— Vous assumez là une tâche bien difficile, dit une des dames présentes, car il ne faut pas oublier que ce sont les hommes qui ont institué ces lois, par conséquent à leur commodité !

— Ah ! soupira Mrs. Roerade, nous ne serons jamais trop nombreuses pour plaider notre cause. Un bon mouvement, chères amies, soyez des nôtres !... Le rôle de chaque adepte est de recruter des sœurs !

Elle tira une liste de son sac :

— Qui de vous me donnera sa souscription ?...

Il y eut un silence. Mrs. Aberteyn le rompit :

— Je ne demanderais pas mieux que de souscrire, dit-elle, mais mon mari est ennemi des associations féminines...

— Quel bel exemple d'obéissance conjugale ! railla Mrs. Breen. Moi, je ne me soucie guère de ce que mon seigneur et maître trouve bon ou mauvais... Le jour de mon mariage même, j'étais déjà décidée à faire toujours ce qui me plairait.

— Laissez-moi rire ! fit Mrs. Braas. Est-ce que l'obéissance forcée a jamais existé dans une union heureuse ?... Bien sûr, il y a des mariages où l'un ou l'autre des conjoints se croit le maître. Mais, en général, il va de soi qu'une femme arrive toujours à ses fins et fait dans son ménage ce que bon lui semble, pourvu qu'elle observe les formes et, par de petites ruses habiles, parvienne à persuader son seigneur que lui seul commande !

— Un peu de bonne volonté, un peu de tolérance de part et d'autre, et comme la vie peut être bonne ! dit doucement Mrs. van der Bergh, ma vieille amie encore jolie sous ses bandeaux blancs.

Sigrid ne s'était pas mêlée à la discussion. Face à la porte-fenêtre ouverte du fumoir, elle se balançait doucement sur un rocking-chair et ses yeux voilés de tristesse m'apprenaient qu'elle voyait son cousin.

Le soleil se couchait derrière les collines de pierrailles. Le ciel entier tournait à l'écarlate. La lente dégradation du jour prêtait du charme au paysage désolé que nous avions devant nous.

— Si je ne craignais de vous scandaliser, *dear* ladies, je vous avouerais que je ne suis pas d'accord avec vous, déclara Sigrid.

Une exclamation unanime accueillit ces paroles. Mais elle continua sans broncher :

— Je trouve immoraux tous les mariages dits de convenance, de raison, d'argent, ou encore contractés pour le besoin d'une cause, la cause qui justifie les moyens ! (Elle me jeta un regard rapide.) Je mets au même niveau une alliance, où, poussé par sa famille ou bien obéissant à quelque fantaisie passagère, le jeune homme et la jeune fille prononcent inconsidérément le « oui » qui les liera pour la vie. Bref, fût-il contracté dans un mobile des plus bas, le mariage est consacré dès qu'il est porté sur le registre civil. Par contre, il arrive que le manque d'argent, l'inégalité de rang ou la différence de religion empêchent de s'unir légalement deux êtres liés par l'amour. Or, une alliance sanctionnée par l'amour n'a pas besoin de la loi des hommes, mais je déclare indécente une union légale où l'amour réciproque fait défaut !

— Grand Dieu ! Si je vous comprends bien, Sigrid, vous êtes pour le mariage libre ?...

— Mais non, dit-elle en souriant. Le passage au bureau de l'état civil est une mesure juste et nécessaire dans une société comme la nôtre ; seulement, il ne faudrait pas que la signature exigée fût éternelle, si l'un ou l'autre conjoint, se croyant dans son droit, refuse de délier la chaîne ! Je le répète, l'amour, l'amour réciproque est la condition essentielle dans le mariage !...

A cet instant, Jan sortit du nuage de fumée qui remplissait le smoking-room.

— *Halloo !* fit-il avec une expression joviale qui rendait si jeune son visage sérieux. Là-dedans, discussion endiablée sur la politique ; ici, débats non moins chauds, me semble-t-il ?... Est-ce sur les hommes que vous tapiez ainsi ?...

— Tout juste ! répondit Mrs. Braas. Pourquoi faites-vous bande à part, au lieu de nous tenir compagnie ?...

— Bon Dieu ! fit-il amusé, lequel de nous eût pu placer un seul mot dans cette polémique hérissée de grandes paroles comme : lois, justice, liberté !... Vous voyez, j'ai eu l'oreille indiscrète !

Et, s'adressant à sa cousine :

— Ton raisonnement est hardi, Sigrid !

— Votre cousine est si intéressante, Docteur, intervint Mrs. Breen, si originale dans ses idées, que nous lui permettons ces sorties sans nous en offusquer.

— Non, Docteur ! protestèrent ces dames, comme Jan faisait mine de retourner au fumoir. Laissez ces vilains bonshommes à leur ennuyeuse politique, et dites-nous ce que vous pensez du féminisme ?

— Beaucoup de bien ! affirma Jan. J'approuve la femme qui cherche à se rendre indépendante, pourvu qu'elle n'essaie pas de se masculiniser !... Toutefois, pour ma part, ce que j'apprécie le plus chez la femme, c'est justement sa faiblesse, son besoin d'appui et de protection, n'est-ce pas, ma chère Ide ?...

J'eus en pleine face le regard bleu de mon mari. En même temps, on entendit un craquement sec. Le manche de nacre incrusté d'or de l'éventail de Sigrid venait de se casser dans ses doigts.

Une ombre rembrunit le front de mon mari.

— Quel dommage ! dit-il. Comment as-tu pu faire cela, Sigrid ?

Ces dames déploraient l'incident. L'objet précieux passa de mains en mains jusqu'à celles de Jan. Il l'examina :

— Laissez-le-moi, dit-il doucement. J'ai une colle prodigieuse, je le raccommoderai...

VII

Dès que nous nous trouvions seules, Sigrid laissait éclater son hostilité à mon égard.

— Que c'est laid une femme déformée par la grossesse, me dit-elle une fois. Je te plains, car c'est une déchéance physique qui doit répugner à un mari. A ta place, il y a longtemps que j'aurais prié Jan de dormir dans votre chambre d'amis.

— Jan s'y opposerait !

Une étincelle verte surgit dans son regard.

— Crois-tu posséder ton mari parce qu'il partage ta couche ? persifla-t-elle.

Je me tus, me contentant de sourire d'un sourire ironique et méprisant qui décuplait toujours sa fureur. Mais, au fond de moi, le doute faisait des ravages, empoisonnait mes jours.

Je devenais lourde. A cause des cahots de la voiture sur les routes mauvaises, mon mari ne m'emmenait plus quand il était appelé à une ferme lointaine. Insidieusement, quelque lady jalouse de Sigrid me faisait entendre que l'auto du docteur stationnait souvent devant le Royal. Je savais que Jan et sa cousine se voyaient au golf, au tennis, au Club. Je recevais ces coups d'épingle en me raidissant, de peur qu'ils ne fissent du mal à mon enfant. C'est en lui que je mettais mon dernier espoir, heureuse quand je le sentais remuer... Tu lui feras de beaux sourires, lui disais-je. Ta petite main caressera sa joue. Sois tranquille, semblait-il répondre, je saurai le retenir chez nous !... Et ses poings menus paraissaient frapper mes flancs avec colère.

Pendant deux semaines, j'eus la fièvre. Jan m'obligea à garder le lit. Cette claustration me fit plus de mal que de bien. Je me tranquillisai lorsque des amies, venues me voir, me confirmèrent ce que mon mari m'avait appris : Sigrid, emmenant un chauffeur, était descendue au Low Veld, apparemment pour faire un séjour à White-River. A son retour, j'étais debout. Elle se montra plus assidue que jamais. Dès qu'elle paraissait, nous tombions tous les trois dans un véritable état de tension nerveuse.

Une fois que j'ouvris inopinément la porte de l'antichambre, je surpris Sigrid incrustant ses dents dans la main de mon mari. Je refermai la porte sans bruit. Ils ne m'avaient pas vue. Un instant plus tard, Jan entra et, s'apercevant de mon émotion, m'en demanda la cause. Prise d'une subite audace, j'arrachai le mouchoir qu'il avait bandé autour de sa main qui saignait...

— J'ai vu, j'ai vu !... Elle t'a mordu ! m'écriai-je, ne pouvant retenir mes larmes.

Il rougit et se tut un long moment. La figure dans mes mains, je n'osais plus le regarder.

— Oui... prononça-t-il avec effort, j'ai eu tort de laisser Sigrid s'introduire chez nous... Mais il était difficile de la tenir à distance... plus difficile encore de la faire quitter le pays. « Chacun peut vivre où bon lui semble ! » m'a-t-elle répondu lorsque je voulus la persuader de retourner auprès de sa mère... Et comme elle passe pour notre parente... Ma pauvre femme, que faire ?

Jamais je n'avais aimé mon mari plus éperdument qu'en ces jours troubles où je tremblais de le perdre. L'absence de ma rivale, retournée à Johburg, me rendit un peu de sécurité. Qui sait ? me rassurais-je, le lien qui l'attachait à moi avait peut-être aussi son prix pour lui ?...

Lorsque Sigrid revint au bout d'une semaine, son cousin la traita avec la dureté des premiers jours de leur revoir. Elle ne parut voir dans ce changement qu'une preuve de plus que celui qu'elle aimait avait peur de sa propre faiblesse !

Au cours d'une soirée donnée chez nous, j'eus l'étrange divination qu'il y avait en Sigrid des projets criminels qui, lentement, prenaient forme et dont elle ne mesurait pas toute l'horreur peut-être.

Je vois encore mon mari dans son fauteuil de cuir fauve, la tête appuyée au dossier. On avait fait un feu de cheminée. Les braises ardentes éclairaient par en dessous son visage énergique, son nez ferme, presque droit, son menton volontaire. Il fumait silencieusement, les yeux baissés sur les cendres rouges.

Le souper venait de se terminer. Tous nos amis étaient réunis dans notre grand salon. Sigrid, assise au centre d'un groupe d'admirateurs, portait une somptueuse toilette de velours noir qui, très décolletée, accusait la blancheur éblouissante de la gorge et des épaules. Les genoux croisés relevaient la robe, laissant voir les jambes fines et nerveuses gainées de bas de couleur chair et chaussées de petits souliers de brocart d'argent. Elle avait conscience d'être particulièrement belle, ce soir-là. Ses joues animées rendaient plus sombres ses yeux d'émeraude. Aucun sujet ne la prenait jamais au dépourvu. Quelqu'un parla de la Suisse, ce qui lui permit de relater de périlleuses ascensions en montagne :

— Elles m'ont forcée de fixer la mort en face, d'accomplir des choses que je considérais comme impossibles, contrainte de vaincre ma peur et ma faiblesse et d'acquérir une estime de moi-même, le droit de m'affranchir de toute tutelle !

A cet instant, un coup de téléphone venant de Johburg rapportait au rédacteur du journal de Krittelwerk, qui se trouvait parmi nous, le dénouement d'une affaire qui passionnait tout Londres et dont les échos arrivaient dans notre lointain pays. Il s'agissait d'un crime passionnel qui s'était passé dans la haute société. Lady Wattson n'avait pas tué, mais insinué à son jeune amant de la débarrasser d'un mari brutal et gênant. Pour incitation au meurtre, elle allait partager le sort de son ami, être pendue haut et court.

— Condamnés à mort tous les deux ! avait prononcé le rédacteur du *Krittelwerk Observer.*

— C'est abominable ! dit Sigrid devenue pâle.

— Il fallait s'y attendre, remarqua l'attorney Purvis. Les juges anglais écartent les circonstances atténuantes. Celui qui a donné la mort la subira à son tour, quels que soient les mobiles qui l'ont poussé au crime.

— Mais cette femme n'a pas tué !

— Ne trouvez-vous pas que celui ou celle qui arme la main d'un être à lui subordonné en lui ordonnant : tue ! est aussi coupable que le meurtrier lui-même ?

— Vous pouvez me dire ce que vous voulez, je trouve révoltante la justice anglaise qui ne fait aucune différence entre les criminels !

— Entre les meurtres ! rectifia Bob Greenveld, le boute-en-train de la société. (Il plaisanta) N'oubliez pas, ladies et gentlemen, que cette justice est la nôtre, et tenons-nous sur nos gardes !

— Bah ! dit Sigrid, la fatalité est devenue la dominante de ma nature. Je suis d'avis que nous ne faisons rien qui nous soit dicté par notre destin !

— Théorie commode qui nie la responsabilité ! Alors, le bien, le mal ?. .

— Je me suis toujours demandé, coupa-t-elle, où finit l'un, où commence l'autre ?... La limite entre eux est si vague que, selon les sentiments qui nous agitent, nous pouvons juger bon ce qu'un autre condamnera !

— Je vois, remarqua Jan, le visage voilé par la fumée de ses cigarettes, que notre conscience est toujours là pour nous répondre !

— Selon qu'elle est élastique ou chatouilleuse ! jeta le docteur Braas.

Les nègres qui apportaient les rafraîchissements mirent fin au débat. C'était la saison des feux d'herbes. Après les veillées, toutes les voitures rangées le long de la rue se mettaient en marche. On partait dans la campagne pour voir les feux. Quand le clair de lune ne pâlissait pas les flammes, c'était dans la nuit noire des incendies effrayants et grandioses, comme si des cités entières brûlaient...

VIII

Mon mari m'apprit son intention d'installer une salle de billard et de transférer son cabinet de consultation et la *surgery* dans la Kruger Street, où il y avait plus de passage. J'en demeurai consternée... Plusieurs heures par jour, je serais privée de sa présence et ne verrais plus ses clientes franchir le portillon du jardin. Elles iraient le trouver là-bas... Et Sigrid...

Jan remarqua ma déception.

— Mon projet paraît te chagriner, Ide ?...

Je voulus lui répondre que j'approuvais toutes ses décisions, mais, malgré mes efforts pour les retenir, les larmes jaillirent.

— Ne te fâche pas !

— Nous en sommes donc là que tu t'excuses de tes larmes, fit-il, attristé. Pourtant, je ne veux pas avoir pitié pour toi... Entre époux, vois-tu, la pitié est dégradante pour celui qui l'inspire... Ne me force pas à avoir pitié de toi, Ide... Tu m'aimes trop, ma pauvre femme, continua-t-il, il ne faut pas m'aimer de la sorte, je ne le mérite pas !

J'essayai de protester, mais mes larmes redoublèrent et c'est à cet instant précis que l'auto de Sigrid s'arrêta devant la maison. Nous étions encore à table. Le café refroidissait dans les tasses. J'essuyai vivement mes yeux.

— Scène de ménage ?... dit Sigrid qui parut sur le seuil.

Gainée dans une robe d'argent, elle semblait comme les femmes de son pays de glace, « sculptée dans la neige et le soleil... [1] ». D'une chaînette de platine tombaient en gouttes

1. Madeleine Praz : *Les Pays du Nord.*

d'eau sur sa gorge nue trois minuscules soleils aux éclats insoutenables.

Jan s'oubliait, perdu d'admiration.

— Ah ! *tusan !* fit-il enfin, cette toilette va encore révolutionner plus d'une petite lady ! Gare ! Sigrid !

Elle fit un geste d'insouciance et, subitement ses longs yeux se remplirent d'un tel aveu d'amour qu'embarrassé, Jan baissa les siens.

— As-tu soupé ?... demanda-t-il.

— Je souperai au bal... Je n'ai voulu que vous montrer ma toilette.

— Elle est féerique ! dit Jan. Tu n'en as jamais eu de pareille !

Le rouge du plaisir teinta les pommettes de Sigrid. On entendit une série de coups de klaxon. Elle se mit à rire :

— Mes amis s'impatientent !

— Avec qui es-tu ?...

— Avec les Andersen. Je loge chez eux. Ils sont plus hospitaliers que vous !

Elle nous fit un signe d'adieu :

— *Bye ! bye !*

La porte se referma sur elle. « On dirait qu'on a baissé les lampes », reconnus-je en moi-même tristement.

Un grisant parfum continuait à flotter dans la pièce.

— On doit se demander pourquoi Sigrid ne loge jamais chez nous... remarqua Jan.

— Sigrid ne cache pas les sentiments qu'elle te porte... J'essuie bien des réflexions à ce sujet...

Mon mari parut étonné et hésita à répondre.

— Si tu l'exiges, je prierai Sigrid d'occuper notre chambre d'amis pendant ses séjours à Krittelwerk, repris-je.

Il me lança un regard aigu :

— Je n'ai rien à exiger de toi, ma chère femme. Je ne puis ignorer combien la présence de Sigrid t'est pénible... D'autant plus, je te sais gré de la dignité de ton attitude... Laissons, en attendant, les choses comme elles sont.

Il se rendit au salon et s'assit au piano. Je le suivis et me blottis dans un fauteuil, cachée par le dossier.

Jamais Jan n'avait pareillement joué les nocturnes de Chopin. Jamais je n'y avais senti tant de souffrance résignée. Cette musique avivait mon anxiété, je la buvais à longs traits, les mains jointes, quand, sur un dernier accord, mon mari se leva si brusquement qu'il renversa le tabouret derrière lui. Un instant plus tard, j'entendis le ruissellement des robinets de la salle de bains. Après tant de soirées passées seule, je saluais celle-ci le cœur en fête, voulais goûter dans toute sa plénitude ce tête-à-tête, si rare maintenant, que j'arrivais à l'accueillir comme une aumône. J'attisai les braises dans la cheminée, allumai la grosse lampe voilée de soie pâle. Sur la petite table devant le feu, je disposai la pipe préférée de Jan, le pot à tabac, les journaux. Dans les potiches colorées, de grandes brassées de mimosa embaumaient. Leur ton doré s'harmonisait avec la lumière, les tapis, les coussins clairs. Je portai l'allumette à la mèche de la bouilloire de cuivre et l'eau pour le thé commençait à chanter, lorsque Jan parut. Il avait changé de costume et revêtu non pas celui de la maison, en flanelle blanche, mais un complet noir à rayures. Il eut l'air contrarié en apercevant les apprêts qui l'attendaient en vue de le retenir...

— Je fais un saut jusqu'au Club, dit-il. Je ne serai pas long.

Je le regardai traverser le jardin et le claquement du portillon résonna douloureusement dans mon cœur. J'étais déçue et me sentais seule, affreusement seule... Où restait ma belle confiance ?... Ma foi en la solidité de mon foyer ?... Un pressentiment me poussa hors de la maison. La nuit était noire. J'enfonçais dans le sable jusqu'aux chevilles. Je courais avec une hâte dont je ne me rendais pas compte. A bout de souffle, je me trouvai parmi un groupe de badauds qui se pressaient contre une fenêtre du Royal. Avais-je mis ce long manteau sombre, cette écharpe me cachant de moitié la figure pour voir, moi aussi, tourner les danseurs dans cette salle décorée de guirlandes de fleurs en papier ? Il y avait une pause. Le podium des musiciens était vide. Un bourdonnement de voix venait du hall, où l'on servait les rafraîchissements.

De loin, j'aperçus Sigrid. La tête levée, elle parlait à quelqu'un que je ne distinguais pas, mais que, d'après sa mine radieuse, je pouvais deviner... Aux premières mesures d'un boston, les couples affluèrent. Je serrais les dents, sachant d'avance que celui qui allait paraître me ferait mal à crier...

Jan et Sigrid passèrent très près de moi qui me tenais dissimulée parmi les curieux. La belle main sans bague de Sigrid reposait sur l'épaule de Jan qui la tenait enlacée. Leurs deux corps unis glissaient au rythme de la musique lente et une expression de bonheur transfigurait le mâle visage de mon mari. Le front de son ancienne fiancée se penchait vers ses lèvres. Il semblait la respirer dans une griserie dont il n'était plus maître. A les voir ainsi, je me sentais si frappée, si misérable que, craignant de m'évanouir, je rebroussai chemin. Je me heurtai à Daisy qui, confondue avec l'obscurité, m'attendait au portillon du jardin. La fidèle créature comprit aussitôt ma détresse. Elle me supplia de boire une tisane chaude et m'aida à me déshabiller. Je grelottais plus de peine que de froid. Il me semblait que tous les objets autour de moi, que mes yeux caressaient naguère avec le sens joyeux de la possession, prenaient ce soir un aspect presque hostile, comme des choses prêtées qu'il faudra rendre... Je me glissai sous mes couvertures, inconsciemment, je gémissais, recroquevillée au fond de ma couche... Un pas rapide s'approcha du lit, une main énergique rabattit le drap et se posa sur mon front :

— Qu'est-ce qu'il y a, Ide ?... Pourquoi te plains-tu ainsi ?...

— J'ai dû rêver... fis-je, effrayée.

— J'aime mieux cela ! dit Jan.

Il se rendit dans la salle de bains. Je l'entendis s'ébrouer dans un grand bruit d'eau. Il revint au bout de quelques instants et dut me croire endormie. Doucement, il s'approcha du lit et, remarquant que j'avais les yeux ouverts :

— Tu ne dors pas, Ide ? Et tu ne dis rien ?

— As-tu passé une bonne soirée ?... demandai-je, le cœur battant.

— Ma foi, oui ! fit-il sur un ton délibéré. Devine où je l'ai passée ?... En arrivant au Club, pas un chat. Or, j'avais besoin de parler à Braas au sujet d'une opération que j'ai ce matin. Naturellement, je l'ai trouvé au Royal, en train de danser. Je le fis appeler, mais on m'avait aperçu et, fatalement, je fus pris d'assaut. Je fis tourner quelques dames et puis, comme l'appétit vient en mangeant... D'ailleurs, pour une fois, il ne me déplaisait pas de me dégourdir les jambes !

— Y avait-il de belles toilettes, à part celle de ta cousine ?...

— *Minn sann non !* déclara-t-il en riant. On était saoulé de couleurs criardes !

— Tu es sévère, ce soir, Jan... As-tu au moins fait danser tes clientes ?...

— Sois tranquille, j'ai fait mon devoir ! assura-t-il en bâillant.

Il m'attira à lui, me baisa sur la bouche.

— Laisse-moi dormir maintenant... J'ai une opération dans quelques heures.

Il ne bougea plus. Depuis quand n'avait-il pas fait mention de notre enfant qui naîtrait bientôt ? Y songeait-il seulement ? L'obsession de Sigrid repoussait à l'arrière-plan cet événement qui, en d'autres circonstances, eût mis la maison dans une attente heureuse... Qu'importe ! L'heure présente m'appartenait. Doucement, très doucement, j'effleurai des lèvres la main abandonnée sur la couverture et un timide espoir me souffla que tout n'était pas perdu peut-être.

Je vis à mon réveil la fenêtre remplie de ciel bleu et de branches d'arbres. Un lointain bruissement m'apprit que Jan était à sa toilette. L'image de la veille m'apparut brouillée comme un rêve. La réalité était là, avec ce bruit d'eau, avec, à côté de moi, la place encore chaude du grand corps adoré. Daisy dressait le couvert du breakfast. Le tintement de vaisselle, les voix sonores des boys discutant dans la cuisine, tous ces sons familiers avaient quelque chose de rassurant. De bonne humeur, Jan mangeait avec appétit et parla d'un nouveau livre de Selma Lagerlöf. J'éprouvais en lui un changement, qui, à peine sensible hier, s'affirmait aujourd'hui... J'en eus l'explication lorsqu'il me dit en se levant que Sigrid ne se sentant pas très à l'aise chez les Andersen et ne pouvant encore retourner au Royal, encombré par une société savante, lui avait demandé à loger quelques jours chez nous...

— Es-tu d'accord, Ide ?... avait-il ajouté.

Je reçus ce coup sans broncher.

— Je vais donner ordre de préparer la chambre, dis-je.

Il parut satisfait et, avant de sortir, m'embrassa plus affectueusement qu'à l'habitude.

Et Sigrid s'installa chez nous. Nous pûmes à nouveau la voir dans ses déshabillés luxueux et tout l'appareil raffiné dont elle entourait sa personne. Je supportais mal le contact journalier de cette redoutable adversaire. L'atmosphère de la maison en était comme chargée d'électricité. Sous prétexte que mon état exigeait le repos, elle m'obligeait, certains jours, à lui laisser la direction du ménage. Elle pillait alors le jardin, remplissait vases et potiches de fleurs et de verdure, étourdissait mes noirs par ses ordres sans indulgence. Après que nous étions couchés, on entendait longtemps encore le claquement des talons de ses mules et j'avais la sensation qu'ils me martelaient le cœur. Un soir, Jan sauta du lit et, ouvrant la porte lui cria de sa voix impérieuse :

— Finiras-tu tes promenades ?... Je travaille le jour, moi, et j'ai besoin de sommeil !

Un *skrâp !* zut !, suivi d'une fusée de rire, fut la réponse et, comme Jan regagnait sa place à mes côtés, je pus le voir rire pour lui-même. Pourtant, il n'était pas toujours bon pour elle. Se souvenant sans doute que, petite fille, Sigrid aimait sa domination, il la traitait sans douceur. Mais ses allusions blessantes se heurtaient aujourd'hui à l'inflexible soumission, à la prodigieuse patience de cette hallucinée d'amour. Parfois, elle avait devant moi des gestes d'une insolente hardiesse. Un matin, entrant au breakfast-room et voyant Jan debout près de la fenêtre, en train de lire une lettre, elle lui jeta brusquement ses larges tresses pendantes autour du cou :

— Ne sont-ce pas de bien douces chaînes ? lui dit-elle en le tirant ainsi à table.

Il se dégagea, le rouge au front, les sourcils froncés, tout en me jetant un regard étonné... Blâmait-il ma longanimité ? Attendait-il que je l'en prie pour mettre un terme à une situation qui devenait insupportable ?...

Quand Sigrid apercevait le panier doublé d'azur où s'entassait la layette, elle avait un sourire si méchant que je me demandais quel effrayant dessein se tramait derrière ce front si pur... Aujourd'hui, je sais que c'était en ces jours tumultueux que, froidement, elle préparait l'exécution de son crime. Elle se sentait définitivement dans la place. Sa beauté, l'adulation qu'elle rencontrait partout lui donnaient une inimaginable assurance et Jan, si sensé d'habitude, ne faisait pas mine de comprendre ce que la situation avait d'étrange et d'alarmant ! Il est vrai qu'il me voyait résignée à la présence de sa cousine dans notre logis. Rien dans ma conduite ne trahissait mon affreuse angoisse. Il ne devinait pas non plus nos altercations, quand il était loin... Dès que nous entendions son pas rapide sur les marches de la terrasse, la même émotion nous coupait la parole... Au fond, qu'éprouvait-il à se sentir entre deux femmes qui le brûlaient d'un égal amour passionné et soumis ?... Lui, si habile à soulager les misères du corps, quel remède pouvait-il apporter à l'une ou à l'autre ?... Quelle solution au drame que nous sentions inéluctable ? Quand Sigrid, invitée chez des amis, prolongeait son absence, je m'effrayais de la nervosité de mon mari. Quel eût été son triomphe si elle avait pu le voir tourner les pages d'un livre sans réussir à s'absorber, attentif au moindre bruit du dehors, ou regarder le feu, les traits assombris... Pour excuser son silence, il alléguait un cas grave... Il était indéniable qu'il souffrait. Si, pour quelque raison, j'étais forcée d'interrompre ses pensées, il levait la tête d'un air absent, presque douloureux, un air de revenir de loin qui me tordait les entrailles d'angoisse. Par moments, levant les yeux sur la pendule, il serrait ses lèvres si violemment que les muscles de ses joues se tendaient. Hélas ! Sigrid n'avait qu'à paraître, son fier visage reprenait sa grave beauté et leur joie du revoir, une joie avide qu'ils ne pouvaient celer, qui irradiait par tous leurs pores, me criait impitoyablement ma défaite ! Toute illusion était tarie en moi. Mais que pouvais-je contre l'intruse qui voulait si sauvagement si implacablement ma perte ? Le raisonnement n'arrivait plus à la conscience de cette créature qui vivait son espoir dans une attente calme et confiante d'hallucinée... J'avais beau tâter mes flancs, appeler à mon secours la tendre fleur qui achevait d'éclore, une sensation d'éphémère, de provisoire ne me quittait plus... Par quelles incantations l'avait-elle convaincu qu'il m'avait donné le summum du bonheur et que c'était à leur tour, maintenant ?... Ils étaient trop jeunes et trop longue s'étendait la vie devant eux pour que, par pure probité d'âme, ils renonçassent à leur propre bonheur ! Non sans effroi, je songeais aux paroles que j'avais entendues de la bouche de mon mari. Il était un esprit sain, imprégné du droit et de la liberté individuels. Jamais Jan ne prenait une décision à la légère et jamais il ne revenait sur la décision prise. Me rendre à ses idées, c'était renoncer, céder ma place à une autre... Une révolte me galvanisait... Je formais la résolution d'agir au lieu de souffrir en restant passive, le cœur ulcéré. Une fureur se mêlait à mon impuissance. Mon âme mal faite pour la haine apprenait à haïr et j'en venais à souhaiter qu'une catastrophe nous anéantît tous les trois !

Cependant, Jan devenait de plus en plus taciturne. Son regard nous évitait l'une et l'autre, et, le plus souvent, après le repas du soir, il se retirait dans son cabinet, se retranchant derrière les exigences de son métier. Au centre d'une tragique aventure, engagé dans une impassse où, vainement, il cherchait le fil conducteur, il s'efforçait peut-être à trouver le moyen d'atténuer le mal qu'il devait faire... Parfois, à notre coucher, je surprenais dans ses yeux comme un appel au secours. Peut-être se rongeait-il dans un besoin de franchise, d'épanchement, mais cette retenue naturelle, cette orgueilleuse réserve propre aux natures scandinaves, lui fermait les lèvres... Que savais-je de sa souffrance intime ? La deviner me déchirait, je voulais le défendre contre la douleur ! Prise d'une fièvre de sacrifice, je me sentais assez forte pour m'immoler à son bonheur, lui faire l'holocauste de ma vie ! Mais, lui, aurait-il le courage de me laisser partir, notre petit enfant dans les bras ?... Ou projetait-il de rompre ses entraves, d'éloigner l'obstacle ?...

La nuit seulement, au contact de son corps d'homme, je recouvrais un peu de tranquillité. Mais mes sommeils lourds de cauchemars m'épuisaient. Je me voyais chassée, répudiée, trébuchant dans le sable d'un désert où je cherchais mon petit enfant perdu...

Au breakfast, mon mari me lançait un regard soucieux, mais Sigrid ayant, elle aussi, les yeux battus, la bouche douloureuse, il réprimait la réflexion qui lui venait aux lèvres.

Tout se sait dans les petites villes, surtout dans un bourg où, pour se divertir, on dépendait les uns des autres. Sigrid était imprudente. Possédée de cette soif de parler et de faire parler de l'homme qu'elle aimait, d'en entendre prononcer le nom, le plus souvent possible, elle s'était depuis longtemps trahie. Les ladies jasaient et commençaient à me plaindre.

IX

Depuis deux jours, Sigrid avait à nouveau ses yeux tragiques remplis de défi et de rancœur dès qu'elle les levait sur Jan. Que s'était-il passé entre eux ?... Elle eut un évanouissement au moment où mon mari s'apprêtait à partir pour l'hôpital. Evanouissement joué ?... Etendue sur le canapé, ses lèvres serrées tranchaient comme une blessure sur son visage exsangue. Fort ému, Jan s'en fut dans son cabinet et revint remuant une potion dans une timbale qu'il approcha des lèvres de sa cousine revenue à elle. Elle but par petites gorgées, lentement, pour sentir plus longuement la main de Jan soutenir sa nuque. Il la cala dans les coussins tout en lui défendant de bouger. Sur le point de sortir, il revint sur ses pas et, avec rudesse :

— N'as-tu jamais songé, toi, que tu tires ton origine d'un peuple de laboureurs et de forgerons ?... Ils ne connaissaient pas, eux, cette absurde sentimentalité qui amollit les nerfs et d'un être bien trempé fait une chiffe sans caractère et sans volonté !... Réfléchis à cela, Sigrid !

— Pourquoi me parles-tu ainsi ? fit-elle d'une voix dolente.

— Demande-le-toi, sérieusement ; moi je me comprends ! répondit-il avec force.

Un instant plus tard, nous entendîmes démarrer son auto.

Jan nous annonça que nous étions invités chez les Morissey qui organisaient un match de tennis.

— Nous partons samedi et emmenons les Herkelens dont la voiture est en réparation. Nous nous chargerons des parents et toi, Sigrid, tu caseras les trois jeunes filles dans la tienne... A propos, Ide, Mrs. Morissey t'engage à emporter quelques effets... Elle te trouve pâlotte et veut te garder une semaine ou deux à la ferme.

J'allais protester, effrayée, à l'idée que Sigrid reviendrait chez nous sans moi. Je n'en eus pas le temps.

— Il faut accepter, Ide... intervint ma rivale. J'ai besoin d'un changement, moi aussi... Je resterai avec toi là-bas !

Jan est à sa consultation. Sigrid repose dans sa chambre. Je suis toujours assise, la figure dans mes mains. Mon cœur bat lourdement contre le bois de la table encore mise... Je sens que nous sommes à bout tous les trois. Que la vie que nous menons n'est plus tenable. Je me rends compte que le dénouement est proche. Vaguement, la prédiction du fakir me revient en mémoire et, soudainement clairvoyante, je sais que j'aurai beau lutter, que l'on échappe pas à son destin...

J'étais assise à côté de Jan attentif à éviter les heurts de la route. Derrière nous, les Herkelens inquiets se préoccupaient de leurs filles livrées au caprice effréné de leur conductrice. La longue auto bleue courait, prenait des virages, fonçait comme un animal fou. En robe de toile blanche, ses lourdes nattes emprisonnées dans une résille d'or, Sigrid avait les joues animées et, chaque fois que sa voiture frôlait la nôtre, elle chargeait Jan de regards fulgurants.

— Finis tes prouesses ! Tu vas faire un malheur ! lui cria-t-il.

Un grand éclat de rire fut sa réponse et, follement, Sigrid lança son auto. On la vit tanguer, se dresser et filer sur le terrain tout en plis et bosses, jusqu'à ce qu'elle ne fût plus qu'un point noir à l'horizon.

— Quelle écervelée ! gronda Jan qui avait peine à rassurer les parents des jeunes filles emportées de la sorte.

Sigrid nous reçut devant la ferme, entourée de la jeunesse sportive. Elle était fraîche, toujours exubérante et, me prenant familièrement le bras, elle m'entraîna à la recherche d'un cabinet de toilette.

— Tes cheveux sont défaits, Ide, et tu as besoin de poudre. Vite, réparons ce désordre !

Elle réépinglait ma torsade sur la nuque, me passait sa houpette sur la figure.

— Là, fit-elle, nous voici plus convenables que toutes ces girls aux joues cuites et au nez pelé de coups de soleil ! Elle considérait ma taille :

— Ma pauvre Ide, un tel corps est contre l'esthétique et blesse les yeux !... Attends !...

Elle revint au bout d'un moment, avec une large écharpe de gaze blanche qu'elle me passa sur les épaules :

— Fais-la flotter... comme ceci... me conscilla-t-elle.

Puis, debout devant le miroir, elle s'examinait avec complaisance :

— Me vois-tu la peau et les muscles relâchés ?... Non, ajouta-t-elle en frissonnant, jamais je ne pourrais me résigner à cette catastrophe !

Je ne lui répondis pas. Nous étions, l'une et l'autre, sur un plan trop différent.

C'est encore son bras sous le mien que nous reparûmes devant Jan qui nous sourit de son air le plus satisfait.

Jamais on n'avait été aussi nombreux chez les Morissey. Mais leur cottage, où régnait un solide bien-être, était de dimensions suffisantes pour recevoir cette affluence d'invités. Ma déception fut cuisante en apprenant que du monde arrivant encore dans la soirée, les dames devaient partager les chambres et que, tant bien que mal, on parquerait les messieurs dans les dépendances. Sigrid demanda à coucher sur la véranda. L'heure venue, ses admirateurs s'empressèrent de lui apporter oreillers et couvertures, et ce fut Jan qui accrocha le hamac.

— Tu t'es donné peu de mouvement aujourd'hui, remarqua mon mari sur le point de me dire bonsoir. Veux-tu que nous fassions un tour au jardin ?...

J'acceptai cette proposition comme une aubaine inespérée.

Des lueurs bleues et vertes tombaient des étoiles immenses. Un berceau de chèvrefeuille embaumait.

— J'ai une bonne nouvelle à t'apprendre, ma chère femme, reprit Jan en presssant doucement mon bras appuyé sur le sien. Sigrid ne reviendra plus à Krittelwerk, elle partira d'ici pour Johannesburg, où elle a toutes ses malles et, sous peu, reprendra le bateau. Oui... j'ai enfin pu lui faire entendre raison et elle a compris que son départ définitif pour l'Europe est l'unique solution d'un état de choses qui ne pourrait durer plus longtemps...

De même qu'un malheur imprévu, une surprise heureuse peut vous faire défaillir. Mon mari dut me soutenir, le souffle me manquait. Ses lèvres effleurèrent mes cheveux :

— Pauvre femme... murmura-t-il, comme tu devais souffrir !

— Je suis heureuse ! balbutiai-je.

Il me conduisit jusqu'à la tonnelle et me fit asseoir à son côté sur un banc rustique.

— Je crois qu'il est temps, Ide, de chercher un nom pour le petit bonhomme que nous attendons ! dit-il sur un ton plaisant. J'éprouve quelque scrupule à le nommer Nils comme l'ange que nous avons perdu... poursuivit-il lentement, ce nom restera toujours comme un point douloureux dans notre passé... Que penses-tu de Lars ?...

— C'est un joli nom, Jan... Mais si c'était une fille ?...

Je tressaillis et Jan se retourna brusquement :

— Qu'était-ce ?... fit-il, quelqu'un remuait là...

Il se leva pour voir...

— Un de ces sacrés nègres, on ne peut les distinguer dans l'obscurité. *Halloo !...* cria-t-il.

Mais tout demeura silencieux.

— Un oiseau de nuit, sans doute... Rentrons. N'as-tu pas eu froid ?...

Il serra plus étroitement l'écharpe autour de moi et, prestement, j'appuyai ma bouche sur sa main...

— Laisse ça ! protesta-t-il avec douceur. Ce n'est pas ainsi qu'on embrasse son mari !

Il m'attira dans ses bras et me baisa sur les lèvres.

Mrs. Andersen, qui partageait la chambre avec moi, dormait lorsque j'y pénétrai. Je me couchai à mon tour sans pouvoir trouver le sommeil. Depuis si longtemps, Jan ne m'avait plus parlé avec cette inflexion chaude dans la voix. Le vaste silence du Veld enveloppa peu à peu la maison. Mon enfant remuait à me faire mal. Mes tempes s'enflaient sous le flux de mon sang agité. Il devait être tard. Je décidai d'user d'un cachet. Dans cette intention, je me rendis à la cuisine pour prendre un verre d'eau. La steppe reposait dans un poudroiement d'étoiles. Je m'attardais à la fenêtre quand je perçus un chuchotement montant du bas de la galerie de bois qui adhérait à cette partie du bungalow. Je me penchai un peu et faillis laisser échapper le verre de mes doigts. A travers une découpure de la rampe, m'apparurent deux silhouettes aux cheveux clairs... Quels autres cheveux que ceux de Jan et Sigrid pouvaient chatoyer ainsi dans la clarté bleue tombant du ciel... Leur maintien présentait une volonté inattaquable chez l'un, chez l'autre une imploration éperdue... Jan détournait légèrement la tête, tandis que Sigrid levait vers lui ses blanches mains comme deux calices chargés d'offrandes... Elle paraissait lui adresser de véhémentes exhortations et je ne sais quelle question anxieuse. Sa voix gonflée de larmes s'interrompait pour répéter : « *Jiog âlskar dig !* Je t'aime ! Je t'aime ! Ton cœur est donc plus dur que les rocs de chez nous ?... » Ah ! cette voix de Jan que je ne lui connaissais pas... « Tais-toi ! suppliait cette voix humble et cassée, ne me prends pas toute ma force... Tu ne sais pas ce qu'elle me coûte ! » Et soudain, impuissant de résister plus longtemps au magnétique désir de cette femme, il la saisit brusquement comme une proie...

Je croyais mes larmes taries, et cependant je dus interrompre mon travail. J'entendais gémir et pleurer, me rendant compte à peine que ces sanglots montaient de moi-même, jusqu'à ce qu'on heurtât à ma porte. Meiken entra et, posant sa large main de travailleuse sur mon épaule : « Ecoute, Ranny, il ne faut pas que les méchantes crises te reprennent ! » Son regard désapprouvait les pattes de mouches qui se diluaient dans les larmes tombées sur mon cahier. « Le docteur a eu tort en te mettant dans la tête d'écrire... Ce qui est passé est passé ! Pourquoi, réveiller des choses tristes qui te font pleurer ?... Allons, Ranny, viens m'aider à pétrir la pâte pour le pain, cela te distraira ! »

Je dus laisser passer deux mois avant de pouvoir reprendre le fil de mon histoire, revenir à cette nuit cruelle... Je ne puis me rappeler comment je revins dans ma chambre. M'y étais-je entraînée d'instinct, comme une bête frappée à mort cherche un coin où agoniser ! Je m'abattis sur ma couche. Pour m'empêcher de hurler, je me bâillonnai la bouche en pressant la tête dans l'oreiller. Cependant, l'évidence brutale ne m'avait pas prise au dépourvu. Ne voyais-je pas depuis longtemps mon espoir, hélas ! si tenace, s'effriter un peu plus chaque jour ?... Mais je m'accrochais au doute, au doute plus clément, quoi qu'on en dise, que la brutale réalité ! J'étais terrassée, non tuée ! Ma partie n'était pas définitivement perdue, il me restait mes doigts d'épouse ! Il y avait d'abord le berceau qu'il fallait délivrer de sa housse de toile et mettre en évidence dans notre chambre, pour qu'il la remplisse, comme autrefois, de la neige de ses rideaux... Et n'y avait-il pas, au-delà des mers, sur un registre civil, nos deux noms enchaînés sous un solide paraphe ? Nos signatures à jamais sanctionnées dans le livre saint du Temple ?... Non ! je ne céderais pas ma place sans la défendre ! Je lutterais, me cramponnerais aux murs de ma maison... Comment vivrais-je loin de lui, répudiée, bannie ?... Je plaiderais ma cause... S'il le fallait, je ferais toutes les concessions, me plierais à toutes les conditions, sauf à celle de vivre loin de lui !

L'aube rampait au ras du Veld comme une falote lueur lorsque je me réveillai d'un court assoupissement. Aussitôt, la scène de la nuit rebondit en moi. La chambre se mit à vaciller, je me retenais aux draps avec la sensation de glisser dans un gouffre. Le vertige passé, je me retrouvai face à l'anéantissante réalité... Dans l'autre lit, Mrs. Andersen dormait d'un souffle égal et paisible. Une jambe musclée avait glissé des couvertures cherchant la fraîcheur. Tout à l'heure, elle ouvrirait les yeux, étirerait ses bras fermes de sportive, écarterait ses cheveux en broussaille pour cligner dans le soleil, puis, sautant du lit, contente de vivre, elle irait se livrer au jet glacé de la douche matinale. Dehors, la vie, peu à peu, s'éveillait. On entendait les noirs s'interpeller, leurs pieds nus courir sur les planches de l'escalier et des terrasses.

Quelle contenance allais-je prendre ? Le plus sage n'était-il pas de garder le bandeau sur les yeux ? Dans la nuit, personne ne les avait vus. Ils avaient été sûrs de n'être point épiés, femmes et hommes, harassés par le sport, dormant à poings fermés. Il s'agissait donc de me contraindre d'apporter à ma toilette les soins obligatoires, quoique je me sentisse les membres rompus. Il fallait baigner d'eau fraîche mes yeux rougis, demander à Mrs. Andersen du rose pour mes joues trop pâles. Enfin, il fallait affronter *leur vue,* d'une voix calme prononcer le salut habituel entre nous, le *goddag* suédois, serrer leurs mains en empêchant la mienne de trembler... J'étais prête à tout accepter, à demeurer dans l'ombre, plus effacée et plus accommodante, heureuse malgré tout de porter son nom, de partager sa couche, de le servir. Mais, aux heures lucides, boire ma honte jusqu'à la lie, me mépriser de mes humiliations, de mes lâchetés. N'était-ce pas la seule conduite à prendre si je voulais mener à bien jusqu'au bout, la gestation bénie ?

Un ciel de dimanche, un ciel de fête éblouit le jardin et le Veld. Etait-ce tout ce bleu qui, subitement, tirait à la surface de mon accablement une promesse... la promesse qui, dans ma panique de la nuit, s'était brouillée, avait perdu son sens... Elle me revint fulgurante... Ne m'avait-il pas dit : « Sigrid va partir, retourner en Suède... » Et Jan ne mentait pas ! Un rapprochement se faisait en moi et je demeurai un grand moment éblouie devant ma découverte : la scène que j'avais surprise était celle de leurs adieux !

— Bien dormi, Ide ?...

Jan, la main tendue, me souriait.

La compagnie avait pris place autour de la table du breakfast. Les boys avaient fort à faire, posaient devant chaque convive l'assiette de porridge, les œufs au lard, le poisson fumé, les côtelettes, tandis que les *kaffermeids* versaient le thé et apportaient, sous des cloches d'étain, les toasts brûlants où fondait le beurre et qu'on recouvrait de marmelade d'oranges.

Avec quelle impitoyable prodigalité ma mémoire me livre aujourd'hui les plus infimes détails de ce lointain dimanche, mon dernier dimanche ! Car puis-je encore ranger parmi les vivants la pitoyable créature dont les yeux hâves me regardent dans un fragment de miroir, comme des yeux qui appartiennent déjà à l'au-delà...

Parmi les invités, se trouvaient des Boers venus de loin, dont les *boerderijs*[1] étaient si éloignées des églises que, pour suppléer à l'office, les familles passaient leurs dimanches à chanter des cantiques.

La salle à manger des Morissey ne contenait qu'un buffet prenant toute une paroi, des chaises et une table allant d'un bout à l'autre. Pour la circonstance, tout avait été reculé contre les murs et l'harmonium du salon poussé au milieu de la pièce. Autour de Jan qui y prit place, se forma un grand cercle de gens aux vêtements plutôt cossus qu'élégants, parmi lesquels tranchaient les pantalons de velours côtelé, serrés dans les bottes, blouses kaki et ceintures de cuir des farmers. Paysans frustes, ombrageux et croyants comme les premiers chrétiens. Une expression de solennité naïve sur leurs traits, ils fixaient Jan de leurs yeux aigus. Après un court prélude de l'orgue, mon mari entonna le *Hooglied van Salomo* et les basses des hommes le suivirent, chœur retentissant où les voix des femmes perçaient, pures et vibrantes. Cantique tout d'amour, qui, s'amplifiant, cherchait l'espace, montait vers un ciel si radieusement bleu qu'on croyait y voir palpiter des blancheurs d'ailes...

Sigrid ne chantait pas, gardait les lèvres closes dans une expression amère. Etait-ce cette robe noire que je n'avais jamais vue, élégante par sa simplicité recherchée, qui la faisait paraître mortellement pâle ? Ses prunelles de pierres précieuses accrochées au profil de Jan avaient une fixité étrange, chantaient, elles aussi, leur muet hymne d'amour et de détresse...

Assis devant les claviers, mon mari, de la tête, scandait les mesures. La lumière jouait dans ses cheveux, traçait une raie d'or sur sa nuque hâlée que dégageait l'échancrure d'un chandail vert aux dessins compliqués.

Pour le lunch, les tables furent dressées dans le jardin.

Jan me cherchait du regard, me faisant signe qu'il désirait que je prisse place à son côté. Comme la morphine endort la douleur, cette attention amortit la peur bizarre qui me coulait le long de

1 Fermes.

l'échine chaque fois que je rencontrais les yeux hallucinants de ma rivale. Elle arriva en dernier lieu, alors que tout le monde se trouvait déjà installé aux tables. Elle n'en devait être que plus remarquée et un concert de cris d'admiration accueillit sa mise... Elle était magnifique : sur de minces souliers à boucles d'argent retombait une ample jupe verte. Elle portait un corsage à manches bouffantes, un fichu de soie et un tablier brodé de couleurs éclatantes. Un collier de grosses perles d'or et une couronne de feuillage léger achevaient cette tenue plaisante mais qui contrastait singulièrement avec l'effrayante pâleur du visage. On avait réservé à Sigrid sa place en face de nous.

— Il y a longtemps que je voulais te faire la surprise de notre costume national, dit-elle à son cousin. Je l'avais emporté et attendais une occasion...

Elle n'acheva pas, un tic douloureux fit frémir ses lèvres.

— Mais c'est la robe des épousailles de votre pays ! s'écria Mrs. Roth, d'origine allemande. Le peintre Nyberg la représente sur sa toile qu'il a intitulée : *La Toilette de la Mariée.*

Une atmosphère de bien-être régna bientôt autour de la table encerclée de gens placides, bien nourris, aux vêtements soignés, qui échangeaient entre eux de lents propos sans originalité. Une plaisanterie soulevait, par moments, l'hilarité parmi les jeunes qui occupaient le fond de la pièce. Jan demeurait silencieux. Son regard était comme tiré en dedans. Moi qui connaissais chaque expression, chaque jeu de sa physionomie, je comprenais qu'il souffrait, figé dans une sorte de désespérance tranquille. Je voyais qu'il mangeait à peine tout en m'obligeant à prendre de tous les plats. Consciencieusement, il évitait l'investigation de Sigrid, mais comment eussé-je pu m'en réjouir, connaissant le sacrifice douloureux que lui dictait sa loyauté ?... Lorsque le champagne perla dans les coupes et que, debout, les convives portèrent les toasts, Sigrid leva son verre :

— *Ladies and gentlemen !* dit-elle, souriant avec des lèvres blanches, je bois à l'espoir que vous garderez de moi un souvenir pas trop désagréable ! Je vous quitte pour toujours ! Dans dix jours je m'embarque pour l'Europe !

Le moment de stupéfaction passé, il y eut une explosion de cris :

— Mais que vous a-t-on fait, bon Dieu ! Pourquoi voulez-vous nous quitter ?...

Tous, hommes et femmes, enserraient la Suédoise de vives protestations. Elle souriait toujours :

— Je suis vraiment émue, chers amis !... Hélas ! la raison impose des devoirs que le cœur n'approuve pas !... Mais sait-on jamais ? Si on part, on peut revenir !

« Non ! » lui répondit le regard ferme de mon mari.

L'air ruisselait de lumière. Mais, à cette saison, une fraîcheur délicieuse pénétrait les rayons ardents du soleil qui déclinait dès cinq heures. Aussitôt le repas terminé, les joueurs prirent le court d'assaut. J'avais retenu Sigrid.

— Il est ravissant ton costume, lui dis-je. Est-ce vrai qu'il est celui des mariées ?...

— Oui, c'est juste... fit-elle, le regard détourné. En général, la jupe est rouge, on la porte verte le jour du mariage...

Elle se tut à la vue de Jan qui venait derrière nous.

— Tu ne vas pas jouer dans cet accoutrement ? remarqua-t-il.

— Merci pour l'accoutrement ! Je ne jouerai pas du tout, ne me sentant ni d'humeur ni en forme !... J'aime autant que mon honorable clan garde de moi le souvenir un peu cuisant d'une partenaire au poignet preste et solide ! Mais je me sauve ! J'ai besoin d'une heure de repos et Mrs. Morissey m'a montré une cachette où *ils* ne pourront me découvrir !

A peine avait-elle disparu qu'on la réclama à cor et à cri. Maison et jardin furent battus en tout sens. Pendant ce temps, d'autres forcenés s'en prirent à mon mari, voulurent à tout prix l'entraîner sur le court.

— Laissez-moi en repos ! J'ai la flemme... Je vous battrai un peu plus tard ! fit-il en riant, vous ne perdez rien pour attendre !

Nous occupions deux chaises longues sur la galerie, face au court. Jan ne tarda pas à s'endormir. Le soleil chauffait. Des gouttelettes de sueur parurent sur sa lèvre supérieure et à la racine de ses cheveux. Je tirai le rideau de toile pour donner de l'ombre. Je luttais avec le sommeil pour contempler mon mari, le contempler avec cette angoisse revenue malgré la perspective du départ de Sigrid... Combien de temps encore ? me disais-je, pressentant peut-être que les instants de sa présence m'étaient comptés.

— Oh ! tu ne dors plus ?... fis-je, effrayée, voyant que Jan m'observait à travers ses paupières mi-closes...

— Pourquoi t'effrayer, Ide ?... A quoi songeais-tu ainsi ?

— J'ai du chagrin, puisque tu me laisses ici, Jan.

— Ce n'est pas raisonnable... Dans huit jours, je viendrai te chercher et on ne se quittera plus... et puis, bientôt, maintenant...

Je fus si heureuse de ces bonnes paroles que je me penchai et voulus baiser sa main appuyée sur le bras de la chaise longue.

— Laisse ça ! fit-il agacé.

Mais, me voyant confondue de la brusquerie de son geste, sa bonté naturelle reprit le dessus :

— Ne sois pas toujours si humble envers moi, Ide... dit-il doucement. Une semaine, c'est peu pour remettre tes nerfs d'aplomb... D'ailleurs, Sigrid restera avec toi...

On avait avancé l'heure du thé. Les hôtes s'apprêtaient au retour. On entendait le hennissement des chevaux attelés, le halètement des moteurs. Sur un ciel rouge sang d'une extraordinaire luminosité, se découpait le profil de mon mari. Il m'avait embrassée, et maintenant serrait les mains tendues. Sigrid le fixait d'un regard lourd de rancune, tandis que, très simplement, après avoir baisé sa main qu'il garda quelques instants dans la sienne, il lui dit en suédois :

— *Farväl,* Sigrid.

Il répéta d'une voix altérée :

— *Adjö !*

Ses paupières battirent, ce fut tout. Et j'admirai sa maîtrise.

Des adieux retentirent : « *Toot weerziens ! Good bye !...* » Attelages et automobiles démarrèrent dans toutes les directions.

— *Good bye !* appelai-je une dernière fois.

Il me fit un signe de la main. Je ne devais plus le revoir !

Arrivée là, j'ai jeté ma plume. Ne plus le revoir ! Dieu juste ! N'eût-il pas mieux valu demeurer dans ma nuit ? Je suis sortie. J'ai crié son nom avec désespoir. Hélas ! ma voix dérisoire s'est heurtée contre le mortel silence du Veld... Par un douloureux effort, je suis revenue dans mon cabinet, j'ai repris mon cahier.

Une sombre tristesse m'étreignait le cœur. De tous mes yeux je suivais la voiture cahotée mais qui allait bon train quand même sur le terrain raboteux. Quelqu'un me prit le bras. Je résistai jusqu'à ce que le véhicule qui emportait ma vie ne fût plus qu'un jouet d'enfant à l'horizon. Alors, je me laissai entraîner. Il y avait au-delà du jardin, en plein champ, une gloriette où grimpait la vigne vierge. Ce fut seulement lorsque je me trouvai assise sur le banc grossier qu'une faiblesse me prit. Je revins à moi en sentant des picotements à mes narines. Sigrid me faisait respirer des sels. Elle feignait la commisération...

— Comme tu l'aimes ! remarqua-t-elle. Te frapper ainsi pour une séparation de huit jours ! C'est fou ! quand je dois, moi, le quitter pour toujours ! Pas un instant tu ne penses à ma souffrance à moi ! Vois-tu, jamais je n'ai rencontré un homme comme lui, si mâle, si fier, et qui peut être si cruel, et qui peut être si doux !

Elle continua, des pleurs dans la voix :

— Savoir que celui qu'on a cherché avec la patience du désespoir veut enfin reconnaître son injustice, son effroyable dureté, et se heurter à deux mots pareils à un *glas : Trop tard !* Car Jan m'aime, n'a jamais aimé que moi et n'aspire qu'à une chose : sa liberté ! Seulement, il est bon... Ses généreux scrupules, sa rigueur envers lui-même le rendent anxieux de se libérer.

Elle se pencha sur moi

— En veux-tu la preuve ?... Regarde cette lettre... Tout à l'heure, il l'a glissée dans mon sac pour que je la lise après son départ...

Elle fit le geste de me la tendre, et puis la reprit :

— Non, ne la lis pas, tu es vraiment trop pâle... ajouta-t-elle avec un mauvais sourire.

— Sois satisfaite... fis-je avec effort. Toute joie est désormais éteinte en moi...

— Mais tu veux rester quand même ! gronda-t-elle entre ses dents. Que tu es donc lâche, ma pauvre Ide... D'ailleurs, la lâcheté se lit sur ta face... Ce que tu dois agacer ton mari avec ta soumission d'esclave !

La haine de cette fille rompait les digues, déferlait sur moi. Je tentait de la fuir, mais elle me barra le passage.

— Tu prétends aimer Jan, pourtant cela t'est égal qu'il souffre, qu'à tes côtés il se meure de moi !

— Qu'y puis-je ?... balbutiai-je plus qu'à demi consciente.

— Tu peux partir... partir en secret, je t'y aiderai... Mon billet pour le bateau est commandé... Tu le prendras à ma place.. Crois-moi, Ide, ce serait l'unique solution du conflit où nous nous débattons tous les trois ! Retourne cnez tes sœurs, je suis assez riche pour te procurer là-bas une vie aisée.

Je l'interrompis d'un geste et ma voix ne tremblait plus lorsque je lui déclarai avec force :

— Je te le répète, Sigrid, je ne quitterai mon mari que le jour où lui-même me le demandera !

Ah ! si Jan avait pu voir comme la haine transfigurait cette splendide créature ! Dans les quelques secondes où cette femme maintint son regard sur moi, je perdis la respiration, mon pouls ralentit... Je me sentais à sa merci, fascinée comme un animal sous la convoitise d'un fauve. Ses lèvres exsangues articulaient quelques mots que je devinai plutôt que je ne les saisis : « Tu l'auras voulu ! »

Et puis, je restai stupéfaite. Brusquement, son visage crispé redevint lisse et doux. Sigrid prêtait l'oreille et, souriant comme si rien ne s'était passé entre nous :

— Je crois qu'on nous cherche... dit-elle en voulant prendre mon bras que je lui arrachai.

Chaque matin, Sigrid montait une fougueuse jument grise que Mrs. Morissey avait mise à sa disposition. Elle restait absente plusieurs heures et, au retour, bête et cavalière semblaient exténuées. Pour la première fois, Sigrid montrait ses nattes en désordre. Une moiteur recouvrait son visage tandis que la robe du cheval était trempée de sueur.

Et ce fut un jour comme les autres, même atmosphère bleue et limpide. Pas un nuage au ciel vibrant de lumière. Rien dans tout cet azur n'annonçait que l'esprit du mal rôdait par là.

Comme tous les matins, Jan m'avait appelée au téléphone, s'était enquis de ma santé, me recommandant une heure de marche par jour. Sa voix était affectueuse et rien dans la mienne ne pouvait trahir le pressentiment qui me bouleversait, m'agitait.

Tout concourait à faciliter les desseins de la criminelle Les maîtres de la maison, appelés chez leur notaire à Thuisbank, nous dirent en prenant congé de nous qu'ils ne seraient pas de retour avant le soir. La bonne Mrs. Morissey embrassa cordialement la cousine du docteur Yvarsen, lorsque celle-ci lui apprit qu'ayant encore des formalités à remplir, elle s'était décidée à partir aussitôt après le lunch pour rejoindre à Johburg ses amis qui devaient l'accompagner jusqu'au Cap. On avança le repas que nous prîmes ensemble. Sigrid semblait calme. Le nom de Jan ne fut pas prononcé. Elle relatait la vie agréable et amusante des grands paquebots de luxe pendant que je tâchais de dissimuler l'exultation qui me possédait toute, qui faisait trembler mes mains. Dans quelques jours, les mers sépareraient à nouveau deux êtres dont un instant d'égarement d'une part, de l'autre un inflexible orgueil, avaient dévié les destinées... Dans mon foyer bouleversé rentrerait la paix des jours passés. L'enfant naîtrait, et, à travers ce petit être, pâlirait peu à peu l'image de l'intruse...

Comme je partais pour une marche, j'aperçus Sigrid debout devant le garage, surveillant la mise au point de sa voiture, dans laquelle un cafre déposait un bidon d'essence. Le cœur me battit. L'heure de nos adieux avait-elle sonné ? Ils furent simples et brefs.

— *Hallä,* Ide ! Tu ne me trouveras plus à ton retour... Laisse-moi t'embrasser, *min kär...*

D'un pas délibéré, elle vint à ma rencontre. Baiser fut-il jamais aussi vil, aussi perfide ?

Au cours d'une promenade, j'avais rencontré, cachée par un repli de terrain, une pauvre cabane de nègres, flanquée d'une cour, mal close d'une palissade branlante, où végétaient une chèvre et quelques poules étiques. Je m'arrêtais chaque fois, auprès de la marmaille noire, trouvant drôles et charmants les négrillons nus avec leur ventre en tambour sur de petites jambes grêles, leur grosse tête velue, leurs yeux noirs et blancs roulant comme des billes dans leurs orbites. Ce jour-là, je leur avais apporté des gâteaux préparés à leur intention.

Ayant franchi la petite côte qui menait à la farm-cottage, je perçus dans le lointain une auto venant dans ma direction. Je ne tardais pas à reconnaître la voiture de Sigrid. Le visage bouleversé, elle stoppa brusquement.

— Vite ! dit-elle en ouvrant la portière, et me faisant signe de m'asseoir à côté d'elle. Le docteur Braas vient de téléphoner. Jan s'est coupé dans la main en opérant un ulcère. Il a eu des soins immédiats et il n'y a pas lieu de s'inquiéter outre mesure.

Cependant, Braas te conseille de rentrer. Je t'emmène à Krittelwerk. Un billet que j'ai laissé pour nos hôtes leur expliquera ton départ...

La frayeur me collait la langue au palais. Je n'avais jamais imaginé que mon mari pût être atteint d'un mal physique. Je ne lui avais pas connu un rhume. Aucune fatigue ne pouvait venir à bout de son corps, réfractaire, me semblait-il, à toutes les maladies. Et voici que le bistouri qu'il maniait avec tant d'adresse s'était retourné contre lui...

Depuis trois heures, la voiture roulait à tombeau ouvert. Dans mon impatience, je ne cessais d'inspecter l'horizon, mais rien n'indiquait encore que nous approchions du bourg. Ses mains nerveuses crispées au volant, silencieuse, le regard fixe, Sigrid paraissait se concentrer. Je lui fis la remarque que je n'avais jamais vu ce bouquet d'arbres sur la route qui conduisait chez les Morissey, ni ce lit où l'eau recouvrait à peine les pierrailles, que nous dûmes traverser.

— Plains-toi que j'ai découvert ce raccourci ! fit-elle.

— Un raccourci ! Tu veux rire ! Avoue plutôt que tu as pris une fausse direction.

Je songeais à mon mari blessé et m'affolais.

— Tu vois bien que tu t'es égarée ! Rebroussons chemin, je t'en supplie !

Sans répondre, elle accélérait la course. Il lui était facile de me berner, car elle connaissait mon incapacité à me retrouver dans les steppes sans limites.

— Où allons-nous donc ? m'écriai-je, de plus en plus alarmée. Il est près de sept heures ! Il y a longtemps que nous devrions être rendues !

— Mon car a soif ! dit-elle comme l'auto ralentissait d'elle-même. Veux-tu m'aider à verser l'essence dans le réservoir ?

Ravitaillée, la limousine reprit son élan. Nous enfoncions dans des fondrières, sautions par-dessus des fossés. Nos têtes se heurtaient durement au plafond du véhicule. Des racines et des branches mortes craquaient sous les larges roues qui s'engageaient sur un terrain de broussailles que dominaient des arbres.

— Mais nous sommes en pleine brousse ! m'exclamai-je, terrifiée.

— *Tacka för det !* jura-t-elle. Ce n'est pas difficile de se perdre dans ce sacré pays, où l'on ne trouve pas un seul poteau indicateur !

— Qu'allons-nous faire ?...

— Continuer, bien entendu... dit-elle, évitant mon regard. Elle était livide.

— Nous arriverons finalement à sortir de là, à tomber sur quelque patelin où nous pourrons nous renseigner.

Je ne partageais pas cet optimisme. Le ciel commençait à rougir.

— Après le coucher du soleil, les lions sortent de leur tanière !

— Bah ! fit-elle, sur un ton qui me rassurait un peu, tu sais bien que les bêtes de la brousse ont peur de nos autos, et surtout du bruit de nos trompes !

De loin en loin, une perche posée sur deux poteaux espacés nous barrait le chemin. Nous allions la soulever à tour de rôle.

— Encore un de ces maudits *gates*[1] ! gronda Sigrid en arrêtant la voiture.

Je descendis et, empoignant la lourde traverse, je tirai à moi de toutes mes forces. Le passage était libre... A cet instant, le claquement de la portière retentit comme un coup de revolver, et, d'un bond, au risque de me renverser, l'auto s'élança... La stupeur me cloua sur place. Je criai : « Es-tu folle ? Arrête !... » Mais, dans l'énorme silence, je ne perçus que le ronflement affaibli du moteur. Stupide, je me refusais à comprendre, m'attendant à voir, d'un moment à l'autre, la voiture revenir. J'appelai encore tant que je pus : « Sigrid ! Sigrid !... » Interrompu par mes appels, le silence retomba, plus épais. Alors, l'évidence du crime me sauta aux yeux !

Arrivée à ce carrefour de ma mémoire, la plume m'a échappé. J'ai caché ma figure dans mes mains, reprise d'une épouvante rétrospective... Mon Dieu ! vos foudres n'ont-elles pas anéanti le lieu où une femme perpétra le plus lâche des forfaits ! Où était-elle aujourd'hui celle qui, pour usurper ma place, n'avait pas hésité à me jeter dans le domaine des fauves ? Vivait-elle impunie, heureuse, dans la maison qui fut la mienne ? Et lui, mon bien-aimé, a-t-il souffert de ma disparition ?... M'a-t-il regrettée, cherchée ?... Que ferait-il s'il venait à connaître le

1 Barrière.

sombre crime de celle qui est aujourd'hui sa femme et peut-être la mère de ses enfants ?

Crime longuement prémédité, depuis le jour où Sigrid s'était rendue au Low Veld. Elle y avait passé une semaine à étudier les lieux. Pour atteindre son but, il lui fallait non seulement supprimer l'obstacle, mais l'anéantir si complètement qu'on ne pût en découvrir le moindre vestige. En vérité, comment discerner, dans un désert d'herbes et de broussailles, des ossements humains mêlés à ceux des bêtes massacrées ?

Parfois, à force de souffrir, mon cœur s'engourdit. Je cause avec mes bienfaiteurs. Comme autrefois, je vaque avec Meiken aux travaux domestiques. Je vais voir les bêtes. Il m'arrive de jeter les bras autour du cou de la jument, de lui mendier un peu d'affection, et l'animal presse son front contre mes mains qui le caressent. Mais, brusquement la douleur se réveille et avec la haine de l'être monstrueux qui m'a dépouillée de toutes les douceurs de l'existence. Je sens alors en moi une bête en furie et je me jette contre les murs comme contre les barreaux d'une cage.

Enfouie dans un vaporeux nuage, la pleine lune diffuse sa blanche lumière sur les champs où les bêtes dorment en liberté. Quelquefois, au milieu de la nuit, apporté de très loin, on perçoit le rugissement d'un lion. Ce sont alors, sur la steppe nocturne, galopades de sabots foulant le sol dur, beuglements d'alarme, plaintifs bêlements, et, au matin, on trouve le bétail tassé autour de la maison.

Que d'hésitations avant de reprendre le cours de mon récit ! Je suis sans courage pour revivre par la plume l'épouvante de cette nuit passée dans la brousse.

Revenue de ma stupeur, je regardai autour de moi, parcourue de tremblements. Partout je voyais le péril. De quel côté diriger mes pas ? Machinalement, j'avançai dans la direction où la misérable avait disparu. Le soleil s'était couché. Un frisson de mort parcourait mes artères. Je marchais péniblement, butant contre les racines, sursautant d'effroi au bruissement d'un arbrisseau que frôlait ma robe. Des mouvements désordonnés dans mes flancs me rappelèrent que j'avais encore une autre vie à défendre. Mon enfant allait-il périr avant d'avoir vu le jour ?

A mesure que l'ombre envahissait le Bushveld, la solitude

autour de moi semblait s'animer... Je devinais des bonds silencieux, des glissements de formes furtives. Un instant, je crus voir deux points phosphorescents fixés sur moi et le sol se déroba sous mes pieds. Mais toujours ma maternité en péril reconcentrait mon énergie, me rendait aux instincts nus et sauvages. Mue par le seul instinct de la conservation, j'allais dans l'herbe drue, me déchirant aux épines des mimosées. Une fois, un rampement distinct me figea sur place. Quelque chose approchait, raclait la terre. J'avais oublié le serpent. Je savais que, poursuivi par ces reptiles il fallait fuir en zigzaguant. Je n'en eus pas la force. Sur le ciel sombre, les étoiles semblaient mal allumées. Confusément, les silhouettes des arbres se dessinaient dans l'obscurité. Des ombres se détachaient de leur base, des formes se déplaçaient. Je me sentais envahie de panique. La fièvre bourdonnait à mes oreilles, et, bien que la température eût baissé, la sueur ruisselait sur ma figure. Je continuais cependant à poser un pied devant l'autre, évitant les gouffres de ténèbres où je n'osais plonger le regard. Plusieurs fois, je crus apercevoir une lumière. Ce n'était que la lueur de prunelles mystérieuses. Je repartais, talonnée par la peur. Vide de pensées, je n'avais qu'une idée : tenir aussi longtemps que possible. Peut-être espérais-je rencontrer une de ces huttes d'écorce aperçues jadis, où je pourrais me réfugier et dormir jusqu'au matin ? Le jour, la brousse présente moins de danger. Soudain, loin, au fond des ténèbres, tonna un rugissement qui me glaça le sang dans les veines et lorsque d'autres rugissements, rauques et courts comme des aboiements, s'élevèrent de partout, l'épouvante brouilla ma raison. Je fis quelques pas encore, puis, tombant à genoux, j'enlaçai le tronc d'un arbre, attendant, les yeux fermés, la mort qui allait sortir de l'ombre... Combien de temps demeurai-je évanouie ou simplement endormie peut-être ? Lorsque je revins à moi, le ciel s'était éclairci, troué de fulgurantes étoiles. Etendue sur le sol froid et dur, je grelottais. La conscience d'une mort horrible ne m'avait pas quittée. J'entendais des foulées rapides, des craquements de branches, des halètements d'animaux traqués. Un souffle me passa sur la joue. Je demeurai figée. De lancinantes douleurs me firent porter la main à la tête, je la retirai poissée de sang. J'avais dû me blesser en tombant. Des tiraillements au creux de l'estomac me rappelaient aussi que je n'avais rien mangé depuis de longues heures. Je priais, me recroquevillant de terreur chaque fois qu'un rugissement grondait sur ce domaine de cauchemar. Je disais des mots sans suite... Cependant, mon ouïe restait tendue, aux aguets, quand, dominant les mille bruits épars, un étrange crépitement frappa mes oreilles. Une âcre odeur vint jusqu'à moi... Non, je ne rêvais pas, c'était bien de la fumée qui s'élevait... Des humains vivaient donc dans ces parages... Un espoir fou me mit debout, guida mes pas, et je poussai un cri de joie : au milieu d'une clairière, œuvre de la foudre, des fagots flambaient, éclairant de gesticulants fantômes... Mais les fantômes n'ont pas de voix, et celles que j'entendais grêles et nasillardes, je les connaissais, les cafres m'étaient familiers. Mes jambes flanchaient. Une voix enrouée, cassée, qui devait être la mienne, prononça quelque chose. La dernière vision que me restitue ma rétine me montre les faces grimaçantes, les prunelles ensanglantées du reflet des flammes, de ces noirs effrayés à ma vue... Et puis, je ne sais quel déclic ferma d'un seul coup toutes les cellules de mon cerveau.

Ce fut une loque humaine, grelottante de fièvre, barbouillée de sang, les vêtements en lambeaux, que les indigènes amenèrent à la ferme des Minhaar. Que Dieu bénisse ces braves Boers d'avoir donné asile à la miséreuse. Confusément, je me revois allongée sur ce lit de camp qui allait devenir le mien. Dans la fenêtre étroite, je voyais le soleil tourner, la nuit venir. Une lune tantôt ronde, tantôt écornée, toujours étincelante. Et le silence se développait plus vaste après le beuglement d'un bovin ou le bêlement plaintif d'un mouton. Je me souviens d'une main rugueuse et fraîche se posant sur mon front en feu, d'un visage aux traits brouillés penché sur moi, tandis que je buvais la tisane de baobab. Une fois, j'entendis ma propre voix pareille au cri d'une bête qu'on égorge...

Grâce à ma robuste constitution je me relevai. On put se servir de moi. Je n'étais que trop heureuse de pouvoir, par mon travail, payer les bienfaits de mes hôtes. La ferme carrée, blanchie à la chaux, se composait d'une assez grande cuisine, d'une salle et de deux cabinets dont le plus petit m'avait été affecté ; je l'habite encore aujourd'hui. Des baraquements abritaient les récoltes. Le bétail courait en liberté. Seule, la volaille était parquée dans un enclos. Les Minhaar avaient trois enfants. Leur fille unique s'était mariée au Natal. Les fils travaillaient dans les mines du Witwatersrand. On ne les voyait jamais. La vie coulait sans heurt et sans joie. Je secondais Meiken dans les besognes de la maison. Le soir, nous ravaudions le linge. Quand elle accompagnait son homme au bourg le plus proche, je gardais la ferme. De loin en loin, passait un marchand ambulant, portant sur son dos une hotte de pacotilles. Jamais Meiken ne pouvait résister à l'appât d'un tissu chatoyant ou d'un bijou de verroterie. La salle, alors, ressemblait à un bazar et, pendant que Mathijs travaillait, plongé dans la haute floraison du mielis, c'étaient de longs conciliabules, de longues hésitations, où la *kaffermeid* même était appelée à donner son avis sur le choix final. Ainsi, peu à peu, s'entassaient, au fond de l'unique armoire, savons parfumés, fichus, jupons et pièces de satinette. Je m'étonnais que Meiken, vivant selon les préceptes de l'Evangile, manifestât un tel contentement à se mirer dans sa glace, parée de colliers et de coiffes rutilantes. Un autre plaisir l'attendait à Pâques où, pour la communion annuelle, les fermiers se rendaient à White-River. Mathijs attelait la vieille guimbarde et ils m'emmenaient avec eux. On emportait des vivres et la tente qu'on dressait parmi celles des autres afrikanders en campement sur la place de l'église. La première fois que j'entendis des sons d'orgue, quelque chose de vaguement douloureux parut vouloir se frayer un chemin à travers la nuit de mon esprit. Ah ! que cela me faisait mal de chercher ainsi un écho à mon angoisse.

XI

Août commençait. Déjà, le Veld se recouvrait d'un vert acide. Le soleil devenait plus chaud. L'été éclaterait tout à coup, comme un fruit qui mûrit à l'ombre sans qu'on s'en soit aperçu. Le baas était parti de grand matin pour le White-River vendre la laine de ses moutons. Il revint très tard, chargé de graves nouvelles. En Europe, on mobilisait... Quelques jours plus tard, Mathijs retournait au bourg d'où il apporta des nouvelles plus alarmantes encore. Déjà, on se battait dans l'Est de la France. Au pays même, les Boers tentaient, une fois de plus, de se rebeller contre les Anglais. Mathijs proclama qu'il comptait en être ; il lançait de gros jurons, tapait sur la table, parlait de revanche. Je ne l'avais jamais vu si excité. Meiken pleurait :

— Nous sommes si tranquilles ici... Pourquoi te mêler à une lutte perdue d'avance ! Ils sont bien trop nombreux, les autres, tu le sais bien ! Et si tu te fais tuer, que deviendra notre ferme si bien en train, maintenant ?

— *Eendrackt maakt magd*[1] ! déclara-t-il en clignant ses petits yeux rusés. Tu ne voudrais pas que je lâche mes frères ?

Mathijs, cependant, ne partit point. Le mouvement insurrectionnel des Boers fut vite réprimé. Il s'agissait aujourd'hui, ce qui était plus sérieux, de refouler les forces allemandes qui commençaient à envahir le territoire sud-africain.

— Nos fils vont donc se battre aussi ?... gémit Meiken.

— Je ne veux pas en douter ! gronda le baas. Les Allemands dans le pays ! Pour le coup, ils nous feraient voir qu'on n'était pas si malheureux que ça avec les Anglais !

La veillée fut longue et anxieuse. Pour la première fois j'entendais parler de guerre. Nous étions assis dans la salle, à la grande table recouverte de toile cirée. L'abat-jour vert d'une lampe à huile rabattait la lumière sur nos ouvrages, laissant dans l'ombre le vaisselier et l'armoire rustiques. Meiken, tout en tirant l'aiguille, évoqua la grande guerre des Boers. Mathijs avait été des premiers à prendre le fusil, tandis que sa mère et elle, entassant les petits et leur pauvre avoir sur l'*ossewa*[2], s'étaient portées vers le Nord. Seul, l'extrême Nord fut épargné par les troupes anglaises.

Meiken avait eu à souffrir tous les maux possibles, mais elle avait retrouvé son homme vivant et ils avaient pu reconstruire leur petite ferme.

Mathijs avait écouté en silence, tirant si activement sur sa pipe qu'il disparaissait derrière un nuage de fumée.

— Oui, ils ne m'ont pas eu, grommela-t-il. Mais moi, j'en ai descendu plus d'un !...

Meiken demeurait grave. De temps en temps, une larme roulait sur la toile qu'elle ourlait.

— C'est dans les environs de Krittelwerk qu'ils sont tombés mes deux frères... murmura-t-elle.

1. L'union fait la force.
2 Char à bœufs.

Comme si ce mot avait eu une résonance dans ma tête, je répétai plusieurs fois : « Krittelwerk ?... Krittelwerk ?... »

— Ah ! ça, fit Mathijs attentif, seriez-vous de Krittelwerk, Ranny ?

De nouveau je sondai, labourai ma mémoire... Rien... la légère fissure s'était refermée.

Il était tard. La lampe baissait. Le *baas* réclama de la bière. J'en cherchai un cruchon plein.

Ce soir-là, je demeurai longtemps à ma petite fenêtre. Le regard perdu dans les ténèbres, je répétais le nom qui m'avait frappée : Krittelwerk... Krittelwerk... Mais, à cette heure, il m'était impossible de découvrir dans ces trois syllabes un son familier...

Les saisons s'écoulaient. Le *baas,* quand il revenait de White-River, où il allait vendre ses récoltes, nous apportait les échos de la guerre lointaine. On savait qu'il y avait sur terre et sur mer des batailles terribles, que villes et villages brûlaient... Et tandis que, là-bas, le sang gorgeait la terre, la vie à la ferme s'écoulait paisiblement. Nos moutons n'avaient jamais donné si belle laine, nos orangers si gros fruits. Nos bovins étaient superbes, leur pelage ne montrait plus ces larges traces de lanière. Nos cafres, que je ne cessais de raisonner, ne les brutalisaient plus. Le *baas* leur avait adjoint deux zoulous pour la culture du tabac. C'étaient deux grands diables de physionomie intelligente. Avec aisance, ils menaient la charrue sur le sol dur.

— On dirait que vous avez apporté une bénédiction sur notre petite ferme, me dit Mathijs un jour. Depuis le moment où vous êtes venue, tout a prospéré ici...

— Le bon Dieu a voulu vous récompenser de la bonté que vous avez toujours témoignée à la pauvre créature qui vous est tombée du ciel, lui dis-je.

Il me fit taire, protestant que, par mon travail, je leur rendais au centuple la nourriture et les quelques vêtements que je leur devais. C'était plaisir à voir le maître, ses lunettes serties d'acier chevauchant son nez charnu, étudier laborieusement ses comptes de banque.

Et puis, l'allégresse des peuples délivrés du sanglant cauchemar se répercuta jusqu'en notre solitude. On se représentait les guerriers revenant au bercail. Le bonheur des retours, la détresse devant les places qui resteraient vides...

XII

Depuis quelque temps, Mathijs se rendait fréquemment au bourg et s'embrouillait quand il cherchait à nous donner les raisons de ses absences prolongées. Meiken secouait la tête :

— Ben, si mon homme commence à faire le mystérieux à présent ! me disait-elle non sans inquiétude.

Un matin, nous eûmes la clef de l'énigme en voyant arriver un beau *lorry*[1] à moteur laqué de noir. Trois personnes tenaient aisément sur le siège du conducteur. Il fut convenu qu'on l'étrennerait pour se rendre à Durban, faire visite à Zina, la fille des fermiers, qu'ils n'avaient plus vue depuis huit années. Ils voulurent m'emmener. Cette perspective m'inquiétait. J'eusse préféré demeurer avec les noirs et nos bêtes qui m'aimaient. Mais je dus me soumettre à leurs instances. Après que nous eûmes fait notre choix parmi les réserves étalées sur la table, nous nous mîmes à couper et à coudre. Meiken eut une sérieuse crise de coquetterie. Elle exigea que je garnisse sa robe gris argent avec d'affreuses passementeries jaunes. Le jour venu, elle mit une broche, une croix en émail, plusieurs colliers, et m'obligea de rehausser ma robe noire d'un col rose et d'une chaîne de perles violettes. Je dus lui friser les cheveux au fer. Prête, une capote fleurie à larges brides nouées sous le menton, elle se trouva une allure de bourgeoise qui la ravissait. Le baas en blouse brune à ceinture, pantalon de velours côtelé et grand chapeau à vastes bords, avait chaussé ses plus belles bottes. On partit à la pointe du jour. La grosse voiture donna ses preuves, engloutit l'espace et, triomphant, Mathijs nous découvrit son talent de chauffeur. Après avoir parcouru, grimpé et descendu des chemins difficultueux, le lorry s'arrêtait le surlendemain devant un bungalow précédé d'une courette fleurie. Le revoir entre les parents et leur fille n'eut rien d'émouvant. Un baiser, une poignée de main, comme s'ils s'étaient quittés la veille. Mais le vieux couple eut tout lieu de se réjouir. Veuve depuis peu, Zina avait su se tirer d'affaire en transformant sa demeure en

1. Petit camion.

boarding house[1]. La jeune femme menait rondement ses neuf pensionnaires. Quand tout le monde était installé à table, du dos de son couteau, elle frappait contre son verre. Aussitôt, tous, les yeux baissés, joignaient les mains, tandis que Zina récitait le Bénédicité. Après quoi, les plats fumants apparaissaient. A l'issue du repas, le même rite coupait les conversations et seulement à la fin de l'action de grâces il était permis aux pensionnaires de se lever de table.

Après le lunch, Mathijs ne tint plus en place et partit pour l'internat chercher ses deux petits-fils de dix et douze ans. Pendant ce temps, Meiken m'entraîna à la plage. Lorsque je me trouvai devant l'immensité mouvante qui reflétait l'azur du ciel, je demeurai en arrêt, immobile. Mes prunelles devinrent fixes, me raconta Meiken plus tard, et je me mis à trembler si fort qu'elle dut me soutenir.

« Ce bleu... tout ce bleu... » murmurai-je. Derrière mon front, ce fut une lente déchirure... A cet instant même, un garçonnet, tenant un petit seau de sable, se heurta à mes jambes... Alors, dans ma cervelle, le trou s'élargit : « Mon enfant !... C'est mon enfant ! » criai-je. Le petit, effrayé, se mit à courir. Mais moi, je me jetai à genoux et, enlaçant les jupes de ma vieille amie : « Meiken ! je me souviens ! sanglotai-je, j'avais un mari ! j'avais un enfant ! » Et, dans mon affolement : « Qu'on m'ouvre le front ! criai-je convulsée, je veux me souvenir ! Il faut que je me souvienne ! » Des gens s'arrêtèrent, aidèrent Meiken à me relever. Elle me ramena en hâte au *boarding house.* J'étais baignée d'une sueur d'angoisse. Jusqu'au soir, je demeurai absente à ce qui m'entourait, hallucinée par les yeux bleus d'un homme et les boucles d'or d'un enfant... Pourtant, après le souper, je consentis à accompagner mes amis au café-concert. C'était une grande salle basse. Des colonnes carrées soutenaient le plafond peint de tritons et de nymphes. Les mêmes sujets ornaient les murs. On était assourdi de couleurs brutales. Il y avait beaucoup de monde et beaucoup de bruit. Nous trouvâmes une table vide au pied du podium où un pianiste donnait le ton aux musiciens. Dans le brouhaha, je ne distinguai d'abord aucun air. Peu à peu, les sons s'harmonisèrent, une mélodie monta, qui me parut infiniment triste.

1. Pension de famille.

— Qu'est-ce qu'on joue ?... demanda en anglais une voix derrière moi.

— Ça s'appelle *Pour une infante défunte,* fut la réponse.

Meiken me poussa du coude :

— Bois un peu de ce punch glacé, me dit-elle, inquiète de me voir immobile.

J'étais incapable d'un mouvement, hypnotisée par la musique. Les sons, ceux du piano surtout, me communiquaient de douloureux frémissements... Ces mains qui martelaient le clavier, ces archets qui glissaient sur les cordes des violons, agissaient sur mon esprit comme des passes magnétiques... Je sentais venir la révélation foudroyante et j'avais peur comme l'animal à l'approche d'un tremblement de terre. La tête appuyée à la colonne contre laquelle j'étais assise, j'attendais la commotion qui allait libérer les images si longtemps prisonnières... Quels revenants m'apparaîtraient les premiers ?... Ah ! qui que vous soyez, ne me brusquez pas !... Soyez pitoyables ! Abordez-moi doucement... J'ai dû tant souffrir pour que la miséricorde divine m'ait donné un si long oubli !... Ne la regretterai-je jamais cette bienfaisante torpeur où je végétais sans joie mais aussi sans douleur ?

Je remarquai que Zina, après avoir interrogé sa mère du regard en portant un doigt à son front, m'observait avec quelque inquiétude. Cela m'était égal que l'on pût me croire folle. L'esprit tendu, j'essayais de démêler les choses encore amorphes qui, petit à petit, se dégageaient des brumes de mon cerveau. Une bourrasque d'applaudissements me fit lever la tête. Une femme montait sur le podium. Le public semblait la connaître, la tenir pour la grande attraction de la soirée. Sous un échafaudage de bouclettes couleur de chanvre, ses yeux maquillés lançaient dans la salle des regards langoureux. Vêtue en pensionnaire, robe blanche à la vierge, ceinturée d'un large nœud d'azur, elle chanta des romances dont la dernière phrase soulevait régulièrement des bravos frénétiques. Bissée, rappelée, la chanteuse revenait, radieuse de son succès. Une fois encore, le piano préluda et l'artiste entonna le lied de Solveig :

L'hiver peut s'enfuir, le printemps, bien-aimé,
Peut s'écouler...
Les feuilles d'automne, les fruits de l'été.

Tout peut passer...

Mais tu reviendras, ô mon doux fiancé,
Pour ne plus me quitter...
Je t'ai donné mon cœur, il attend résigné
Et ne pourrait changer...

Ce fut ce lied de la Fidélité qui, sur ma rétine, ramena la première vision distincte... Toute-puissance de la musique qui peut ressusciter jusqu'à l'atmosphère des jours défunts...

Je me vois penchée à une fenêtre sur un jardin nocturne, tandis que, d'en bas, monte cette même mélodie, ces mêmes paroles... Il y a un homme à mon côté, un homme qui les écoute, la mâchoire serrée, les yeux durs... A qui appartient cette voix et quel est cet homme ?... Le chemin est ouvert, les personnages s'y précipitent, mènent une vertigineuse sarabande... Je reconnais mes sœurs, tante Antje, le sacristain du temple, une vieille mendiante du port... D'autres figures surgissent, s'éclipsent... Celles de mon époux, de mon enfant, je ne puis encore les atteindre... Je me souviens que Ma est morte. La tête me fait horriblement mal... Autour de moi, personne ne s'est aperçu du miracle. Rien, lorsque je me lève de ma chaise pour suivre les autres, ne trahit ma métamorphose...

Il m'est impossible de dormir. J'attends que Meiken et Mathijs soient plongés dans le sommeil pour quitter la couchette qu'on m'a dressée dans leur chambre... Assise à la croisée les mains convulsivement jointes sur mes genoux, je regarde la nuit peuplée de silhouettes et de visages... Ils me font signe, m'appellent dans leur ronde infatigable... Arriverai-je jamais a mettre un nom sur ces fugaces images, à les enchaîner aux faits que je cherche, cherche... Efforts laborieux de mes méninges.. Lorsque les grands bouquets mauves du taracanda devant la fenêtre se dessinèrent dans l'aube naissante, j'avais, par une douloureuse tension d'esprit, recomposé les traits de celui qui fut l'unique préoccupation de mon existence, le maître de mes joies et de mes souffrances. Je reconstituais sa haute stature, son visage de commandement, sa bouche expressive... Je les retenais, le souffle suspendu, de peur qu'au moindre geste la vision ne s'écroulât... Mais ses yeux, ses yeux pâles comme le ciel nordique, me restaient étrangers, semblaient ne pas me reconnaître... Alors, ma mémoire à vif courut derrière une autre figure, la ramena à mon esprit éperdu : c'était une figure de femme... Comme elle était belle ! Je brûlais... Elle, elle seule détenait la clef du mystère qui m'avait frappée d'amnésie... Sigrid ! le nom partit de mes lèvres comme un cri de terreur et je sus que je l'avais appelée ainsi lorsque la misérable m'avait abandonnée dans le domaine des fauves, croyant me retrancher des vivants... Maintenant, ma vie entière défilait devant moi, comme elle doit défiler aux yeux vitreux des mourants... Combien d'années s'étaient passées depuis lors ? Qu'étaient devenus tous ceux qui avaient participé à mon existence ?... Mes sœurs m'avaient-elles pleurée ?... Et lui, dont la virile beauté ressuscitait dans mon cœur en même temps que le fol amour, l'adoration que je lui avais toujours vouée, m'a-t-il cherchée, regrettée ?... A son côté, surgit une image gracieuse et si blonde, si claire... Nils, mon petit Nils que j'avais perdu ! Je sursautai Meiken posait sa grande main sur mon épaule :

— Ranny, fit-elle avec reproche, tu ne t'es donc pas couchée ?

— Je n'ai pas pu, Meiken, dis-je en pleurant, le bon Dieu m'a rendu ma mémoire !

— Que le bon Dieu soit béni !... s'écria-t-elle. Tu sais donc qui tu es, Ranny ? tu sais...

Je l'interrompis :

— Ecoute, Meiken, quand les cafres m'ont amenée à la ferme, tu as dû t'apercevoir que je portais un enfant, n'est-ce pas ? Dis-moi...

La vieille femme me regarda tristement :

— Tu as mis un enfant au monde, Ranny... un garçon qui ne vécut pas...

— Elle a donc commis un double crime ! m'écriai-je avec désespoir.

— Un crime ? demanda la fermière consternée. Qui a commis un crime, Ranny ?

Je me ressaisis :

— Ne te fâche pas, Meiken, si je veux encore garder le silence sur les événements qui m'ont amenée dans ta maison. Plus tard, tu sauras... Mais tout est encore brouillé dans ma pauvre tête.. Il faut me laisser le temps de m'accoutumer à mon nouvel état . Si tu savais, Meiken, ce qu'on m'a volé, ce que j'ai perdu !

La tête jetée sur mon bras, je sanglotai. Ah ! oui ! je n'avais plus rien, ni mari, ni enfant, ni foyer. Le mot *possession* n'existait plus pour moi. Que devais-je faire ? Quelle décision prendre ? Depuis sept ans, je vivais hors du temps, hors de la réalité. M'était-il permis de douter que la criminelle fût devenue sa femme, peut-être la mère de ses enfants ? Etaient-ils heureux ?... Mon ombre misérable ne se glissait-elle pas entre eux quand ils se tenaient enlacés ? Et le remords ne visite-t-il jamais l'âme monstrueuse de cette femme ? Par moments, un sursaut de révolte contre un sort injuste me pousse à parler, à dévoiler le crime. J'ai peine à me retenir pour ne pas crier : « Mathijs, attelez vos chevaux, conduisez-moi là-haut, au High Veld ; je suis la femme du docteur Yvarsen, je veux revendiquer mes droits ! » Je me représente alors l'affolement, le désarroi où les jetterait cette revenante ? Ne tremblerait-elle pas, l'infâme, à la vue de sa victime ?... Hélas ! elle n'a rien à craindre : un coup d'œil au miroir suffit pour modérer ma soif de vengeance. Ce n'est qu'un bout de miroir sur le mur blanchi à la chaux, assez grand pour me montrer une face ravagée, des cheveux blancs, des yeux hâves. Et puis, ne me maudirait-il pas si je venais détruire ses illusions ?... Souvent, la vie n'est que cela et beaucoup s'en contentent. Il me disait : « J'aime tes yeux ingénus et ta bouche sérieuse de sage écolière ! » Que, dans sa mémoire, il me garde ainsi, comme un reflet demeuré au fond d'un miroir terni...

Les jours passent sans m'apporter la résignation. Ma sensibilité, si longtemps engourdie, s'est réveillée avec une acuité qui m'effraie. La lutte avec moi-même m'épuise, m'enlève ma dernière énergie. Où prendrai-je le courage de lancer le brandon dans la maison de mon bien-aimé ? Qu'il continue de vivre en paix. Mais je n'ai pas non plus la force de renoncer à le voir. Mon Dieu ! ayez pitié ! Laissez-moi le revoir, ne fût-ce qu'un instant ! Un dernier rêve attise encore ma flamme de vie près de s'éteindre... rêve vertigineux... Qui, si je revenais à Krittelwerk, reconnaîtrait ce spectre aux yeux creux ?... Je m'habillerais en paysanne, un fanchon me recouvrant la tête. Je pousserais la porte que je connaissais si bien et prendrais place parmi les consultants. Patiente, je céderais mon tour à chacun pour être la dernière. Chaque fois que s'ouvrirait le battant capitonné, je le verrais dans sa blouse blanche embrassant la salle du regard. « A qui le tour ?... » Et quand, enfin, ses claires prunelles se poseraient sur moi, je me lèverais, j'irais vers lui, et ce serait un tel bonheur de me prosterner à ses pieds que mon cœur se briserait dans un dernier battement... « Ah ! la misérable créature, penserait le docteur Yvarsen, elle a trop attendu pour venir chez moi ! » Se penchant vers moi : « Comme cette malheureuse ressemble à ma pauvre Ide !... » se dirait-il, et doucement, ses doigts me fermeraient les yeux. Si cette douce mort pouvait être la mienne ! Moi qui, à ses côtés, goûtais jadis une surhumaine félicité, je me contenterais aujourd'hui de le voir de loin, de rôder dans ses parages. J'accepterais de vivre dans une paillote, de travailler en compagnie des indigènes, pourvu que je puisse le voir quelquefois, quelquefois entendre parler de lui !

XIII

Toute espèce d'effort me devint pénible. Meiken vient m'apporter l'eau fraîche pour ma toilette et me brosse les cheveux. J'admire l'amicale discrétion de ces êtres simples. Leur curiosité serait légitime, mais ils se gardent de me tourmenter de leurs questions.

J'aspire au néant comme au suprême bonheur. A quoi bon continuer un chemin où jamais plus ne luira l'ombre abandonnée. Tout est figé en moi. Chaque jour me paraît un écrasant fardeau et je n'ai plus qu'un désir : dormir, dormir sans relâche, d'un sommeil que ne viendront plus troubler ces pitoyables réveils si cruels à affronter !

Je me tâte, me demandant si c'est bien moi, Ide Yvarsen, qui suis assise sur le pont d'un grand steamer en partance pour l'Europe ?... Indifférente, j'ai repris contact avec les êtres, sentant bien que je suis exclue de leur chaîne. Au milieu de la vie chaude et agitée qui m'entoure, je demeure glacée, l'âme perdue à jamais. Mourir de ma propre main. Je n'ai pas voulu faire cette peine aux braves gens qui m'ont toujours témoigné de la bonté J'ai préféré partir... Peut-être rechercherai-je, malgré tout, mes sœurs, tante Antje ?

Mes bienfaiteurs ont paru chagrinés lorsque je leur fis part de ma décision, mais ils n'ont pas tenté de m'en détourner.

— Tu as aidé à la prospérité de la ferme, Ranny, et nous ne t'avons jamais payée de tes peines, de ton dévouement. L'heure est venue où nous demandons à nous acquitter.

Mathijs me remit une somme suffisante non seulement pour ma traversée, mais pour subvenir à mes besoins les premiers temps et pour revenir à la ferme si l'envie m'en prenait.

Ils m'ont accompagnée jusqu'à Lourenço-Marquès et se sont mêlés à ceux qui venaient assister au départ du bateau. Ils me faisaient des signes d'adieu. Meiken pleurait.

Tandis que le paquebot s'éloignait lourdement du port, une eune femme sur le *deck* se mit à chanter :

I' for ever blowing bubbles
Pretty bubbles in the air
The fly so high
Nearly reash the sky
And like my dreams they fade and die...

Je fais des bulles de savon,
Jolies bulles qui montent,
Volent presque jusqu'au ciel,
Tels mes rêves... et tels mes rêves
Eclatent et s'évanouissent...

Les quais encombrés de petites formes humaines ont disparu. Autour de moi, plus rien que l'eau et le ciel...

Ici, se terminait l'histoire d'Ide Yvarsen. J'étais assise sur ma couchette lorsque je tournai la dernière page qui était écrite au crayon. Profondément émue, je me disais que je l'avais vue là, debout sur ce seuil... Un être qui n'attendait plus rien de l'avenir, ni grâce, ni bonté... Et je songeais que la résignation de cette malheureuse n'avait point été un consentement passif à son cruel destin, mais qu'Ide Yvarsen avait sacrifié sa vie au bonheur de son époux.

Il me restait à remplir un devoir. N'avais-je pas promis à la morte de jeter ses cahiers à la mer ?... Je le fis le soir même.

Accoudée à la lice du premier pont, je rêvai à tous ces personnages sur lesquels je m'étais penchée avec tant de passion, me promettant de m'assurer de leur existence réelle un jour !... On dansait dans les salons. Des fragments de musique arrivaient jusqu'à moi. Traversée d'éclairs, une lourde nuée stagnait à l'horizon. Pourtant, sous une lune à son dernier quartier, les vagues brasillaient, éclaboussant les flancs du navire. Alors, je laissai glisser les cahiers d'Ide Yvarsen, doucement, l'un après l'autre, dans un gouffre d'étoiles...

XIV

Lorsque Ide Yvarsen écrivit ses Mémoires pour elle seule, elle songea aussi peu à déguiser les noms de ses personnages qu'à déguiser ceux des endroits où elle vécut. Il me fut facile de m'enquérir.

— Aux veillées, tant aux bourgs que dans les fermes environnantes, m'apprit une infirmière de Krittelwerk, on parlait encore de l'inexplicable disparition de Mrs. Yvarsen. A l'époque, on avait arrêté les indigènes chez lesquels elle s'attardait au cours de ses promenades. On avait fouillé les parages autour de leur case, battu le Veld en tous sens. Faute de preuves, on dut relâcher les deux noirs qui se défendaient avec véhémence. D'aucuns conclurent que la femme du docteur était peut-être tombée entre les mains d'un cafre étranger au district, d'autres que, s'étant aventurée trop loin, elle avait pu devenir la proie d'un fauve. Qui se serait douté qu'il eût fallu la chercher à plus de onze cents milles du High Veld ?...

Le docteur Yvarsen avait témoigné d'un grand chagrin. La gravité de son caractère s'en était accrue. Sur le point de retourner en Suède, sa cousine était demeurée à Krittelwerk. A la longue, personne ne douta plus que ces deux êtres, qui semblaient créés l'un pour l'autre, ne finiraient par s'unir ; aussi la stupéfaction fut-elle grande lorsqu'on apprit le départ de miss Lindval. Le docteur l'avait accompagnée jusqu'à Johannesburg. Ceux qui se croisèrent avec la voiture furent effrayés du visage décomposé des deux occupants. De vagues rumeurs circulèrent autour de ce départ précipité. Mais le docteur gardait un mutisme que l'on avait respecté, considérant avec plus de sympathie que de curiosité le hautain visage dont le hâle ne parvenait pas à cacher la terrible pâleur. Il ne fréquentait plus la société et le bruit courut que, le soir venu, il s'enfermait, dans son laboratoire, s'attelant au problème ardu du fléau qui prenait au Transvaal une inquiétante extension : le cancer ! Les dames de Krittelwerk se plaignaient du peu de cas qu'il faisait aujourd'hui de leur personne. Peut-être voulait-il créer autour de lui cette atmosphère dure et fermée, dans le seul but de sauvegarder sa tranquillité, se méfiant des femmes qui avaient apporté tant de complications sentimentales dans son existence !

Et puis, le hasard voulut que, dans une réunion, j'entendisse prononcer le nom de Sigrid Lindval. Mrs. Kay, qui avait été son amie et qui lui avait rendu visite au cours d'un voyage en Europe, raconta qu'elle était toujours aussi splendide, mais combien lointaine, indifférente, à croire que jamais plus un sourire n'effleurerait ce visage comme figé dans le marbre... « Quelle énigmatique créature ! ajouta cette lady. Vous souvenez-vous que Charles Maclean la nommait : *Sphinx ?...* Aujourd'hui, elle soigne sa mère paralytique avec un infatigable dévouement, ne se donnant quelque répit que pour monter au *Trollhättan,* sa promenade favorite... m'a confié sa vieille servante... »

Pendant que, devant moi, on évoquait la belle Suédoise dont le faste avait ébloui la bourgade sud-africaine, je la voyais gravir, solitaire, les sentiers du *Bonnet du Sorcier...* Peut-être allait-elle demander au plus sauvage, au plus tumultueux des torrents, de couvrir de son bruit formidable la voix des regrets et du remords !

TABLE

Achevé d'imprimer le 24 avril 1980
sur les presses de l'imprimerie Bussière
à Saint-Amand (Cher)
pour le compte de France Loisirs
123, boulevard de Grenelle, Paris

Dépôt légal : 2e trimestre 1980.
— N° d'édit. 5117. — N° d'imp. 976. —
Imprimé en France